MEMOIRES

POUR SERVIR

A L'HISTOIRE

DES

HOMMES

ILLUSTRES.

TOME XIII.

MEMOIRES
POUR SERVIR
A L'HISTOIRE
DES
HOMMES
ILLUSTRES
DANS LA REPUBLIQUE DES LETTRES.
AVEC
UN CATALOGUE RAISONNE'
de leurs Ouvrages.
TOME XIII.

A PARIS,
Chez B R I A S S O N, Libraire, rue S. Jacques,
à la Science.

M. DCC. XXX.
Avec Approbation & Privilege du Roy.

LIVRES NOUVEAUX.

Journal Litteraire, Année 1730. Tome 15. seconde partie, *la Haye.*

Traité de l'Ortographe pour perfectionner toutes les Langues d'Europe, par M. l'Abbé de S. Pierre, 8o. 1730.

Histoire des Juifs par Joseph, traduite par Arnaud d'Andilly, fol. fig. *Amst.* 1700.

Dictionnaire Historique & critique de Bayle avec sa vie, par M. Desmaizeaux, fol. 4. Vol. 1730.

Cours de Physique avec plusieurs Piéces de Physique, & un extrait critique des Lettres de M. Leevenhœck, 4o. *la Haye* 1730.

Recueil des meilleurs endroits des Poëtes François, 5. Vol.

Memoires de Me. du Noyer écrits par elle-même, *Amsterd.* .. 4. vol.

Les Oeuvres d'Horace, de la traduction, & avec des notes, de M. Dacier, in 12. 10. vol. *Amst.*

M. Pallingenij, *Zodiacus vita, carmina de vita & moribus instituendis* 8o. *Roterd.* 1727.

Th. Burnetius *de Statu mortuorum &*
resurgentium, *& de futura restau-*
ratione Judaorum, *& Epistolae duae*
de Archaeologicis Philosophicis 8o.
Roter. 1729.

Grammaire Angloise par Boyer 8o.
Roterd.

Jod. Lomnius *de febribus* 8o. *Roterd.*

Lettres Philosophiques sur la forma-
tion des Sels & des Cristaux, &
sur la génération & le mécanisme
organique des Plantes & des Ani-
maux, par Bourget, in 12. *Amst.*
1729.

Quatre Lettres sur les Jeux de ha-
sard, & une cinquiéme sur l'usage de se faire céler pour éviter
une visite incommode, 8o. *la Haye.*

Fortuita Sacra, *& de Cymbalis*, 8o.
Roterd 1728.

Les Parodies joüées sur le nouveau
Theâtre Italien, 3. vol. in 12.
avec les Airs gravez, 1730.

Projet pour imprimer l'Histoïre des
Papes, 4. vol. in 4o. en sous-
cription, pour laquelle on peut
souscrire entre les mains du Libraire.

Les Oeuvres de Dufreny, 6. vol.
sous Presse.

TABLE ALPHABETIQUE
des Auteurs.

Fin de la Table alphabetique.

MEMOIRES

POUR SERVIR

A L'HISTOIRE

DES

HOMMES

ILLUSTRES

DANS LA RE'PUBLIQUE
des Lettres;

Avec un Catalogue raisonné
de leurs Ouvrages.

JEAN CORAS.

 *EAN Coras* naquit à
Toulouse l'an 1513. J. CORAS.
Cette époque est tirée
de la date des Theses
qu'il soûtint à *Padoue*
en 1534. Car, puisqu'il avoit alors
21. ans, il s'ensuit qu'il étoit né en
1513.

La Faille s'est trompé, lorfqu'il
J. CORAS a avancé qu'il étoit natif de *Realmont*, petite ville du Diocefe d'*Albi*. Outre que fon opinion n'a d'autre fondement qu'un legs que *Coras*
laiffa à l'Eglife des Prétendus Reformez de *Realmont*, il eft facile de
fe détromper par la lecture de la
plûpart des Ouvrages de *Coras*, où
il rappelle avec complaifance que
Touloufe eft fa Patrie. Ce qu'il y a
de vrai, eft que fa famille étoit originaire de *Realmont*, & qu'il y avoit
fon principal bien, ce qui occafion-
na apparemment le legs que la *Faille*
dit être inferé dans fon teftament.

Jean Coras étoit fils d'un autre
Jean Coras, & de noble Dame *Catherine Termie*. Il y a apparence que
fon pere n'avoit aucun titre capable
de relever fa naiffance, puifque dans
une Epître Dedicatoire qu'il lui
adreffe, il ne lui en donne aucun,
tandis qu'il affecte de relever la nobleffe de fa mere.

Coras fit fes Humanitez à *Touloufe*, d'où il paffa à l'étude du
Droit, auquel il s'appliqua avec un
fuccès fi furprenant, qu'il fut bien-

tôt en état d'inftruire les autres. Il J. CORAS.
fit des leçons publiques à un âge où
l'on eft à peine en état d'apprendre.

Animé par des progrez fi rapides,
il fe crut affez de force pour foûtenir dans les plus fameufes Univerfitez la réputation qu'il avoit
acquife à *Touloufe*. Il ne faifoit
qu'entrer dans fa dix-huitiéme année, lorfqu'il alla à *Angers*, où il
fut generalement applaudi pendant
une année qu'il y demeura.

Avide de gloire, il fe rendit enfuite à *Orleans*, où il recüeillit de
nouveaux lauriers. Il ne fe fit pas
moins connoître à *Paris*, où il pro-
feffa les Inftituts de *Juftinien*, &
interpréta le Droit Canonique. Il y
merita l'eftime du grand Magiftrat
Michel de l'Hôpital.

Il dit lui-même qu'enflé par tant
de fuccez, il trouva le Theatre de
la France trop refferré pour lui.
C'eft pourquoi il paffa en Italie, où
il fit preuve de fon fçavoir. Sur tout
il fe fit admirer à *Padoue*, en répondant fur cent queftions avec un
concours & une approbation generale. Il n'avoit alors que 21. ans,

A ij

J. CORAS. comme on l'a déja remarqué; chofe furprenante & prefqu'incroyable, qu'à cet âge il fût fe déja rendu illuftre dans les plus celebres Univerfitez de l'Europe.

Après avoir donné des leçons à *Padoue* pendant trois ans & quelques mois, il retourna à *Touloufe*, où il attendoit la vacance d'une chaire de Profeffeur, pour la difputer, lorfque *Jacques de Tournon*, Evêque de *Valence*, voulant rétablir l'Univerfité de cette Ville, l'appella en 1544. pour y profeffer.

Il y refta pendant quelques années; cependant les amis qu'il avoit en Italie l'y attirerent une feconde fois. On lui donna une chaire de Profeffeur à *Ferrare*, & il ne la quitta que lorfque l'Univerfité de *Touloufe*, qui le regardoit comme fon nourriffon, lui offrit une pareille place. Il l'accepta d'autant plus volontiers, que c'étoit un moyen de revenir avec honneur dans fa Patrie.

On eft étonné de trouver dans la vie de *Cujas*, que huit cens écoliers

prenoient ordinairement ſes leçons ; J. Coras.
c'étoit bien autre choſe de *Coras*,
s'il en faut croire M. *Maynard*, l'un
des plus ſçavans Magiſtrats de ſon
ſiecle, qui rapporte au Livre 4. ch.
12. de ſes Arrêts notables, que lorſqu'il étudioit ſous *Coras*, *le nombre*
de ſes écoliers alloit juſqu'à environ qua-
tre mille pour le moins. Ce ſont ſes
termes.

La Reine de Navarre éleva *Coras*
à la dignité de ſon Chancelier, &
le Roi *Henri II.* l'honora d'une Charge de Conſeiller au Parlement de
Touloufe.

Il ſemble que cette Charge donnée à ſon merite, ſa qualité de Profeſſeur, ſes Ouvrages qu'on avoit ſi
fort applaudi, ſa réputation éten-
düe juſqu'au point, qu'un celebre
Ultramontain (*a*) le regarde comme le plus ſçavant de ſon ſiecle ;
enfin l'opinion publique, qui l'an-
nonçoit comme l'un des premiers
qui avoient tiré la ſcience du Droit
Civil de la groſſiereté où elle étoit
auparavant. Il ſemble, dis-je, que
par tant d'avantages il devoit avoir

(*a*) *Oldendorpius. Tract. de Formulis.*

J. CORAS. acquis la dispense de l'examen. Cependant le Parlement de *Toulouse*, craignant les conséquences, voulut l'examiner.

Qui le croiroit? *Coras*, qui avoit soûtenu tant de disputes, *Coras* si familiarisé avec les Loix, s'étant présenté aux Chambres assemblées, pour répondre à quelque leger argument, se trouva si troublé, qu'il perdit la parole, desorte que si on ne l'avoit connu, on l'auroit declaré incapable. Ayant obtenu quelques momens pour se remettre, *il reprit ses esprits, & satisfit l'Assemblée, comme il devoit & étoit tenu, non toutefois si hautement & dignement qu'on esperoit & attendoit de lui.* C'est ainsi que s'exprime M. *Maynard*, liv. 1. ch. 75.

Coras fut un des premiers qui embrasserent la prétenduë Reforme, pour laquelle il se montra très-zelé. On sçait qu'après que le Prince de *Condé* se fut rendu maître d'*Orleans*, & qu'il eut commencé la guerre par la prise de cette Ville, les Huguenots se saisirent de plusieurs autres.

Les Calviniſtes des bords de la J. CORAS.
Garonne complotérent d'en faire
autant de *Toulouſe*. On prétend
que *Coras* fut un des principaux Auteurs de cette conjuration. Ce qu'il
y a de certain, eſt qu'après que
l'entrepriſe eut échouée par la dé-
route des Conjurez, qui donnérent
& ſoûtinrent de rudes aſſauts, *Coras*
faillit à être enveloppé dans les
ſanglantes executions de Juſtice que
le Parlement fit faire. Le Baron de
Fourquevaux, ſon bon ami, eut
beaucoup de peine à le ſauver de la
fureur du peuple, qui demandoit
ſa mort.

Cependant le Parlement par une
Mercuriale ſans exemple, interdit
tous les Officiers ſuſpects de la prétenduë Reforme, & *Coras* fut de
leur nombre. Mais le Roi touché
des plaintes de ces Officiers, les
rétablit dans leurs Charges par des
Lettres Patentes, qui ne furent
néanmoins enregiſtréesqu'après trois
Arrêts du Conſeil.

A peine *Coras* eut-il repris ſes
fonctions, qu'il ſe chargea d'une
Commiſſion contre la ville de *Tou-*

J.Coras. *louse*. Les Capitouls ayant mis en délibération dans un Conseil, si on le recuseroit ou non? On convint non-seulement de le recuser, mais encore de se pourvoir contre lui, au nom du Syndic de la Ville en réparation des injures qu'il avoit laissé glisser dans un de ses Livres (*a*) contre les Capitouls & les autres Officiers de l'Hôtel-de-Ville.

Il faut convenir que *Coras* étoit dans le tort, d'avoir gratuitement & sans raison maltraité les Magistrats Municipaux d'une des plus grande Villes du Royaume, dans laquelle il se faisoit gloire d'avoir reçû la naissance ; cependant il ne paroît pas que l'Instance en réparation d'injures ait été poursuivie. La vénération qu'on avoit pour *Coras* fit apparemment oublier les termes fâcheux qu'il avoit laissé échapper.

Coras étoit grand Justicier, mais fier & farouche ; ce qui lui attira bien des affaires. Il en eut une avec le Cardinal *Strossi*, Evêque d'*Albi*, de laquelle il se tira pourtant avec honneur, comme il paroît par un

(*a*) *Miscell. Juris. Lib.* 3. *c.* 6.

Arrêt de l'an 1565. qui eft dans les J. Coras,
Regîtres du Parlement.

Au commencement de l'année
1568. les nouvelles étant arrivées
que les Chefs des Huguenots, la
Reine de Navarre & le Roi fon fils
s'étoient retirez à *la Rochelle*, &
que la paix étoit rompuë, la guerre
fe ralluma dans le Royaume, & les
Religionaires fe retirerent dans les
Villes de leur parti. Plufieurs Con-
feillers du Parlement de *Touloufe* en
uferent ainfi, entr'autres *Coras*, qui
fe refugia à *Realmont*.

L'Hiftoire manufcrite, qui rapporte ce fait, ajoûte que les Con-
feillers fugitifs, qui étoient la fleur
du Parlement, obtinrent commiffion du Prince de *Condé*, pour
dreffer une Chambre Souveraine.
Commiffion qu'on leur fit dans la
fuite un crime d'avoir recherchée,
& ce fut une des principales caufes
de la mort de *Coras*, qui arriva
ainfi.

Le dernier jour d'Août de l'année 1572. on apprit à *Touloufe* les
premieres nouvelles de ce qui s'é-
toit paffé à *Paris* au maffacre de la

J. Coras. S. Barthelemi. Le lendemain premier Septembre, les Catholiques s'assemblerent, & il fut résolu entre eux de se saisir de ceux de la Religion. Le 4. du même mois *Coras* fut emprisonné avec plusieurs autres. Loin de se troubler, il consola les compagnons de son malheur. Il fut interrogé & sommé de faire l'aveu de certaines écritures privées, & il se défendit avec beaucoup de force & de presence d'esprit. Il ne paroît pas que le Parlement, qui lu faisoit le procès, Chambres assemblées, l'ait condamné.

Le quatre Octobre suivant, qui étoit un samedi avant le soleil levé, quelques écoliers, batteurs de pavé, conduits par un nommé *la Tour*, entrerent dans la Conciergerie, on ne sçait par quel ordre. Ils étoient armez de haches & de coutelas, & faisant descendre les prisonniers les uns après les autres, ils les massacrerent aux pieds des degrez, sans leur donner le tems de se plaindre. *Coras* y périt avec deux de ses Confreres. Après les avoir ainsi massacrez, on les pendit avec les Robbes

longues , dont ils ſe trouverent vê- J. Co-
tus , à l'Orme de la cour du Pa- ʀᴀs.
lais.

Coras avoit fait ſon teſtament. Il
ne laiſſa qu'une fille appellée *Jeanne.*
Il mourut âgé de 59. ans.

Catalogue de ſes Ouvrages.

Les differens Ouvrages de *Coras*
concernans l'interprétation du Droit
Civil ont été ramaſſez en deux volumes *in-fol.*

Le premier imprimé à *Lyon* chez
Vincent Deſportes en 1556. renferme les Ouvrages ſuivans.

1. *Scholia in duodeviginti titulos
ex prioribus Pandectarum.* Ce Traité
eſt rempli de curieuſes recherches.
Mais comme elles roulent principalement ſur les devoirs des Magiſtrats , on ne s'empreſſe gueres de
les lire.

2. *Ad. leg. Filium , Cod. Famil.
Commentarii.* Ces Commentaires ,
que *Coras* donna au Public la même
année que l'Ouvrage précedent , lui
firent beaucoup d'honneur. La matiere de la Legitime , & des Quar-
tes Falcidie & Trebellianique , y
eſt traitée avec beaucoup d'ordre.

3. *Ad leg. cum virum , Cod. de Fi-
deicom. Commentarii. Coras* y par-
court les questions qui regardent la
restitution des fideicommis , mais
assez legerement.

4. *In titulum Cod. de Impuberum
& aliis substitutionibus Commentarii.*
Coras mit la derniere main à cet
Ouvrage , ayant à peine atteint sa
vingt-septiéme année ; car il parut
en 1540. pour la premiere fois. Le
sçavant *Arnoul Ferrier* en fit l'é-
loge.

5. *In §. Nihil commune leg. Na-
turaliter ff. de Acquir. Poss. paraphra-
sis.* Cette paraphrase embrasse ce
qu'on appelle au Palais le Possessoire
& le Petitoire. Il faut avoüer qu'il
y a d'excellentes choses.

6. *Miscellaneorum Juris Civilis Libri tres.* C'est de tous les Ouvrages
de *Coras* le plus recherché.

7. *Centum Quæstiones ex Juriscon-
sultorum Libris excepta.* Ce sont les
cent questions sur lesquelles *Coras*
répondit à *Padoue* en 1535. n'étant
âgé que de 21. ans , & qui lui attirerent l'estime generale des Étran-
gers.

8. *In legem admonendi ff. de Jure-* J. CO-
jurando familiares Commentarii. Coras RAS.
y traite avec beaucoup de clarté la
matiere du Serment.

9. *In titulum ff. de Senatoribus Com-*
mentarii. Ce Traité renferme des remarques très-curieufes , mais peu
utiles.

Le fecond volume imprimé à
Lyon en 1558. chez *Antoine Vincent*
comprend :

1. *In legem ultimam Cod. de Pof-*
thumis Haredibus inftituendis. In leg.
quoties de Rei Vindicatione Commen-
tarii. Ce furent les premiers Traitez que *Coras* dicta à fes écoliers.
Ils font bons pour l'Ecole & de peu
d'ufage pour le Palais.

2. *In titulum Pandectarum de Juf-*
titia & Jure , ac fequentes legum Ju-
ris , Magiftratuumque titulos Com-
mentarii , quibus omnes publici priva-
tique Juris poteftas ad finceram anti-
quitatis fidem explicatur ; accefferunt
& Commentarii ad titulum Pandecta-
rum de Jurifdictione , & in aliquot
Juftinianei Codicis refponfa & enarra-
tiones. Ce font des Ouvrages que
Coras avoit dictez à fes écoliers , &

qu'il revit à *Ferrare.* On y trouve
des Differtations claires & très-folides. L'Auteur eft fur tout loüable
de les avoir debaraffées des citations
qu'il jette à la marge ; ce qui fait
que fon ftile amufe agréablement le
Lecteur.

Ces deux volumes des Ouvrages
de *Coras* ont été réimprimez à *Wittemberg* en 1603. On a outre cela
de lui les Ouvrages fuivans.

1. *In univerfam Sacerdotiorum
materiam erudita fane ac luculenta
paraphrafis. Cum notis Joannis Solier,
in Senatu Tolofano Patroni, ac vete-
rani expeditionum Romanæ Curiæ Ban-
cherii. Tolofæ* 1687. *in* 4°. Ce Traité
des Benefices eft fort cité. Il ne fe
reffent pas de la religion de fon Auteur ; & il faut convenir que fon
prix a été fort rehauffé par les fça-
vantes notes de M. *Solier.*

2. *Paraphrafe fur l'Edit des Mariages clandeftinement contractez par
les enfans de famille, contre le gré &
confentement de leurs peres & meres.
Lyon* 1605. *in* 8°. C'eft l'Edit
d'*Henri II.* du mois de Fevrier
1556. dont il s'agit ici. *Coras* avoit

foûtenu en 1546. que les enfans ne J. Co-
pouvoient ſe marier ſans le conſen- RAS.
tement de leurs parens, & il fut
vivement contredit ſur cela par les
envieux de ſa gloire. Mais il ſe
vengea par cette Paraphraſe, lorſque ſon avis eut acquit le degré
de ſuperiorité que lui donnoit l'E-
dit, qui y étoit conforme.

3. *Memorabilium Senatuscouſulto-*
rum ſumma apud Toloſates Curia ac
Sententiarum tum Scholaſticarum, tum
Forenſium, Centuria. Avec l'Ouvrage précedent. Ce titre promet
plus que le Livre ne rend. On s'at-
tend à trouver beaucoup d'Arrêts;
du moins en falloit-il cent, pour
accomplir la Centurie; mais à peine
y en a-t'il deux ou trois, encore
ſont-ils enſevelis ſous un amas d'i-
nutilitez. Apparemment que pour
mieux debiter le Livre, on a enflé le
titre. La Préface nous apprend que
Coras avoit compoſé trois autres
Centuries, qui ſe ſont égarées;
mais ſi elles étoient dans le même
goût que celle-ci, on peut ſe conſoler de leur perte.

4. *Les douze Regles du Seigneur*

*Jean Pic de la Mirandole, lesquelles
adressent l'homme au combat spirituel,
pour s'acheminer à la vertu & pour
résister aux tentations du monde, traduites du Latin. Lyon 1605. in-8°.*
Avec l'Ouvrage suivant. *Coras* fit
cette traduction en 1559. pour
Jeanne sa fille, à qui il la dédia.

5. *Discours des parties & office d'un
bon & entier Juge. Lyon 1605. in-8°.*
Ce Discours est rempli de plusieurs
traits d'Histoire. Il est peu lû, mais
il meriteroit de l'être.

6. *Arrêt memorable du Parlement
de Tolose, contenant une Histoire prodigieuse d'un supposé mari, advenuë
de notre tems, enrichie de cent &
onze belles & doctes annotations par
M. Jean de Coras, prononcé ès Arrêts
generaux le 12. Septembre 1560. Paris 1572. in-4°.* It. *Lyon 1605. in-8°.*
L'Histoire dont il s'agit ici, est
celle de *Martin Guerre*; on en peut
voir un abregé dans le Dictionnaire
de Morery. *Coras* fut le Rappor-
teur du Procès. Ses annotations sur
l'Arrêt sont remplies d'érudition ;
mais elles seroient plus estimées, si
cette érudition étoit à sa place.

[Cet

[Cet Ouvrage a été traduit en Latin par *Hugues Suréus*, & imprimé
en cette Langue à *Francfort* en 1588.
in-8°. Cats, fameux Poëte Hollandois, a mis aussi en Vers Hollandois l'avanture qui en fait le sujet.]

V. les Préfaces de ses Ouvrages.
Les *Bibliothèques de la Croix du Mai-
ne* & de *du Verdier. Sainte Marthe.
M. de Thou*, *Hist. liv.* 32. & 52. *La
Faille*, *Annales de Toulouse. Mat-
thieu Wesenbecius*, *Orat. de Joanne
Corasio.*

Cet article est de M. *D'Aurier*,
Avocat au Parlement de *Toulouse*.

J. Co-
RAS.

ROBERT TITI.

ROBERT *Titi* naquit à *Borgo
San-Sepolcro*, petite ville de la
Toscane, le 4. Mars 1551. de *Benoist Titi* & de *Laure Pitconi*, tous
deux de familles très-illustres.

Après avoir commencé ses étu-
des à *Boulogne*, il les alla continuer
à *Rome* & à *Pise*. Il entra l'an 1570.
dans le College Ducal de la Sapien-
ce, fondé dans cette derniere Ville

R. TITI.

R. Titi. vingt ans auparavant par le Grand
Duc *Cosme I.* pour un certain nombre de jeunes gens de naissance,
qui n'ont pas assez de bien pour
s'entretenir pendant leurs études ;
& il y demeura pendant cinq ou six
ans.

Il acheva de s'y perfectionner
dans les Langues Grecque & Latine,
y fit sa Philosophie & s'appliqua ensuite à l'étude du Droit, pour laquelle cependant il se sentoit moins
d'inclination que pour celle des Belles Lettres.

Enfin le 28. Novembre 1576. il
fut reçu Docteur en Droit, après
avoir donné les preuves ordinaires
de son habileté & de sa science.

Il alla après cela à *Florence*, où
son merite le fit bientôt connoître,
& lui gagna l'amitié de plusieurs
sçavans hommes, entr'autres de
Pierre Vettori, qui voyant qu'il n'é-
toit pas trop bien partagé des biens
de la fortune, voulut lui procurer
de l'emploi auprès de l'Empereür
Rodolphe II. par le moyen des amis
qu'il avoit à sa Cour. Mais *Titi* ne
voulut point aller en Allemagne,

& aima mieux demeurer à *Flo-* R. TITI. *rence.*

Malgré ſon peu d'inclination pour la Juriſprudence, la neceſſité l'obligea à s'y addonner, & il ſe mit à frequenter le Barreau ; ce qu'il fit avec tant de ſuccès, qu'il devint en peu de tems un des plus fameux Avocats de *Florence.*

Les occupations que le Barreau lui donnoit ne l'empécherent pas de trouver du tems pour ſatisfaire la paſſion dominante qu'il avoit pour la Poëſie & les Belles Lettres, & il ſe fit par le moyen des Ouvrages qu'il compoſa en ce genre une grande réputation.

Il attendoit toujours l'occaſion favorable pour quitter un emploi qu'il n'aimoit point, & il la trouva en 1597. Il vacquoit à *Boulogne* par la mort de *Thomas Correa* une chaire d'Humanitez, il la rechercha & l'obtint à la recommandation de *Mercurialis* & de *Riccoboni*, & par les bons offices du Cardinal *Paleotti.* Il y fut nommé le 27. Fevrier de cette année, & on lui aſſigna quatre cens écus de gages.

B ij

R. TITI. Il remplit ce poste pendant neuf ou dix ans d'une maniere fort glorieuse pour lui, & fort utile pour le Public ; & il l'auroit toujours conservé, si le Grand Duc ne l'eût enlevé à la ville de *Boulogne*. Car jaloux de voir qu'elle joüissoit d'un sujet qui lui appartenoit, & qui étoit en état de faire honneur à l'Université de *Pise*, il le redemanda avec tant d'instance qu'on ne put le lui refuser.

Titi ne perdit point à ce changement ; car le Grand Duc lui donna outre les gages ordinaires qui étoient de trois cens écus, & les profits des Doctorats, qui alloient à peu près à la même somme, une pension de cent écus. De plus, afin qu'il pût faire le voyage de *Boulogne* à *Pise* plus facilement, il lui envoya des litieres & des voitures pour transporter sa famille & ses meubles, & cent écus pour les frais necessaires.

Il commença ses leçons à *Pise* à la fin de l'année 1607. La situation heureuse où il se trouva alors ne fut pas de durée ; car 2. ans après, étant

allé à *Florence* pour y paſſer ſes va-
cances, il y tomba malade, & y
mourut en 1609. âgé de 58. ans,
laiſſant de *Marie Mancini* ſa femme
un grand nombre d'enfans, tous
en bas âge.

Il avoit amaſſé une riche Bibliotheque, que ſa veuve fut obligée
de vendre pour établir ſes enfans,
dont la plûpart prirent le parti de la
Religion.

Catalogue de ſes Ouvrages.

I. *Ad Antonium Meliorium, Carminum liber primus.* Pierre *Gherardi*,
compatriote de *Titi*, ayant publié
quelques-unes de ſes Poëſies Latines, ſous ce titre : *Petri Gherardi
Burgenſis Carminum libri duo. Florentiæ* 1571. *in-8°.* il y joignit celles
de *Titi*, dans le deſſein de faire connoître ſon merite & de lui procurer
de l'emploi.

2. *Locorum Controverſorum libri de-
cem, in quibus plurimi veterum Scrip-
torum loci conferuntur, explicantur &
emendantur multò aliter, quam hac-
tenùs à quopiam factum ſit. Ad Fran-
ciſcum Mugghionium. Florentiæ* 1583.
in-4°. Cet Ouvrage fit beaucoup

R. Titi. d'honneur à *Titi*, non - feulement
dans toute l'Italie , mais encore
dans les Pays Etrangers. Il trouva
cependant un Critique dans la perfonne de *Jufte-Joseph Scaliger* qui
attaqua l'Auteur en ennemi , & d'u-
ne maniere fi violente, qu'il n'ofa
pas mettre fon nom à fon Livre ,
mais le publia fous un nom étranger. Il eft intitulé : *Yvonis Villiomari
Aremorici in Locos Controverfos Roberti Titii Animadverfionum Liber.
Parif.* 1586. *in-8°.* Les amis de *Titi*
vouloient lui perfuader de répondre à *Scaliger* d'un ftile conforme à
fa Critique ; mais perfuadé que ce
ftile ne convient point à un honnête homme & à un vrai fçavant , il
oublia toutes les injures dont fon
Livre étoit rempli , & fe borna à
répondre à fa Critique ; c'eft ce
qu'il fit dans l'Ouvrage fuivant.

3. *Pro fuis Locis controverfis Affer-
tio adverfus Yvonem quemdam Villio-
marum Italici nominis Calumniatorem.
Florentiæ* 1589. *in-4°.*

4. *Nereus , in Nuptias fereniff. Fer-
dinandi Medices, & Chriftinæ Lotharingiæ Carmen. Florentiæ* 1589. *in-4°.*

5. *M. Aurelii Olympii Nemesiani* R. Titi. *Cartaginiensis*, *& T. Calphurnii Siculi Bucolica*, *nuper à situ & squallore vindicata*, *novisque Commentariis exposita*, *opera ac studio Roberti Titii. Florentiæ* 1590. *in-4°.* On trouve à la fin de ces Commentaires une Lettre Latine d'*Ugolino Martelli*, Evêque de *Glandeve* en Provence, par laquelle il remercie *Titi* de cet Ouvrage qu'il lui avoit envoyé, & lui fournit quelques remarques sur les Poëtes qu'il contient.

6. *Brevi Annotazioni sopra le Api del Rucellai.* Ces Remarques ont été imprimées pour la premiere fois à *Florence* l'an 1590. *in-8°.* avec *La Coltivazione di Luigi Alamanni è le Api di Giovanni Rucellai.* Elles l'ont été de nouveau dans la nouvelle édition de ces Poësies faite à *Florence* en 1718. *in-4°.*

7. *In duodecim Libros Syriados Petri Angelii Scholia.* Ces notes se trouvent à la suite du Poëme de *Pierre Angeli* de *Barga*, intitulé: *Syrias, hoc est, expeditio illa celeberrima Christianorum principum; qua*

R. Titi. *Hierosolyma ductu Goffredi Bulionis, Lotharingiæ Ducis, à Turcarum tyrannide liberata est. Florentiæ* 1591. *in-4°.*

8. *In Georgica Virgilii Prælectiones quatuor. Bononiæ* 1597. *in-4°.*

9. *Oratio Bononiæ habita, cum is primùm litteras humaniores in nobilissimo illo Gymnasio interpretari cœpisset. Bononiæ* 1597. *in-4°.*

10. *In Clementem VIII. P. M. Oratio & Carmen. Bononiæ* 1598. *in-4°.*

11. *Ad Ill. & Rev. Cynthium Aldobrandinum, Sacro-Sanctæ Romanæ Ecclesiæ Cardinalem Carmen. Ibid.* 1598. *in-4°.*

12. *Ad Cæsaris Commentarios de Bello Gallico Prælectiones quatuor. Ib.* 1598. *in-4°.*

13. *Prælectiones quatuor ad Catulli Galliambum sive Carmen LXIV. Bononiæ* 1599. *in-4°.* Cet Ouvrage a été aussi inseré dans les éditions de ce Poëte, qui ont été faites à *Paris* par les soins de *Frederic Morel* en 160{.} 1608. & 1615. *in-fol.* & ensuite dans celle que *Jean George Gravius* a donnée à *Utrecht* en 1680.

1680. *in-8°. cum notis variorum.* R. Titi.

14. *Oratio Piſis habita in Exordio ſtudiorum hujus anni* 1607. *Florentiæ* 1607. *in-4°.* Le ſujet de ce Diſcours eſt l'utilité que l'on retire des Univerſitez. Une choſe fort loüable dans l'Auteur, c'eſt que malgré toutes les injures que *Scaliger* lui avoit dites, il ne laiſſe pas d'y faire ſon éloge, avec celui de pluſieurs autres ſçavans hommes.

15. *Egloga ad Hieronymum Guicciardinum.* Cette Piece eſt jointe au Diſcours précedent.

16. *Apologia pro Petronio Arbitro.* Helenopoli 1610. *in-8°.*

17. *In ſacram Deiparæ imaginem ſanſti Lucæ manu pictam Carmen.* Inſeré dans un Recüeil intitulé: *Diverſorum Poëtarum Carmina Latina, Italica, Græca in ſacram Deiparæ Virginis imaginem S. Lucæ manu pictam, quæ in monte Guardiæ, Bononiæ adjacente, aſſervatur. Bononiæ* 1601. *in-8°.*

18. *Rime.* Ses Poëſies ſe trouvent éparſes de côté & d'autre. Il y a quatre Sonnets de ſa façon à la loüange de *Nicolas Lorenzini,* qui

R. TITI. font joints au Poëme de cet Auteur, intitulé : *Il Peccator contrito*. *In Firenza* 1591. *in-4°*. Quatre autres à la loüange du Cardinal *Cintio Aldobrandini* à la page 60. d'un Livre intitulé : *Il Tempio all' Illust. e Reverend. Sign. Cintio Aldobrandini Cardinale*. *in-4°*. 1600. Dix autres encore à la page 119. du Recüeil qui a pour titre : *Il Parnasso de Poëtici ingegni d'Alessandro Scajoli Reggiano. In Parma* 1611. *in-12*. Deux encore aux pages 322. & 633. du *Riposo di Raffaello Borghini. In Firenza* 1584. *in-8°*. Et un Madrigal fort joli sur la Rose qui se trouve dans ses Remarques sur les Abeilles de *Rucellai*.

119. On a trois de ses Lettres parmi les Ouvrages de *Marc Velser*, imprimez à *Nuremberg* en 1682. *in-fol*.

Il a fait encore plusieurs autres Ouvrages, qui n'ont jamais été imprimez, & dont on peut voir la liste dans la seconde partie du trente-troisiéme tome du *Journal de Venise*, p. 207.

V. son éloge par *François-Marie*

Ceſſini Florentin, Profeſſeur en Droit
Civil à *Piſe*, inſeré dans le même
tome du *Journal de Veniſe*, p. 177.

***

JOSEPH POMPE'E SACCO.

JOſeph Pompée *Sacco* naquit à J. P.
Parme le 14. Mai 1634. de *Fla-* SACCO.
vio Sacco Medecin, & de *Barbe* fille
de *Paul Simonetta* de *Plaiſance*, Profeſſeur en Chirurgie à *Parme. Pompée Cornazzani*, Evêque de cette
Ville, qui fut ſon parrain, lui
donna le nom de *Pompée.*

Après ſes études d'Humanitez &
de Philoſophie, il paſſa à celles de
Medecine, après leſquelles il fut reçu le 19. Août 1652. Docteur en
ces deux Facultez, en même tems
que ſon frere aîné *Bonaventure* le
fut en Philoſophie. Ce fut un grand
ſujet de joïe pour leur pere, qui étoit
alors âgé de 82. ans, & qui eut outre cela le plaiſir de les voir Aggre-
gez, l'aîné au College des Philoſo-
phes, & le cadet à celui des Philo-
ſophes & des Medecins.

Le Duc de *Parme* le nomma le

J. P.
SACCO.

3. Novembre 1661. Professeur en Medecine Theorique, & il remplit ce poste jusqu'à l'an 1694. avec tant de réputation, que la Faculté de Medecine fit mettre ses armes accompagnées d'une inscription à sa loüange, dans la salle où il enseignoit.

La Republique de *Venise* lui offrit en 1694. une place de premier Professeur extraordinaire en Medecine pratique dans l'Université de *Padoue*, & il l'accepta. Il passa bientôt après à une chaire de premier Professeur ordinaire en Medecine theorique, & eut encore depuis le titre de Président de l'Université.

Cependant le Duc de *Parme*, connoissant la perte que son Université avoit faite, en se le laissant enlever, le rappella en 1702. en lui offrant la chaire de premier Professeur en Medecine, qui étoit vacante depuis plusieurs années. *Sacco* ne put résister aux avances que fit son Prince pour le ravoir, & prit possession de cet emploi, qu'il a conservé jusqu'à sa mort, quoiqu'il eût perdu la vûë sur la fin de sa vie.

Il mourut le 23. Fevrier 1718. J. P.
dans sa quatre - vingt - quatriéme Sacco.
année, & fut enterré dans le tombeau de ses ancêtres, qui est dans
l'Eglise de *S. Jean l'Evangeliste.*
Catalogue de ses Ouvrages.

1. *Iris febrilis, fœdus inter antiquo-*
rum & recentiorum opiniones febribus
promittens. Geneva 1683. in-8°.

2. *Nova Methodus febres curandi*
fundamentis Alkali & Acidi superstruc-
ta. Geneva 1683. in-8°. Ces deux
Ouvrages ont été réimprimez en-
semble en 1695. à *Venise in-8°.*

3. *Novum Systema Medicum ex uni-*
tate Doctrina recentiorum & antiquo-
rum. Parma 1693. in-4°.

4. *Medicina theorico-practica, ad*
saniorem sæculi mentem centenis & ul-
trà consultationibus digesta, quibus
penè omnium abdita morborum causa
illustrantur, atque præconceptis inhæ-
rendo principiis, optima ex optimis
congeruntur medicamenta, ad præfini-
tam morborum ideam studiosè concin-
nata. Parma 1696. in-fol.

5. *Medicina practica rationalis Hip-*
pocratis sanioribus Neotericorum Doc-
trinis illustrata. Parma 1717. in-fol.

C iij

J. P.
SACCO.

Cet Ouvrage peut passer pour un Traité complet de Medecine pratique. L'Auteur y traite de toutes les maladies avec une exactitude, qui fait qu'il ne sçauroit être que très-utile à tous les Medecins. C'est le jugement que le *Journal des Sçavans* en porte.

V. son éloge dans le *Journal de Venise*, tome 32. p. 467.

BENOIST DE SPINOSA.

B. DE
SPINOSA.

BENOIST de *Spinosa* naquit à *Amsterdam* le 24. Novembre 1632. de parens Juifs, qui le nommerent peu après sa naissance *Baruch*; nom qu'il changea en celui de *Benoît*, lorsqu'il abandonna le Judaïsme.

Il fit voir dès sa jeunesse une imagination vive & un esprit pénétrant. Ses parens, qui n'étoient pas en état de le pousser dans le commerce, lui trouvant du goût & de la disposition pour l'étude, lui permirent de s'y appliquer.

Il étudia la Langue Latine sous

François van den Ende, qui l'enſeignoit alors à *Amſterdam*, & y exer-
çoit en même tems la profeſſion de
Medecin. Cet homme enſeignoit
avec beaucoup de ſuccès & de réputation ; deſorte que les plus riches Marchands de la Ville lui con-
fioient l'inſtruction de leurs enfâns,
avant qu'on eût reconnu qu'il enſeignoit à ſes diſciples autre choſe
que le Latin : car on découvrit enfin qu'il répandoit dans l'eſprit de
ces jeunes gens des ſemences d'A-
théiſme. Cette découverte l'ayant
décredité, il fut obligé d'aller chercher de l'emploi ailleurs, & paſſa
en France, où quelques années
après, c'eſt-à-dire en 1674. il fut
pendu, pour avoir trempé dans
l'affaire du Chevalier de *Rohan*.

Spinoſa, après avoir appris la
Langue Latine ſous cet homme, qui
ne lui inſpira que trop ſes principes dangereux, comme il parut
dans la ſuite, s'appliqua à l'étude
de la Theologie, qui l'occupa pendant quelques années. Il paſſa enſuite à la Philoſophie, qui eut pour
lui un attrait particulier. Il déſi-

B. DE beroit sur le choix d'un Maître qui SPINOSA. pût lui servir de guide dans cette science, lorsque les Œuvres de *Descartes* lui tomberent entre les mains. Il les lut avec avidité, elles lui plurent, & il a souvent declaré depuis que c'étoit de là qu'il avoit puisé tout ce qu'il sçavoit de Philosophie.

Il étoit sur tout charmé de cette maxime de *Descartes*, qu'on ne doit jamais rien recevoir comme veritable, qu'il n'ait été auparavant prouvé par de bonnes & solides raisons; & il en tira cette conséquence, que la doctrine & les principes ridicules des Rabbins Juifs ne pouvoient être admis par un homme de bon sens; puisque ces principes sont établis uniquement sur l'autorité des Rabbins même, sans que ce qu'ils enseignent vienne de Dieu, comme ils le prétendent sans aucune raison.

Il commença alors à être fort reservé avec les Docteurs Juifs, dont il évita depuis le commerce autant qu'il lui fut possible; & on le vit rarement dans leurs synagogues, où il ne se trouvoit que par maniere

d'acquit ; ce qui les irrita extrê- **B. DE**
mement contre lui. Car ils ne dou- **SPINOSA.**
toient point qu'il ne dût bientôt les
abandonner, & se faire Chrétien.

Cependant il n'a jamais embrassé
le Christianisme, ni reçu le Batême;
& quoiqu'il ait eu depuis sa deser-
tion du Judaïsme de fréquentes conversations avec quelques sçavans
Mennonites, aussi-bien qu'avec les
personnes les plus éclairées des autres sectes Chrétiennes, il ne s'est
pourtant jamais déclaré pour aucune, & n'en a jamais fait profession.

Les Juifs firent tout leur possible
pour le retenir, & lui offrirent même pour cela une pension, qui devoit aller à douze florins ; mais
il la refusa, quoiqu'il continuât de
garder quelques mesures avec eux,
& il les auroit peut-être toujours
menagez, sans l'accident qui lui arriva.

Un jour qu'il sortoit de la synagogue, il vit auprès de lui un homme le poignard à la main prêt à le
frapper, ce qui l'obligea à s'écarter
& à éviter le coup, qui porta seule-

ment dans fon habit. Il a toujours
gardé depuis cet habit, pour en
conferver la mémoire. *Jean Colerus*,
qui rapporte ce fait, dit l'avoir
appris de l'Hôte & de l'Hôtesse de
Spinofa, à qui il l'avoit fouvent raconté. Ainfi il eft plus sûr de s'en
rapporter à lui, qu'à *Bayle*, qui dit
que ce fut en fortant de la Comedie
qu'il fut attaqué par un Juif, qui
lui donna un coup de couteau, dont
la bleffure fut legere.

Quoiqu'il en foit de ce fait, il
eft sûr que *Spinofa* rompit alors entierement avec les Juifs; ce qui fut
la caufe de fon excommunication,
qu'on ne prononça cependant contre lui, qu'après qu'il eut paru encore devant les anciens de la fyna-
gogue.

Il avoit été accufé de méprifer
la loi de *Moyfe*, mais il s'en défendit toujours, & le nia conftam-
ment, jufqu'à ce qu'on produisît
contre lui des témoins, avec lefquels il s'étoit expliqué fur fes vrais
fentimens, & qui dépoferent »qu'ils
» l'avoient oüi fe mocquer des Juifs,
» comme de gens fuperftitieux,

» nez & élevez dans l'ignorance ,   B. DE
» qui ne sçavent ce que c'est que SPINOSA.
» Dieu , & qui néanmoins ont l'au-
» dace de se dire son peuple , au
» mépris des autres Nations ; que
» pour la Loi elle avoit été insti-
» tuée par un homme plus adroit
» qu'eux , à la verité , en matiere
» de politique , mais qui n'étoit
» gueres plus éclairé dans la Phy-
» sique , ni même dans la Theolo-
» gie ; qu'avec une once de bon
» sens on en pouvoit découvrir l'im-
» posture , & qu'il falloit être aussi
» stupide que les Hebreux du tems
» de *Moyse* , pour s'en rapporter à
» lui.

Ces paroles impies exciterent l'indignation de la Synagogue, qui après lui avoir donné un délai , sui- vant la coutume , prononça contre lui la Sentence d'excommunica- tion & le retrancha de son corps. *Spinosa* composa alors en Espagnol son Apologie , mais cet écrit n'a pas été imprimé , il en a seulement inseré plusieurs choses dans son *Tractatus Theologico-Politicus.*

La conduite des Juifs à son égard

B. DE
SPINOSA.

le fit penser férieufement à executer un deffein qu'il avoit depuis
long-tems, qui étoit de fe retirer
à la campagne, pour s'éloigner du
tumulte & du bruit, & pour fe li-
vrer entierement aux meditations
philofophiques, qui faifoient tout
fon plaifir.

Il voulut cependant fçavoir auparavant un métier, pour y trouver
une reffource pour les befoins de la
vie. Il apprit donc à faire des ver-
res de lunettes, & s'appliqua auffi
au deffein, & il réüffit dans ces
deux chofes.

Quand il s'y fut rendu fuffifam-
ment habile, il quitta *Amfterdam*,
& alla loger chez un homme de fa
connoiffance, qui demeuroit fur la
route d'*Amfterdam* à *Auvverkerke*.
Il fortit de ce lieu en 1664. & fe
retira à *Rhynsburg* près de *Leyde*, où
il paffa l'hyver : mais il en partit
auffi-tôt après, & alla demeurer à
Voorburg à une lieuë de *la Haye*.

Il demeura trois ou quatre ans
en cet endroit, & fe fit pendant
ce tems un grand nombre d'amis à
la Haye, tous gens diftinguez par

leur condition, & par leurs emplois
dans le Gouvernement & à l'armée.

Ce fut par leurs follicitations
qu'il se détermina à s'établir & à se
fixer en ce dernier lieu, qu'il préfera à *Amsterdam*, parce que l'air y est
plus sain.

Quoiqu'il aimât la solitude, &
qu'il passât quelquefois deux ou
trois jours dans sa chambre sans voir
qui que ce soit, plusieurs personnes recherchoient sa compagnie,
& se faisoient un plaisir de l'entendre. La curiosité de voir un
homme, à qui ses sentimens hardis
avoient fait un certain nom dans
le monde, & de les lui entendre
debiter, lui attiroit de fréquentes
visites.

M. le Prince de *Condé* étant à
Utrecht en 1673. eut cette curiosité
comme les autres, & lui envoya un
passe-port afin qu'il vint l'y trouver. *Spinosa* y alla effectivement ;
mais les Auteurs ne s'accordent
point sur la réussite de son voyage.
Bayle a avancé dans la premiere édition de son Dictionnaire sur un
oüi-dire, que M. le Prince » fut

» obligé d'aller viſiter un poſte le
» jour que *Spinoſa* devoit arriver,
» & que le terme de ſon paſſe-port
» expira avant que ce Prince fût
» retourné à *Utrecht*, deſorte qu'il
» ne le vit point. « Mais il ſe retracta dans l'édition ſuivante, où il
dit : » que s'étant informé plus
» exactement de cette affaire, il
» avoit appris que le Prince de
» *Condé* fut de retour à *Utrecht* avant
» que *Spinoſa* en partît, & qu'il eſt
» très-vrai qu'il confera avec cet
» Auteur. La vie de *Spinoſa* écrite
par *Colerus*, lui fit quelque tems
après reprendre ſon premier ſenti-
ment, comme il paroît par une de
ſes Lettres (*Tome* 3. *p.* 1081. *de l'é-
dition de M. Des-Maizeaux.*) *Colerus* dit dans cet Ouvrage que l'Hôte
& l'Hôteſſe de *Spinoſa* » l'avoient
» aſſuré qu'à ſon retour d'*Utrecht*,
» il leur avoit dit poſitivement qu'il
» n'avoit pû voir le Prince de *Condé*,
» qui en étoit parti quelques jours
» avant qu'il y arrivât. *Bayle* crut
devoir déferer à une autorité ſi
poſitive, qui cependant n'eſt pas
tout-à-fait concluante, car il ſe

peut bien faire que *Spinoſa*, pour   B. DE
ôter tout ſujet de ſoupçon & de SPINOSA.
crainte à ſon Hôte, ait jugé à propos de lui cacher la verité. M. *Deſ-*
Maizeaux, pour éclaircir ce fait, a
conſulté M. *Morelli*, qui avoit connu *Spinoſa*, & qui lui a fait cette
réponſe.

   » J'ai connu très-particuliere-
» ment M. *Spinoſa*. Il m'a dit plus
» d'une fois qu'étant à *Utrecht* avec
» M. le Prince de *Condé*, ce Prince
» après s'être entretenu avec lui,
» lui fit de grandes inſtances pour
» l'engager de le ſuivre à *Paris*, &
» d'y reſter auprès de ſa perſonne;
» ajoûtant qu'outre ſa protection,
» ſur laquelle il pouvoit compter,
» il y auroit logement, bouche à
» Cour & mille écus de penſion : à
» quoi *Spinoſa* répondit, qu'il ſup-
» plioit ſon Alteſſe de conſiderer
» que tout ſon pouvoir ne ſeroit
» pas capable de le ſoûtenir [contre
» le zele de quelques-uns] d'autant
» plus que ſon nom étoit déja fort
» décrié par le *Traité Theologique &*
» *Politique*, & qu'il n'y auroit point
» de ſûreté pour lui, ni de ſatis-

B. DE
SPINOSA.

» faction pour son Altesse.... Mais
» qu'il étoit prêt d'accompagner
» son Altesse dans les armées, pour
» le délasser, s'il en étoit capable,
» de ses travaux guerriers. M. le
» Prince goûta ces raisons & le re-
» mercia.

» J'ai aussi consulté, ajoûte M.
» *Des-Maizeaux*, M. *Buissiere*, cele-
» bre Chirurgien de *Londres*, qui
» étoit alors à *Utrecht* en qualité
» de Chirurgien de l'Hopital de
» l'Armée : il m'a assuré qu'il avoit
» vû plusieurs fois *Spinosa* entrer
» dans l'appartement de M. le Prin-
» ce de *Condé*. Ainsi il n'y a plus
» lieu de douter que ce Prince ne
» se soit effectivement entretenu
» avec ce Philosophe. (*Not. sur la
Lettre* 282. *de Bayle*.)

Le voyage de *Spinosa* à *Utrecht*
pensa lui faire des affaires. On le
soupçonna d'intelligence avec les
ennemis de l'Etat, & son Hôte
voulut le faire sortir de chez lui,
dans la crainte de voir piller sa
maison, mais il le rassura, & cette
affaire n'eut point de suite.

La même année 1673. l'Electeur
Palatin

Palatin *Charles Louis* ayant entendu
parler avantageuſement de ſa capacité , & ayant vû ſon Ouvrage ſur
la Philoſophie de *Deſcartes* imprimé en 1663. mais ignorant le ve-
nin qu'il cachoit dans ſon ſein , voulut l'attirer à *Heidelberg* , pour y enſeigner la Philoſophie, & donna ordre au Docteur *Fabricius* , Profeſſeur
en Theologie , & l'un de ſes Conſeillers , de lui en faire la propoſition.

Fabricius lui écrivit donc le 16.
Fevrier de cette année & lui offrit
au nom de ſon Prince une chaire de
Philoſophie , avec une liberté très-
étenduë de raiſonner ſuivant ſes principes , comme il le jugeroit à propos , *Philoſophandi libertatem habebis
ampliſſimam.* Mais à cette offre il
joignit une condition , qui n'ac-
commoda point *Spinoſa* ; ce fut
qu'il n'abuſeroit point de cette liberté au préjudice de la Religion
établie par les Loix ; *quâ te ad pu-
blicè ſtabilitam Religionem conturban-
dam non abuſurum credit.*

Spinoſa vit bien l'impoſſibilité où
il étoit de raiſonner ſuivant ſes prin-

B. DE SPINOSA. cipes , & de ne rien avancer en mê-me tems qui fût contraire à la Religion établie , & ce fut ce qui l'engagea à refuser le poste qu'on lui offroit. Sa Lettre à *Fabricius* est du 30. Mars 1673. Il lui mande que *l'instruction de la jeunesse seroit un obstacle à ses propres études , & que jamais il n'avoit eu la pensée d'embrasser une semblable profession.* Mais ce n'étoit là qu'un prétexte , & il fait assez connoître la veritable raison de son refus , en ajoûtant : *De plus , je fais reflexion , que vous ne me marquez point dans quelles bornes doit être renfermée cette liberté , pour ne pas choquer la Religion établie.*

Ce qu'on trouve dans le *Menagiana* , to. 3. p. 30. sur le compte de *Spinosa* , n'est qu'une suite de faussetez. On y fait parler ainsi M. *Menage.* » J'ai oüi dire que *Spinosa* étoit » mort de peur qu'il avoit eu d'être » mis à la Bastille. Il étoit venu en » France , attiré par deux person- » nes de qualité , qui avoient envie » de le voir. M. de *Pompone* en fut » averti ; & comme c'étoit un Mi- » nistre fort zelé pour la Religion ,

»il ne jugea pas à propos de fouf- B. DE
»frir *Spinofa* en France , où il étoit SPINOSA.
»capable de faire bien du defordre,
»& pour l'en empêcher , il réfolut
»de le faire mettre à la Baftille.
»*Spinofa*, qui en eut avis, fe fauva
»en habit de Cordelier , mais je ne
»garantis pas cette derniere cir-
»conftance. Ce qui eft certain , eft
»que bien des perfonnes qui l'ont
»vû , m'ont affuré qu'il étoit petit,
»jaunâtre,qu'il avoit quelque chofe
»de noir dans la phyfionomie , &
»qu'il portoit fur fon vifage un ca-
»ractere de reprobation.

Ce dernier article eft vrai , fuivant *Bayle* , qui affure avoir entendu dire la même chofe à des perfonnes qui l'avoient vû. Pour ce
qui eft de fon voyage en France, &
des circonftances dont on l'a ac-
compagné ,il n'eft rien de plus faux.
Il n'y a jamais mis le pied , quoique des perfonnes de diftinction
ayent voulu l'y attirer. Sa mort ne
doit donc pas être attribuée à la
crainte d'être mis à la Baftille.

Il étoit d'une conftitution très-
foible ,mal fain ,maigre , & attaqué

de phtisie depuis plus de vingt ans, ce qui l'obligeoit à vivre de regime & à être extrêmement sobre. Cependant on croyoit qu'il vivroit encore du tems dans cet état, lorsque son Hôte & sa femme revenant du Sermon le 21. Mai 1677. le trouverent mort. *Colerus* le fait mourir à la page 164. le 23. Fevrier, & à la page 181. le 21. Cette derniere date est la veritable, & s'accorde avec celle de l'Auteur de la Préface des Œuvres Posthumes de *Spinosa*. La premiere est sûrement fausse, puisque le 23. n'étoit pas un Dimanche, comme *Colerus* le dit, mais un Mardi. Il étoit alors dans sa quarante-cinquiéme année.

Tout le monde convient que c'étoit un homme d'un bon commerce, affable, honnête, officieux, parfaitement désinteressé, & fort reglé dans ses mœurs. Mais si l'on n'a que du bien à dire de sa conduite, on ne peut dire que du mal de sa doctrine, qui n'est qu'un tissu d'absurditez & d'impietez, sans liaison & sans ordre.

Catalogue de ſes Ouvrages. **B. DE**
SPINOSA.

1. *Renati Deſcartes Principiorum*
Philoſophiæ pars prima & ſecunda more
Geometrico demonſtratæ, per Benedic-
tum de Spinoſa Amſtelodamenſem. Ac-
ceſſerunt ejuſdem Cogitata Metaphyſica,
in quibus difficiliores, quæ tam in parte
Metaphyſices generali, quam ſpeciali
occurrunt, quæſtiones breviter expli-
cantur. Amſtelodami 1663. *in - 4°.*
Spinoſa paroît dans cet Ouvrage
auſſi orthodoxe ſur la Nature de
Dieu, que l'étoit *Deſcartes*; ce qui
pourroit faire croire qu'il n'étoit
pas encore dans les ſentimens impies dont il a rempli ſes autres Ouvrages. Mais il eſt bon de ſçavoir
qu'il n'y parle point ſelon ſa penſée;
comme on l'apprend par la Préface,
qui eſt d'un de ſes diſciples, nommé *Louis Meyer*, Medecin d'*Am-*
ſterdam, dont on a deux autres Ouvrages dans les mêmes principes
que les ſiens intitulez, l'un : *Lucii*
Antiſtii Conſtantis de Jure Eccleſiaſti-
corum liber ſingularis, quo docetur,
quodcumque divini humanique Juris
Eccleſiaſticis tribuitur, vel ipſi ſibi tri-
buunt, hoc aut falſo impieque ipſi tri-

B. DE
SPINOSA.

bui, *aut non aliunde quam à suis, hoc est, ejus Reipublicæ sive Civitatis Prodiis, in qua sunt constituti, accepisse. Eleutheropoli 1655. in-8°.* L'autre : *Philosophia Sacræ Scripturæ Interpres; Exercitatio paradoxa, in qua veram Philosophiam infallibilem S. Litteras interpretandi normam esse demonstratur. Eleutheropoli 1666. in-4°.* Je ne cite ici ces deux Ouvrages, que parce que quelques Auteurs les ont attribuez à *Spinosa*, mais mal-à-propos, puisque tous ceux qui ont écrit sa vie n'en disent pas le moindre mot ; au lieu que *Colerus* & plusieurs autres les donnent à *Meyer*.

2. *Tractatus Theologico-Politicus continens Dissertationes aliquot, quibus ostenditur libertatem Philosophandi non tantum salva pietate & Reipublicæ pace posse concedi ; sed eandem nisi cum pace Reipublicæ, ipsaque pietate tolli non posse. Hamburgi 1670. in-4°.* Quoique le titre de ce Livre porte qu'il a été imprimé à *Hambourg*, il est sûr qu'il l'a été à *Amsterdam*. On en a une traduction Françoise, faite par le Sieur de *S. Glain*, Angevin, Capitaine au service des

Etats de Hollande, qui a enſuite
travaillé à la Gazette d'*Amſterdam.*
Il avoit été Calviniſte, mais dès qu'il
eût connu *Spinoſa*, il devint un de
ſes diſciples & de ſes plus grands
admirateurs. Sa traduction parut à
Amſterdam en 1678. *in-12.* Il l'intitula d'abord *La Clef du Sanctuaire*;
mais ce titre ayant fait beaucoup
de bruit, ſur tout dans les Pays
Catholiques, on jugea à propos,
pour faciliter le debit du Livre,
d'ôter ce premier titre, & d'y ſub-
ſtituer celui de *Traité des Cérémonies*
ſuperſtitieuſes des Juifs tant anciens que
modernes. La même raiſon y fit encore ôter dans la ſuite celui-là, pour
l'intituler *Reflexions curieuſes d'un*
eſprit deſintereſſé, *ſur les matieres les*
plus importantes au ſalut tant public
que particulier. Ces trois titres differens ont fait croire à quelques perſonnes qu'il y avoit eu trois éditions differentes de cette traduction,
mais il n'y en a eu qu'une, dont
on a ſeulement changé la premiere
feüille. Il eſt beaucoup plus rare de
la trouver ſous le premier titre, que
ſous les deux autres. On voit à la

B. DE SPINOSA. fin de la traduction des *Remarques curieuses & necessaires pour l'intelligence de ce Livre*, qui sont de *Spinosa*, & qui n'étoient pas dans le Latin. L'Original Latin a été réimprimé *in-*8°. sous differens titres bizarres, pour tromper le Public, & éluder les défenses des Magistrats. Ainsi on le trouve sous celui-ci, sous lequel on ne s'aviseroit pas de l'aller chercher : *Dan. Heinsii Operum Historicorum Collectio. Lugd. Bat.* **1673.** *in-*8°. On en a donné une traduction Flamande à *Breme*, ou plutôt en Hollande, en 1694. sous ce titre : *Le Theologien judicieux & politique.* Elle est de *Jean Henri Glasemaker.* Au reste cet Ouvrage impie, qui tend à renverser la Religion en attaquant la Revelation, a été refuté par plusieurs personnes, qui se sont appliquées à mettre au jour les semences d'Athéisme qu'il renferme ; tels sont.

François Cuper, Socinien, qui mourut à Rotterdam l'an 1695. dans son Livre intitulé : *Arcana Atheismi revelata, philosophice & paradoxe refutata, examine Tractatus Theologico-politici*

politici Bened. Spinofæ. Roterodami 1676. *in-*4°.

Regnier de Manfvelt, Profeſſeur à *Utrecht* dans ſon *Liber Poſthumus adverſus Anonymum Theologico-Politicum. Amſtelod.* 1674. *in-*4°.

Jean Bredenbourg, Bourgeois de *Rotterdam* dans ſon *Enervatio Tractatus Theologico-Politici, una cum demonſtratione, geometrico ordine diſpoſita, naturam non eſſe Deum, cujus effati contrario prædictus Tractatus unicè innititur. Roterodami* 1675. *in-*4°. C'eſt un des meilleurs Ouvrages qu'on ait compoſé ſur cette matiere. Comme l'Auteur ne poſſedoit pas parfaitement la Langue Latine, il fut obligé de l'écrire en Flamand, & de ſe ſervir de la plume d'un autre pour le traduire.

Pierre Yvon, diſciple de *Labadie*, & Miniſtre des Labadiſtes dans leur retraite de *Wievvert* en Friſe, qui publia l'Ouvrage intitulé : *L'Impieté convaincuë en deux Traitez*, dont le premier établit clairement l'exiſtence de Dieu, comme la premiere & la plus certaine de toutes les veritez, & le ſecond contient la défenſe de l'Ecriture

Tome XIII. E

Sainte par l'entiere refutation du Livre impie de Spinosa nommé Traité
Theologique-Politique. *Amsterdam*
1681. *in-8°.*

Jacques Batalerius, dans ses *Vindiciæ miraculorum, per quæ divinæ Religionis, & fidei Christianæ veritas olim
confirmata fuit, adversus profanum
Autorem Tractatus Theologico-Politici.*
Amstelodami 1674. *in-12.*

Jean Musæus, Professeur en Theologie à *Iene* dans son *Tractatus Theologico-Politicus ad veritatis lumen exa-
minatus. Ienæ* 1674. *in-4°. Colerus* dit
que c'est l'Auteur qui a refuté le
plus solidement *Spinosa.*

Noël Aubert de Versé, dans son
Livre intitulé : *L'impie convaincu,*
ou *Dissertation contre Spinosa, dans
laquelle on refute les fondemens de son
Athéisme. Amsterdam* 1684. *in-8°.*

Jean Melchior, Ministre, dans
cet Ouvrage : *Religio ejusque natura
& principium, sive Epistola qua ad
examen vocatur Tractatus Theologico-
Politicus. Ultrajecti* 1672. *in-8°.*

Matthieu Earbery, dans un Livre
Anglois, qui a pour titre : *Le Déis-
me examiné & refuté*, ou *Réponse à*

un Livre intitulé : Tractatus Theo- B. DE
logico - Politicus. *Londres* 1697. SPINOSA.
*in-*8°.

3. *B. D. S. Opera Poſthuma* 1677.
*in-*4°. Ce Recüeil, qui a été imprimé à *Amſterdam*, contient cinq parties.

La premiere eſt : *Ethica ordine
Geometrico demonſtrata , & in quinque
partes diſtributa , in quibus agitur* 1°.
de Deo. 2°. *de Natura & Origine
mentis.* 3°. *de Origine & Natura affectuum.* 4°. *De ſervitute humana ,
ſive de affectuum viribus.* 5°. *De po-
tentia intellectus , ſeu de Libertate Humana.* Ce Traité encore plus rempli d'impietez que ſon Ouvrage pré-
cédent , a été auſſi refuté par une
infinité d'Auteurs , qu'il ſeroit trop
long de citer ici.

La ſeconde : *Tractatus Politicus ,
in quo demonſtratur , quomodo ſocietas,
ubi Imperium Monarchicum locum ha-
bet , ſicut & ea , ubi Optimi imperant,
debet inſtitui , ne in Tyrannidem la-
batur , & ut pax , libertaſque Civium
inviolata maneat.*

La troiſiéme : *Tractatus de intellectus emendatione , & de via quâ op-*

B. DE
SPINOSA.

time in veram rerum cognitionem diri-gitur.

La quatriéme : *Epistolæ Doctorum quorumdam virorum ad B. D. S. & Auctoris Responsiones, ad aliorum ejus operum elucidationem non parum facientes.*

La cinquiéme : *Compendium Grammatices Linguæ Hebreæ.*

V. sa vie par *Jean Colerus. La Haye* 1706. *in*-12. Le Sieur *Lucas*, fameux en Hollande par ses *Quintessences*, & plus encore par ses mœurs & sa maniere de vivre, en a composé une autre, qui est un vrai Panegyrique de ce fameux Athée ; elle se trouve dans le dixiéme tome des *Nouvelles Litteraires* de *du Sauzet*, p. 40. *Bayle* en a donné aussi un article fort étendu, où il parle au long de ses sentimens.

LOUIS ALAMANNI.

LOUIS *Alamanni* naquit à *Florence* le 28. Octobre 1495. de *Pierre Alamanni* & de *Genievre Paganelli*, tous deux de familles nobles.

Il fit ses études dans sa Patrie. Quelques-uns prétendent qu'il y eut pour maître *Jacques Diacceto* ; mais il est probable qu'ils se trompent, puisqu'ils étoient à peu près du même âge, & que *Benoît Varchi* dit dans la vie de *François Cattani de Diacceto*, qu'il eut pour disciples *Louis Alamanni*, *Zenobe Buondelmonte*, *Jacques Diacceto*, *Antoine Bruccioli*, &c. Ainsi ils ont pris un *Diaccetto* pour l'autre : car il est à remarquer qu'il y avoit en même tems à *Florence* trois Sçavans de ce nom, deux nommez *François*, & l'autre *Jacques*. Les deux *François* étoient distinguez par les surnoms de *Pavonazzo* (le violet) & de *Nero* (le noir) qui étoient les couleurs des habits qu'ils avoient cou-

L. Ala-
MANNI.

tume de porter, & le premier eft
celui dont *Varchi* a écrit la vie.
Pour ce qui eft de *Jacques*, qui étoit
beaucoup plus jeune qu'eux, on le
diftinguoit par le nom de *Diaccetino*. Quélques Auteurs leur ont donné le nom de *Ghiaccetto*, au lieu de
Diaccetto ; mais cette difference ne
doit pas furprendre, parce que les
Florentins prononcent de même ces
deux mots.

L'amitié qu'*Alamanni* contracta
avec *Buondelmonte* & avec *Diaccetino*,
lui fut dans la fuite funefte, & l'o-
bligea à s'exiler de fa Patrie. Son
pere avoit été fort attaché à la Maifon de *Medicis*, & lui-même étoit
aimé du Cardinal *Jules de Medicis*,
qui gouvernoit alors la Republique
de *Florence* ; mais une injure qu'il
prétendit en avoir reçûë, l'aliéna
entierement de lui, & lui fit naître
des defirs de vengeance. Il avoit
été trouvé la nuit avec des armes,
contre la défenfe du Cardinal, &
avoit été obligé de fubir la peine
portée par fon Ordonnance, dont
il croyoit être exempt. Ne pouvant
digerer cet affront, il fe lia avec

Buondelmonte & *Diaccettino* , qui L. Ala-
étoient auffi mécontens du Cardi- manni.
nal , & ils formerent enfemble une
conjuration fous le prétexte fpe-
cieux du bien public , & dans le
deffein de s'acquerir par fa mort le
titre de liberateur de la Patrie.

La mort du Pape *Leon X.* arrivée
le 2. Decembre 1521. leur parut
une occafion favorable pour executer leur complot , dans lequel ils
trouverent le moyen de faire entrer
plufieurs perfonnes , entr'autres un
coufin d'*Alamanni* , nommé comme lui , (*a*) *Nicolas Martelli* & *Antoine Bruccioli*.

Mais leurs deffeins furent bientôt découverts ; *Jacques Diaccetino*
ayant été mis en prifon fur quelques
indices vers le 22. Mai 1522. *Bruccioli* fortit auffi-tôt de *Florence* , &
alla avertir *Alamanni* , qui étoit
alors à la campagne. Celui-ci voyant
bien qu'il n'y avoit point de tems

_____

(*a*) Il n'étoit pas frere de notre Auteur,
comme le difent les Auteurs de la *Bibliotheque Italique*, tome 1. p. 263. mais fils
de *Thomas* , fon coufin germain , *fratel
cugino*, dit le *Journal de Venife*.

E iiij

L. ALA-
MANNI.

à perdre, songea d'abord à se mettre en sûreté, & se retira dans le Duché d'*Urbin*. Sa fuite fut si précipitée, qu'il ne songea point à avertir son cousin, qui étoit en garnison à *Arezzo*, de ce qui se passoit. Cet oubli fut la cause de sa perte, car il fut arrêté peu de tems après, & conduit à *Florence*, où il eut la tête tranchée avec *Diacettino* le 7. Juin suivant. Quant à notre Auteur & à *Buondelmonte*, qui s'étoit aussi évadé, ils furent proscrits, & leur tête fut mise à prix. (*a*)

Ils se retirerent tous les deux par differentes routes à *Venise*, où le Senateur *Charles Cappello* les reçut dans son Palais. Mais ils ne demeurerent pas long-tems en cette Ville, car le Cardinal *Jules de Medicis* ayant été l'année suivante 1523. élû Pape sous le nom de *Clement VII.* ils ne s'y crurent pas en sûreté, & formerent le dessein de se retirer en France.

(*a*) Les mêmes Journalistes de la *Bibliot. Italique* ont mal traduit ces paroles du Journal de *Venise*, *è posto taglia di cinquecento fiorini d'oro per uno*, par celles-ci, *ils furent mis à l'amende de* 500. *florins d'or.*

En paſſant à *Breſcia* , ils furent L. ALA-
arrêtez & mis en priſon , on ne ſçait MANNI.
pour quel ſujet , peut-être à la ſol-
licitation du Pape. Mais *Charles*
Cappello l'ayant appris , travailla ſi
efficacement pour eux , qu'ils furent
mis en liberté. Ce ſervice fut cauſe
que *Cappello* ayant été envoyé quelques années après en ambaſſade à
Florence , y fut traité avec beaucoup de diſtinction par les Seigneurs
Florentins.

Alamanni fuyant la puiſſance &
l'indignation du Pape, demeura ſuc-
ceſſivement en differens endroits ,
tantôt en France , tantôt à *Gennes* ,
attendant toujours un changement
qui pût le rendre à ſa Patrie.

Ce changement arriva en 1527.
Car l'armée de l'Empereur *Charles*
V. ayant alors pris d'aſſaut la ville
de *Rome* , & le Pape s'étant retiré
dans le Château *S. Ange* , où il étoit
comme priſonnier , les Florentins ,
qui tenoient le parti du peuple , re-
prirent courage , chaſſerent les *Me-*
dicis & rappellerent les bannis ,
entr'autres *Alamanni* & *Buondel-*
monte.

Cependant les progrez de l'Empereur firent appréhender à *Nicolas Capponi*, qu'ils avoient élû Gonfalonier, quelque nouvelle disgrace, & cette appréhension le portoit à s'accommoder avec ce Prince. Plusieurs étoient de son avis, & dans le Conseil qui se tint pour déliberer sur ce sujet, *Alamanni* fit un long discours pour l'appuyer. Mais le credit de ceux qui étoient d'un avis contraire l'emporta, & *Alamanni* commença à devenir suspect au parti du peuple; ce qui l'engagea à paroître rarement à *Florence*, & à aller passer la meilleure partie du tems à *Gennes*.

La Republique de *Florence* ayant en 1528. levé des troupes, *Alamanni* fut élu Commissaire General, & il accepta cet emploi, dont on lui envoya la Patente à *Gennes*, où il étoit alors.

Lorsqu'il vit les affaires des François entierement perduës en Italie, il fit de nouvelles tentatives pour engager les Florentins à se détacher de leur parti & à se joindre à celui de l'Empereur, mais toutes ses dé-

marches furent auſſi inutiles que la L. ALA-
premiere fois, & ne ſervirent qu'à MANNI.
le rendre odieux au peuple, ce qui
le fit réſoudre à ſe retirer pour toujours de *Florence.*

Cependant lorſque la treve eût
été concluë entre *Charles-Quint* &
François I. les Florentins envoyerent
des Ambaſſadeurs à l'Empereur,
pour faire leur paix ; mais ce Prince
ne voulut point les recevoir, qu'ils
ne promiſſent de rendre la puiſſance
ſouveraine aux *Medicis.* Sur leur
refus l'armée de l'Empereur & les
troupes du Pape s'emparerent de la
meilleure partie de la Toſcane, &
mirent le ſiege devant *Florence.*

Dans cette éxtrêmité ils eurent
recours à *François I.* mais ne le trouvant pas diſpoſé à les ſecourir, ils
s'adreſſerent à ceux de leurs Ci-
toyens, qui étoient refugiez dans
les Pays Etrangers. *Alamanni,* qui
aimoit veritablement ſa Patrie, ou-
bliant tous les ſujets de plainte qu'il
pouvoit avoir contre elle, fit ſi
bien, qu'il ramaſſa de côté & d'autre quinze ou vingt mille écus,
comme le rapporte *Nardi,* ou même

L. ALA- quarante mille, felon *Segni*, & les
MANNI. porta de *Lyon*, où il s'étoit retiré,
à *Gennes*, d'où il les fit paffer à
Pife.

Benoît *Varchi*, qui dans fon Hiftoire manufcrite de *Florence* rapporte
cet évenement au mois de Mars &
d'Avril de l'an 1530. le raconte autrement que *Nardi* & *Segni*. Il dit
qu'*Alamanni* s'étoit lui-même tranf-
porté à *Florence*, de *Gennes* où il
avoit toujours demeuré, après avoir
été faire un tour à *Barcelone* ; &
qu'il avoit trouvé moyen par fes
follicitations de tirer du Roi de
France vingt-deux mille écus, dont
il avoit envoyé une partie à *Pife*,
& dont il avoit porté une autre à
Florence.

Quoiqu'il en foit de ce fait, qui
n'a rien de fort intereffant, il eft
fûr que ces fecours ne furent que
d'une utilité mediocre pour les
Florentins, puifqu'ils furent obligez de fe rendre le 10. Août de
cette année.

La forme du Gouvernement fut
auffi-tôt changée, & *Alexandre de
Medicis* fe mit en poffeffion de l'au-

torité ſouveraine. Les principaux L. ALA-
Chefs du parti populaire furent mis MANNI.
à mort, d'autres furent bannis en
differens endroits, & du nombre
de ces derniers fut *Louis Alamanni*,
qui fut exilé en Provence, comme
il paroît par la liſte que *Varchi* en
donne. Mais n'ayant pas obſervé
ſon ban, il fut cité & declaré re-
belle en 1532.

Se voyant par là hors d'eſperance
de revoir jamais ſa Patrie, il vint
s'établir en France, où ſon merite
lui fit trouver un Protecteur dans
la perſonne de *François I.* & où ſon
talent pour la Poëſie lui donna les
moyens de ſe faire un nouveau patrimoine. Ce Prince, qui l'aimoit,
lui fit beaucoup de bien, l'employa
en differentes affaires importantes,
& l'honora du Collier de l'Ordre de
S. Michel.

Henri, Duc d'Orleans, qui monta
enſuite ſur le trône, ayant épouſé
en 1533. *Catherine de Medicis*, cette
Princeſſe le prit à ſon ſervice, en
qualité de Maître-d'Hôtel.

La mort de *Clement VII.* arrivée
l'an 1534. & celle du Duc *Alexandre*

de Medicis, qui fut tué en 1537.
firent efperer aux Florentins de pouvoir rétablir le Gouvernement populaire. Ils prirent les armes dans
ce deffein, & *Alamanni* ne manqua
pas de les y animer par fes lettres.
Il eft même à préfumer qu'il fit un
voyage à *Florence*, pour les y exhorter plus efficacement, comme il
paroît par un des Sonnets, où il
marque expreffement que fix ans
après s'être retiré en France, il
avoit paffé en Italie, d'où il étoit
revenu peu de tems après en ce
Royaume.

Il fit un autre voyage en Italie
avec fes deux fils *Nicolas* & *Bâtifte*
vers la fin de l'an 1539. car on a
dans un Manufcrit de *Florence* fix
Lettres de lui écrites de *Rome*; la
premiere le 18. Novembre de cette
année, & les deux dernieres au mois
de Decembre fuivant. Deux Lettres
d'*Annibal Caro* nous apprennent
qu'il demeura en cette Ville tout
le mois de Janvier de l'an 1540.

Il alla enfuite à *Ferrare* & à *Padoue*, d'où il paffa à *Mantoue* pour
revenir en France; une de fes Let-

tres datée de *Mantoue* le 22. Avril, L. Ala-
& écrite à *Varchi*, nous inftruit de manni.
ce détail.

Alamanni ne fut pas plutòt de
retour en France, qu'on l'aggregea
à l'Academie des *Inflammati*, qui
fe forma en ce tems-là à *Padoue* par
les foins de *Daniel Barbaro* & d'U-
golin Martelli, comme *Razzi* le
rapporte dans la Vie de *Varchi*,
qui en fut un des principaux Membres.

Alamanni fit encore un tour en
Italie au commencement de l'année
1541. & il fe troùva pendant le
carnaval à *Ferrare* à la premiere re-
prefentation d'une fameufe Tragedie de *Jean-Batifte Giraldi Cintio*,
intitulée : *Orbecche*.

L'an 1544. la paix ayant été concluë entre l'Empereur & le Roi de
France, *François I.* envoya *Alamanni*
en ambaffade à *Charles-Quint*, &
ce fut alors qu'il lui arriva ce que
Jerôme Rufcelli rapporte dans fes
Imprefe illuftri, p. 208.

Parmi les Poëfies qu'il avoit
compofées à la loüange de *François
I.* étoit un Dialogue fatyrique, où

L. ALA-le Coq faifoit entr'autres ce repro-
MANNI. che à l'Aigle.

---- *Aquila Grifagna,*
Che per piu divorar due becchi porta.

L'Empereur avoit lû cette Piece,
& fe fouvint à propos de cet endroit. Car *Alamanni* ayant paru devant lui , & lui ayant fait un difcours, où il s'étendoit fort fur fes
loüanges, & dont toutes les pério-
des commençoient par le mot *Aquila* ; ce Prince qui l'avoit écouté
avec beaucoup d'attention, fe contenta de lui dire, lorfqu'il eut fini,

---- *Aquila Grifagna*
Che per piu divorar due becche porta.

Ces paroles ne démonterent point
Alamanni , qui reprenant la parole,
lui dit : *Seigneur , quand j'ai écrit
ceci , je l'ai fait en Poëte , à qui il eſt
permis de mentir ; maintenant je parle
en Ambaſſadeur, qui doit ne dire que
la verité. Je parlois alors en jeune homme , je le fais prefentement en homme
mûr ; le chagrin de me voir éloigné
de ma Patrie m'animoit alors , mais je
fuis maintenant exemt de paſſion.* Une
réponfe fi fage plut extrêmement à
l'Empereur, qui fe leva auffi-tôt,

&

& lui frappant de la main fur l'é-
paule, lui dit que fon exil ne devoit point lui faire de peine, puifqu'il avoit trouvé un protecteur tel
que le Roi de France, & que c'é-
toit plutôt au Duc de *Florence* à
s'affliger, d'avoir perdu un fujet de
fon merite.

Alamanni fut depuis bien venu à
la Cour de l'Empereur, dont il
obtint tout ce qu'il voulut, & s'en
retourna en France chargé d'honneurs & de préfens.

François I. étant mort en 1547.
Henri II. qui lui fucceda, ne témoigna pas moins de bienveillance
à *Alamanni.* Il l'envoya en 1551. à
Gennes, pour engager cette Republique à recevoir fes vaiffeaux dans
fes ports, & à donner un libre paffage aux troupes qu'il avoit deffein
d'envoyer en Italie. Il l'avoit outre
cela chargé d'une commiffion fe-
crette, de voir les Senateurs qui
étoient attachez aux interêts de la
France, & de menager par leur
moyen quelque foulevement, qui
retirât la Republique du parti de
l'Efpagne & la foûmît à la France.

L. ALA-
MANNI.

Il fit tout ce qu'il pût pour y réuſ-
fir , mais quelques ſoins & quelques peines qu'il ſe donnât pour
cela , il eut le chagrin de les voir
infructueuſes. *Paul Paruta* & *André*
Moroſini parlent dans leur Hiſtoire
de *Veniſe* de ce voyage d'*Alamanni*
à *Gennes* , qui fut apparemment le
dernier qu'il fit en Italie.

Jerôme Ghillini dans ſon *Teatro*
d'Huomini illuſtri , p. 156. dit qu'il
mourut à *Paris* , & qu'il fut enterré
dans l'Egliſe des Cordeliers. Mais
Luc Antoine Ridolfi , ſon compatriote & ſon ami , qui étoit alors
en France , & qui par là eſt plus
croyable que *Ghillini* , dit dans ſon
Dialogue intitulé : *Areteſila* , imprimé à *Lyon* en 1560. qu'il mourut à *Amvoiſe* , où il étoit avec la
Cour , le 18. Avril 1556. Il étoit
alors dans ſa ſoixante-uniéme année.

On trouve dans le ſecond Livre
des Lettres de *Pierre Aretin* , page
218. une Lettre de ce Sçavant à
Louis Alamanni datée de *Veniſe* le
10. Juin 1562. mais il eſt ſûr qu'il
y a une faute d'impreſſion dans la
date.

Il a eu deux femmes, toutes deux Florentines & de familles nobles. Il épousa la première, nommée *Alessandra Serristori*, à *Florence* en 1516. avant son exil; & la seconde, appellée *Madeleine Buonajuti*, en *France*. Cette dernière étoit Dame d'atour de la Reine *Catherine de Medicis*, & se maria en secondes noces, après la mort d'*Alamanni*, en 1558. à *Jean-Batiste de Gondi*.

Il doit avoir eu de la première ses deux enfans qui sont les plus connus *Nicolas* & *Batiste*, quoique quelques Auteurs disent le contraire. En voici la raison. D'un côté on a une Lettre d'*Annibal Caro* à *Alamanni* datée du mois de Decembre 1539. dans laquelle il fait ses complimens à *Nicolas* & à *Batiste* ses fils; d'un autre, *Nicolas Martelli* dans la Dedicace du premier Livre de ses Lettres addressée à *Madeleine Buonajuti*, lui dit qu'en 1546. qui est la date de la Dedicace, elle avoit encore à peine vingt-deux ans. Elle avoit donc en 1539. tout au plus quinze ans, âge trop peu avancé pour avoir déja deux enfans à

L. ALA-qui l'on pût faire des compli-
MANNI. mens. Il faut dire la même chose
d'une fille, dont il fait mention dans
une de ses Lettres, qui est à la verité sans date, mais qui paroît être
de l'an 1539. Il a eu encore outre
cela un fils nommé *Jacques*, mais
dont on ne connoît que le nom,
apparemment parce qu'il mourut
avant son pere.

Ce que je viens de dire de la naif-
sance des enfans d'*Alamanni* est confirmé par ce que MM. *de Ste Marthe*
disent dans la *Gallia Christ. de Batiste*.
On y voit qu'il naquit le 30. Octobre 1519. en Italie, qu'étant venu en
France avec son pere, il fut d'a-
bord Aumônier de la Reine *Catherine*; qu'en 1555. il fut fait Evêque
de *Bazas*, Evêché qu'il quitta en
1558. pour passer à celui de *Macon*,
& qu'il mourut le 13. Août 1581.
Le P. *de Sainte-Marthe* s'est trompé, lorsqu'il a dit dans la nouvelle
édition de la *Gallia Christiana*, to.
1. p. 1210. qu'il étoit fils de *Louis
Alamanni, qui pro tuenda patriæ libertate mortem oppetierat.* Il a confondu celui qui eut le bonheur de se

ſauver & celui qui fut décapité à
Florence, parce qu'ils avoient tous
deux le même nom. On a en manuſcrit quelques Lettres de *Batiſte*,
entr'autres une datée de *Lyon* le 29.
Mai 1545. où il marque que le Roi
lui avoit donné un mois auparavant
l'Abbaye de *Belleville* dans le Beau-
jolois, à ſix lieuës de cette Ville,
qui valloit mille écus.

L'autre fils d'*Alamanni*, nommé
Nicolas, a été Capitaine aux Gardes, & Chevalier de l'Ordre de *S.
Michel*; il ſe maria avec *Anne de
Briqueville*, dont il eut *Louis* &
Henri, morts ſans poſterité, & *Catherine*, qui étant allée en Italie,
y fut Dame d'honneur de la Grande
Ducheſſe de Toſcane, & épouſa
en 1595. *Philippe del Migliore*, dont
elle n'a eu qu'une fille.

Catalogue de ſes Ouvrages.

1. *Opere Toſcane. Sebaſtianus Gry-
phius excudebat. Lugduni* 1532. *in* 8°.
C'eſt la premiere & la plus belle
édition que l'on ait du Recüeil des
Poëſies Italiennes d'*Alamanni*, dont
pluſieurs avoient peut-être déja été

L. ALA- imprimées feparément. Les Pieces
MANNI. qui y font contenuës font.

Elegie, p. 1. Elles font divifées en quatre Livres , dont les trois premiers roulent fur des fujets amoureux, au lieu que le quatriéme ne traite que de matieres faintes & devotes. *Alamanni* paffe communément pour le premier qui ait compofé des Elegies en Italien.

Egloghe, p. 108. *Alamanni* s'eft propofé *Theocrite* pour modele dans ces Eglogues, qui font au nómbre de quatorze, & toutes en vers non rimez. (*Sciolti*) Il s'eft attribué la gloire d'avoir le premier mis en ufage cette forte de vers ; mais *Triffino* s'attribuë la même gloire, & peut-être avec plus de raifon, puifque , quoiqu'ils vêcuffent dans le même tems , les Ouvrages où il s'eft fervi de ces fortes de vers ont paru avant ceux où *Alamanni* les a employëz.

Sonetti , p. 188.

Favola di Narciffo , p. 289. Cette Piece fe trouve auffi dans la *Prima parte delle Stanze di diverfi illuftri Poëti*, *raccolte da Lodovico Dolce*. In *Venegia* 1570. in-12.

Il Diluvio Romano, p. 316. Il L. A<small>LA</small>-décrit dans cette Piece l'inondation <small>MANNI.</small> du Tibre arrivée en 1531. *Bernard Segni*, qui fait mention de cette inondation dans son Histoire de *Florence*, parle aussi du Poëme d'*Alamanni*, qu'il préfere à l'Ode seconde du premier Livre d'*Horace*, qui roule sur le même sujet.

Favola d'Athlante, p. 343.

Satire, p. 357. Elles sont au nombre de douze. *Mario degli Andini* a inseré la sixiéme, la septiéme, la neuviéme & la dixiéme dans son Recüeil intitulé : *Satyre di cinque illustri Poëti. In Venetia* 1565. *in-12.* Mais *François Sansovino* les a mises toutes dans son Recüeil de Satyres en 7. Livres, dont elles font le sixiéme. *Venise* 1560. *in-8°.* Les Satyres d'*Alamanni* sont pleines d'esprit, mais le stile en est trop relevé.

Salmi penitentiali, p. 421. Ce sont sept Pseaumes en vers faits à l'imitation de ceux de *David*, & remplis de sentimens de penitence. Il les composa dans une maladie dangereuse qu'il eut en 1525. Le P.

L. ALA-
MANNI.

François de Trevise les a inferez dans un Recüeil qu'il a publié sous ce titre : *Salmi spirituali di diversi eccelenti Autori , con alcune Rime spirituali. In Vinegia* 1572. *in-*12. Ils se trouvent aussi dans le Livre second des *Rime spirituali. In Venetia* 1550. *in-*16.

2. *Opere Toscane.* 2°. *Tomo. Lugduni* 1533. *in-*12. Ce second volume contient les Pieces suivantes.

Selve , p. 1. Ces Poësies sont divisées en trois Livres.

Favola di Phetonte , p. 105. En vers non rimez.

Tragedia di Antigone, p. 134. C'est la traduction d'une Tragedie de *Sophocle.*

Hymni , p. 196. Il s'y est proposé *Pindare* pour modele.

Stanze , p. 236. Elles se trouvent aussi dans la *Prima parte delle Stanze di diversi illustri Poëti* , *raccolte da Lodovico Dolce. In Vinegia* 1570. *in-*12.

Sonetti , p. 257. La plûpart sont à la loüange de *François I.* Plusieurs de ces Sonnets & de ceux qui sont contenus dans le premier volume,

se

ſe trouvent dans differens Recüeils
de Poëſies Italiennes.

Le premier volume des Poëſies d'*Alamanni* a été imprimé avec le même titre à *Florence* en 1532. *in-8°.* par les *Giunti*. Les Journaliſtes de *Veniſe*, qui nous font connoître cette édition, ignorent ſi elle eſt anté- rieure à celle de *Lyon*, & ſi les *Giunti* ont imprimé auſſi le ſecond volume. Ce qu'il y a de ſûr, c'eſt que ces Poëſies plûrent tellement en Italie, qu'on en fit deux nouvelles éditions à *Veniſe*, l'une en 1533. & l'autre en 1542. toutes deux *in-8°.*

Nicolas Franco dans ſes *Dialoghi piacevoli*, p. 118. rapporte que *Cle- ment VII.* fit brûler les Ouvrages d'*Alamanni*, dès qu'ils parurent à *Rome*, & punir celui qui les y avoit apportez; mais cet Auteur eſt trop ſatyrique, pour qu'on puiſſe faire quelque fond ſur ce qu'il dit.

3. *La Coltivazione. In Parigi da Ruberto Stephano.* 1546. *in-4°.* Cette édition eſt fort belle, & a été faite ſous les yeux de l'Auteur; elle a été ſuivie de celles de *Florence* des an- nées 1546. 1549. 1569. & 1590.

Tome XIII. G

L. ALA- MANNI.

toutes *in-8°.* qui ont été effacées par une nouvelle, que les freres *Jean Antoine,* & *Gaëtan Volpi* ont publiée sous ce titre : *La Coltiva- zione di Luigi Alamanni, e le Api di Giovanni Rucellai Gentilhuomini Fio- rentini : colle Annotazioni di Ruberto Titi sopra le Api, e con gli Epigram- mi Toscani dell' Alamanni. Si e ag- giunta una dotta Lettera del sign. Giov. Checozzi Vicentino, in difesa del Tris- sino, due copiose tavole non piu stam- pate, e varie notizie intorno alla vita e agli scritti de' due Poëti. In Padoua* 1718. *in-4°.* pp. 355. *La Coltiva- zione* avoit toujours paru seule jus- qu'à l'an 1590. que les *Giunti* y joi- gnirent *le Api di Giovanni Rucellai,* & les *Annotazioni di Ruberto Titi.* Cette édition de 1590. est fort défe- ctueuse, quoique *Haym* dans son Catalogue des Auteurs Italiens la traite de *Bella e correttissima edizione,* & les Editeurs de celles de 1718. lui ont préferé la premiere pour la suivre dans la leur. *La Coltivazione* est un des Poëmes les plus estimez que l'on ait en Italien ; il est en vers non rimez ; l'Auteur s'y est propoſé pour modeles *Virgile* & Homere. Ses Epigrammes, qui ſont au nombre de 122. ſont aſſez dans le goût de *Martial.*

4. *Gyrone Corteſe. In Parigi* 1548. *in-4°.* It. *nuovamente riveduto & cor-retto, con altre aggiunte dell' Autore medeſimo. In Vinegia* 1549. *in-4°.* Les additions de la ſeconde édition ne ſont que dans le titre, car il n'y a pas un mot de plus que dans la premiere. *Alamanni* compoſa ce Poëme par ordre du Roi *François I.* & par celui d'*Henri II.* mais il n'y a gueres mis du ſien, puiſqu'il n'a fait proprement que traduire en vers Italiens un Roman François fort eſtimé alors, qui a pour titre: *Gyron le Courtois.* C'eſt ce qu'il dit lui-même dans ſon Epître Dedica-toire au Roi *Henri II.* où il décrit l'origine & les loix des Chevaliers errans de la Grande Bretagne, ap-pellez ordinairement les *Chevaliers de la Table Ronde.*

5. *La Avarchide. In Firenze* 1570. *in-4°. François Bocchi* dans ſes Elo-ges des Sçavans Florentins, & *Mi-chel Poccianti* dans ſon Catalogue

L. ALA-
MANNI.

des Ecrivains de *Florence* citent mal cet Ouvrage, le premier en le nommant *Varchides*, & second en lui donnant pour titre : *Le Varchide*. Le sujet de ce Poëme est la prise de l'ancienne ville d'*Avaricum*, dont *Cesar* fait mention dans ses Commentaires, & que l'on croit être celle de *Bourges*, ce qui lui a fait donner à son Poëme le titre qu'il porte. Il s'y est proposé pour modele l'Iliade d'*Homere* ; ce sont en effet les mêmes événemens, il semble qu'il n'y ait que les noms de changez. C'est *Batiste Alamanni* son fils, qui l'a fait imprimer.

6. *Flora*, *Comedia. In Firenze* 1556. *in*-8°. It. *In Firenze* 1601. *in*-8°. Les Intermedes de cette Piece sont d'*André Lori*, Florentin, dont on a plusieurs Poësies Italiennes imprimées. Elle n'a pas eu l'approbation du Public, parce qu'il l'a composée en vers de treize syllabes, qui avoient déja échoüé auparavant dans une Tragedie d'*Alexandre Pazzi*, intitulée : *Didone*.

7. *Epigrammi. Philippe Giunti* les a mises dans son édition de la *Colti-*

vazione de l'an 1590. & elles ont L. ALA-
paru de nouveau dans celle des fre- MANNI.
res *Volpi. Dolce* en a fait auſſi entrer
une grande partie dans le cinquiéme Livre des *Rime di diverſi.* Elles
ſont précedées d'une Epître Dedicatoire d'*Alamanni* à la Princeſſe
Marguerite, Ducheſſe de Savoye,
datée de *Paris* le 8. Janvier 1546.
Cette Epître donne lieu de croire
qu'il s'en eſt fait alors dans cette
Ville une édition particuliere, &
qui peut-être étoit plus ample que
les deux que nous avons.

8. *Orazione & Selva. in-*4°. Ni
le lieu, ni l'année de l'impreſſion
ne ſont point marquez dans ce Livre. Le Diſcours eſt celui qu'il fit
en 1529. à la Milice de *Florence,*
ſuivant l'ordre que la Republique
avoit établi. *Varchi,* qui en parle
dans le huitiéme Livre de ſon Hiſtoire, dit qu'ayant fort peu de voix,
il ne fut preſque point entendu,
& que pour cette raiſon on la fit
imprimer auſſi-tôt après. Ainſi elle
doit avoir été imprimée la même
année, ou du moins la ſuivante.
La Sylve, qui y eſt jointe, eſt la

L. ALA-
MANNI.

troisiéme du second Livre de celles qui se trouvent dans le volume de ses *Opere Toscane.*

9. *Rime.* Elles se trouvent répanduës dans divers Recüeils de Poësies Italiennes.

10. *Lettera alla Marchesa di Pescara.* Inserée dans le premier Livre de la *Nuova Scelta di Lettere di diversi, di Bernardino Pino. In Venetia* 1582. *in*-8°. & dans l'*Idea del Secretario di Bartolomeo Zucchi. Parte II. In Venetia* 1606. *in*-4°.

11. *Lettera a Pietro Aretno.* Inserée dans le premier Livre des Lettres écrites à *Pierre Aretin.*

12. *Orazione.* Inserée dans l'Histoire de *Varchi,* & dans le *Journal de Venise,* to. 32. p. 252. C'est le Discours qu'il fit pour exhorter les Florentins à s'accommoder avec l'Empereur *Charles-Quint.*

13. *Canzone.* Cette Piece se trouve dans le *Journal de Venise,* to. 32. p. 364.

14. On a des Scholies de sa façon sur l'*Iliade* & l'*Odyssée* d'*Homere.* Celles qui sont sur l'*Iliade* ont paruës pour la premiere fois dans l'édi-

tion de ce Poëme faite à *Cambrige* L. ALA-
l'an 1689. *in*-4°. *Josue Barnes* les a MANNI.
fait aussi entrer avec celles qui sont
sur l'*Odyssée* dans sa belle édition
d'*Homere* publiée en 1711. *in*-4°.

15. *Delle lodi di Filippo Sassetti.*
Ce Discours se trouve dans un Re-
cüeil intitulé : *Prose Fiorentine. In
Firenza* 1720. *in*-8°. tom. 4.

V. *Negri Scrittori Fiorentini.* Les
freres *Volpi* Préface de l'édition de
la Coltivazione , & le *Journal de Venise* , to. 32. p. 230. où l'on trouve
un ample détail de ce qui concerne
Louis Alamanni.

ETIENNE LE MOYNE.

ETIENNE le Moyne naquit à   E. LE
Caen au mois d'Octobre 1624. MOYNE.
Il apprit dans sa Patrie les premiers
élémens des Sciences , & passa ensuite à *Sedan* , où il fit sa Theologie
sous *du Moulin.*

De là il alla en Hollande & s'y
appliqua aux Langues Orientales
dans l'Université de *Leyde.*

A son retour en France en 1650.

E. le
Moyne.

il fut appellé au Ministere, & servit quelques années en qualité de Pasteur l'Eglise de *Gefosse*. Mais son merite ne put être long-tems caché dans l'obscurité de ce Village. L'Eglise de *Rouen* jetta les yeux sur lui, & il fut long-tems Ministre dans cette Ville.

Il y fut détenu quelques mois dans les prisons du Bailliage, pour avoir favorisé la retraite en Angleterre de la fille d'un Conseiller au Parlement, qui ne voulut pas abjurer la Religion Protestante, comme avoit fait son pere. Ayant reçu ensuite quelque chagrin parmi ses Collegues, & M. *Van Beuninghen* le sollicitant d'un autre côté au nom des Etats de Hollande de se retirer chez eux, il accepta ce parti.

Il sortit de France en 1676. & ayant été prendre le Bonnet de Docteur à *Oxford*, il alla à *Leyde*, où il fut reçu Professeur en Theologie, à des conditions fort avantageuses.

Il est mort en cette Ville le 3. Avril 1689. âgé de 64. ans.

Comme il s'étoit destiné au Ministere dès sa premiere jeunesse, il avoit tourné ses études du côté des Antiquitez sacrées, qu'il a posse- E. LE MOYNE. dées parfaitement. Il sçavoit à fond les Langues Orientales, la Grecque & la Latine, & avoit joint à ces connoissances un grand usage des Lettres profanes. Il avoit une mémoire prodigieuse, à qui rien n'échappoit, & qu'il avoit remplie d'une infinité de beaux traits d'érudition, par une application continuelle à l'étude ; ce qui rendoit sa conversation extrêmement utile & agréable. C'étoit un homme plein de candeur, désinteressé, ennemi de la médisance, fidele & officieux ami, & ennemi des contentions & des disputes.

Catalogue de ses Ouvrages.

1. *Varia sacra, seu Sylloge variorum Opusculorum Græcorum ad rem Ecclesiasticam spectantium. Cura & studio Stephani le Moyne, qui collegit, Versiones partim addidit, & notis & observationibus uberioribus illustravit. Lugd. Bat.* 1685. *in-*4°. 2. *vol.* Cet Ouvrage, qui est le principal & presque le seul qu'il ait publié, est composé de trois parties, puisque

c'eſt un Recüeil de Pieces Grec-
ques, précedées de longs Prolegomenes, & ſuivies de Notes fort
amples. On y reconnoît ſans peine
l'étenduë de ſon ſçavoir & la pro-
fondeur de ſon érudition. L'abon-
dance des choſes qui s'étoient pre-
ſentées ſous ſa plume l'avoit empêché de renfermer toutes ſes remarques dans ces deux volumes, & il
ſe préparoit à en donner un troiſiéme; mais ſa mort en a privé le Public.

2. *Diſſertatio Theologica ad locum*
Jeremiæ XXIII. v. 1. de Jehovah Juſ-
titia noſtra, nunc demùm è tenebris,
quibus obruta erat, exempta, & pu-
blica luci expoſita. Dordaci 1700. *in-*
12. *pp.* 313. L'érudition eſt répan-
duë à pleines mains dans cet Ouvrage, qui a été donné au Public par
les ſoins de *Salomon van Til.*

3. *Epiſtola de Melanophoris.* Inſerée à la fin d'un Livre de *Gisbert Cu-*
per intitulé : *Harpocrates. Ultrajecti*
1687. *in-*4°. M. *Cuper* ayant vû une
Inſcription d'*Harpocrate*, où il eſt
parlé des Egyptiens, qui étoient
habillez de noir, & qu'on appelloit

pour cela *Melanophores* , confulta M.
le *Moyne* fur cette forte de Prêtres ,
& ce fçavant lui répondit dans cette
Lettre avec fon érudition ordinaire.

4. *Fragmentum ex Libro de Uni-*
verfo fub Jofephi nomine quondam à
Davide Hoefchelio editum , cum ver-
fione Stephani le Moyne. Ce fragment avec la verfion fe trouve dans
l'édition de *Jofeph* l'Hiftorien , faite
à *Oxford* en 1700. *in-fol.*

5. M. *Huet* dans fes *Origines de*
Caen , nous apprend qu'il fit fon
Oraifon inaugurale à *Leyde* en 1677.
& ajoûte que l'on y reconnoît beaucoup plus de fçavoir , que d'élegance & de pureté de langage ; ce qui
fait voir qu'elle a été imprimée ;
mais je ne fçai quel en étoit le fujet,
ni quand elle a été publiée.

6. *Bayle* , dans fa Lettre 141. datée du 26. Mai 1679. témoigne que
la *Harangue que M. le Moyne pronon-*
ça fur le Regne du Meffie , en quittant
le Rectorat , a été imprimée. Elle doit
être differente de celle dont parle
M. *Huet.* C'eft tout ce que j'en peux
dire.

V. fon Eloge par M. *de Bauval* ,

84 *Mem. pour servir à l'Hist.*
Hist. des Ouvrages des Sçavans, Avril
1689. & M. *Huet*, *Origines de Caen*,
p. 403.

MELCHIOR GUILANDIN.

M. GUI-
LANDIN.

MELCHIOR *Guilandin* naquit
à *Konisberg* en Prusse au
commencement du seiziéme siecle.

Il s'appliqua de bonne heure à l'étude avec beaucoup de succès ; il
acquit une grande connoissance des
Langues sçavantes , & après avoir
fait sa Philosophie, il se donna à la
Medecine.

Le desir de s'instruire le fit sortir
bientôt de sa Patrie. Il parcourut la meilleure partie de l'Europe ; mais cela ne suffit pas pour
satisfaire la passion qu'il avoit pour
voyager : le monde entier lui paroissoit à peine assez grand pour
contenter sa curiosité. Heureusement pour lui , le dessein qu'il avoit
de passer dans des Pays plus éloignez , fut secondé par la liberalité
d'un Noble Venitien , nommé *Marin Caballi* , qui le mit en état de

voir une bonne partie de l'Afie & M. Gui-landin.
de l'Afrique.

Content des découvertes qu'il avoit faites, par rapport à la Botanique, qui faifoit principalement l'objet de fes recherches, dans ces deux vaftes parties du monde, il voulut en aller faire autant en Amerique.

Pour cet effet il repaffa d'Egypte en Sicile dans le deffein de fe rendre à *Lisbone*, où il devoit s'embarquer pour ce voyage. Mais dans le trajet qu'il lui fallut faire de Sicile en Portugal, fon vaiffeau fut attaqué près de *Cagliari* par dix galeres de Corfaires. Après s'être battu fept heures entieres, & avoir repouffé deux fois les Barbares, il fallut ceder au nombre. On le mena à *Alger*, où on le fit fervir fur les galeres. Il y étoit, lorfqu'*Affan*, fils de *Cheredin*, dit *Barberouffe*, y gouvernoit.

Il fut tiré de fa captivité par la liberalité de *Gabriel Fallope*, Profeffeur de Botanique & de Chirurgie à *Padoue*, qui paya fa rançon, comme il le dit lui-même dans fon

M. Gui-Livre *de Papyro*. Ce fut apparem-
LANDIN. ment ce qui l'engagea à aller s'établir à *Padoue*.

Son habileté lui procura bientôt
de l'emploi dans l'Univerſité de
cette Ville. *Louis Anguillara*, qui
avoit la garde du Jardin des Plantes, l'ayant quittée en 1561, *Guilar-
din* fut choiſi le 20. Septembre de
cette année, pour lui ſucceder dans
cet emploi, & on lui aſſigna 124.
florins de gages.

Le 20. Fevrier 1574. il fut nommé démonſtrateur des Plantes à la
place de *Fallope*, & on augmenta
ſes gages à differentes repriſes juſqu'à l'an 1578. qu'on les fixa à 600.
florins, à la charge d'entretenir deux
Jardiniers pour avoir ſoin du Jardin. *Melchior Adam* s'eſt trompé en
lui faiſant profeſſer la Medecine,
puiſqu'il n'eſt jamais ſorti de la Botanique.

Il mourut à *Padoue* le 25. Decembre 1589. extrêmement âgé,
ſuivant M. *de Thou*. *Tomaſini*, qui
n'eſt jamais conſtant dans ſes dates,
met dans ſon Livre *de Gymnaſio Pa-
tavino* ſa mort tantôt en 1590. tan-

tôt en 1589. mais il eſt ſûr qu'il
faut la mettre en 1589.

Si l'on en croit *Matthiole*, *Guilandin* vêcut long-tems à *Rome* &
en Sicile dans une ſi grande pauvre-
té, qu'il étoit obligé pour gagner
ſa vie d'aller dans les montagnes ar-
racher des racines, & de les apporter
à la Ville pour les vendre. Mais il
faut remarquer que *Matthiole* étoit
ennemi declaré de *Guilandin*, &
qu'il dit en pluſieurs endroits tout
le mal qu'il peut de lui ; ainſi on ne
doit regarder ſon recit que comme
un conte.

Il laiſſa par ſon teſtament ſa Bibliotheque, qui étoit nombreuſe
& fort bien choiſie, à la Republique de *Veniſe*, avec la ſomme de
mille écus.

Catalogue de ſes Ouvrages.

1. *De ſtirpium aliquot nominibus ve-
tuſtis ac novis, quæ multis jam ſæculis
aut ignorarunt Medici, vel de iis du-
bitarunt, ut ſunt Mamiras, Moly,
Oloconitis, Doronicum, Bullbcaſta-
num, Granum Alzelin vel Habbaziz,
& alia complura, Epiſtolæ duæ ; qua-
rum una eſt Melchioris Guilandini,*

M. Gui- *altera Conradi Gesneri. Cum Iconibus*
LANDIN. *novis tribus. Basileæ* 1557. *in-4°.*

2. *Apologiæ adversus Petrum-An-*
dream Matthiolum liber primus , qui
inscribitur Theon. Item de stirpibus
Epistolæ quinque. Prætereà Manuco-
diatæ , hoc est , Aviculæ Dei descrip-
tio. Patavii 1558. *in-4°. Guilandin* a
eu de grandes & longues disputes
avec *Pierre-André Matthiole* , que
que M. *de Thou* appelle mal *Jean-*
Pierre. Plusieurs fautes qu'il avoit
relevées dans ce qu'il avoit écrit
sur les Plantes , ont été l'origine de
plusieurs Ouvrages qu'ils ont publiez l'un contre l'autre , & où les
injures ne font pas épargnées , comme c'est assez la coutume parmi ceux
que la jalousie de métier porte à se
décrier mutuellement.

3. *Papyrus , hoc est , Commentarius*
in tria C. Plinii Majoris Capita de
Papyro , ubi Mattheoli errores non
pauci deteguntur. Accessit Hieronymi
Mercurialis Repugnantia , qua pro
Galeno strenuè pugnatur. Item Melch.
Guilandini Assertio Sententiæ in Gale-
num à se pronutiatæ. Venetiis 1572.
in-4°. It. *Lausanna* 1576. *in-4°.*

C'est

C'eſt le meilleur & le plus curieux M. GUI-
Ouvrage de *Guilandin.* LANDIN.

4. *Conjectanca Synonymica Planta-*
rum. A la ſuite de l'*Hortus Patavinus*
Joannis Georgii Schenckii. Francofurti
1600. *in-*8°. It. *Ibid.* 1603. *in* 8°.

5. *Epiſtola ad Conra um Geſnerum.*
Inſerée dans le ſecond Livre des Lettres de *Matthiole,* p. 241.

V. *Melchior Adam Vita Medic.*
Naudaana & ſes additions ; les Eloges de M. *de Thou* & les additions
de *Teiſſier. Lindenius renovatus de*
ſcriptis Medicis. Freher Theat. Vir.
Doct. p. 1290. *Tomaſini Gymnaſium*
Patavinum.

GERARD JEAN VOSSIUS.

GErard *Jean Voſſius* naquit au G. J.
Printems de l'an 1577. dans le VOSSIUS.
Palatinat, de *Jean Voſſius,* Miniſtre
d'une Egliſe du voiſinage d'*Heidel-*
berg, qui n'eſt point nommée par
ceux qui nous ont donné ſa vie, &
de *Cornelie de Biele.*

Valere André, en le faiſant naître
à *Ruremonde* dans la Gueldre, l'a

G. J.
Vossius.
confondu avec son pere , qui étoit effectivement né dans cette Ville , aussi-bien que sa mere , mais qui en étoit sorti après avoir embrassé la nouvelle Religion, pour aller dans le Palatinat , où il fit ses études de Theologie , & fut fait Ministre en 1573.

Gerard Jean Vossius ne demeura pas long-tems dans ce Pays , car la même année de sa naissance le nouvel Electeur *Louis* ayant obligé les Ministres d'embrasser le sentiment de *Luther* sur l'Eucharistie , *Jean Vossius* , qui refusa de le faire , fut déposé , & se retira avec sa femme & son fils, qui avoit à peine six mois, en Hollande. La réputation de l'Université de *Leyde* & des grands hommes qui demeuroient dans cette Ville , l'engagea à s'y aller établir ; & il n'eut pas lieu de s'en repentir.

Le 5. Mai de l'année suivante 1578. il fut reçu au nombre des Membres de l'Université sous le nom de *Joannes-Alopecius Ruremondanus*. Car il aimoit mieux , suivant le goût de ce tems-là , porter un

nom Grec qu'un nom Flamand. Son
fils le porta quelque tems à son
exemple, mais il le quitta à l'âge de
douze ans, par le conseil de son
Maître *Rekenarius*, qui lui repre-
senta qu'il lui convenoit mieux de
se faire appeller comme ses ancêtres,
que d'avoir un nom étranger à ceux
du Pays.

G. J.
VOSSIUS.

Peu de tems après le pere fut fait
Ministre de l'Eglise *Leiemuden* dans
le *Rheinland* ; mais il ne fit pas grand
sejour en ce lieu. Car la Noblesse
Calviniste du Pays lui fit tant d'ins-
tances pour l'engager à aller exercer
son Ministere à *Furnes*, qu'il se laissa
gagner, & se transporta dans cette
Ville avec sa famille, son fils *G. J. Vossius* n'ayant encore que deux ans.

Il demeura dans cette Ville jusqu'en 1583. que les Espagnols s'en
étant rendus les maîtres, il retourna
en Hollande, où il fut fait Ministre
de l'Eglise de *Dordrecht*. L'année
suivante il perdit sa femme, & se
maria un an après à *Anne de Witt*,
fille de *François de Witt* & sœur de
Corneille & *Jacques de Witt*. Il ne
survêcut pas long-tems à ce second

H ij

G J.
Vossius.

mariage , étant mort trois mois après.

Gerard Jean Vossius n'avoit encore que huit ans lorsqu'il eut la douleur de le perdre. Le peu de bien qu'il laissa , ne put fournir à ceux qui furent chargez de son éducation de quoi lui donner celle qui étoit necessaire pour cultiver un naturel aussi heureux que le sien ; mais il y suppléa par son assiduité & par son amour pour le travail.

Il fit ses premieres études à *Dordrecht*, où il eut pour condisciple *Erycius Puteanus*, avec lequel il fut toujours lié depuis par une étroite amitié. Il apprit la Langue Latine de *Corneille Rekenarius*, la Grecque de *François Nansius*, & la Philosophie d'*Adrien Marcel*.

Il passa ensuite au mois de Septembre 1595. à *Leyde*, où il prit des leçons de *Bonaventure Vulcanius* sur la Langue Grecque, de *Rodolphe Snellius* sur les Mathematiques, & de *Bertius* & *Pierre du Moulin* sur la Philosophie. Enfin le 13. Mars 1598. il reçut de ce dernier le bonnet de Maître-ès-Arts & de Docteur en Philosophie.

Il paffa après cela à la Theologie, G. J.
qu'il apprit fous *Adrien Junius*, qui VOSSIUS.
lui enfeigna auffi en même tems la
Langue Hebraïque, fous *Luc Trel-
catius* & *François Gomarus.* Son pere
lui avoit laiffé une Bibliotheque fort
bien fournie d'anciens Theologiens
& de Livres Ecclefiaftiques, & cela
lui donna occafion de s'appliquer à
la lecture des Peres & de l'Hiftoire
Ecclefiaftique, dans lefquelles il
acquit des connoiffances fort éten-
duës.

A la fin de l'an 1599. *Ælius Conrad
Vorftius*, qui avoit fuccedé l'année
d'auparavant à *Pierre du Moulin*
dans la chaire de Phyfique, ayant
été fait Profeffeur en Medecine,
les Curateurs de l'Academie fonge-
rent à donner fa place à *Voffius.* Mais
Adrien Marcel, Directeur du College de *Dordrecht*, vint à mourir
dans ces entrefaites, & *Voffius* fut
auffi-tôt, malgré fa grande jeuneffe,
choifi pour lui fucceder.

Il fe maria le 12. Fevrier 1602.
& époufa *Elizabeth Corput* fille d'un
Miniftre de *Dordrecht*, qu'il perdit
le 6. Fevrier 1607. après en avoir

G. J.
Vossius.

eu trois enfans. Il se remaria six mois après, c'est-à-dire le 18. Août de la même année à *Elizabeth*, fille de *François Junius*, dont il a eu sept enfans, cinq fils & deux filles. Cette fécondité a fait dire plaisamment à *Grotius*, qu'il étoit fort douteux, si *Vossius* faisoit mieux des livres ou des enfans ; *scriberet ne accuratius, an gigneret felicius* ? Il eut le chagrin de les voir mourir tous avant lui, excepté *Isaac Vossius*, dont je parlerai dans l'article suivant.

L'an 1614. & le suivant les Comtes de *Bentheim* firent des tentatives pour l'attirer à *Steinfurt*, en lui offrant une chaire de Theologie dans l'Academie de cette Ville. Mais les Curateurs de celle de *Leyde* l'ayant dans le même tems choisi pour être Directeur du College Theologique, que les Etats de Hollande avoient établi depuis peu dans cette Ville ; il accepta ce dernier emploi preferablement au premier, quoique les difficultez qu'il s'y figuroit, à cause des disputes violentes qui regnoient alors sur la prédestination & la grace, l'épouvantassent ; & il l'a rempli pendant plus de quatre ans.   G. J.

Il y avoit déja environ vingt ans Vossius.
qu'il étoit occupé à gouverner la
jeuneſſe tant à *Dordrecht* qu'à *Leyde*,
& non pas ſeulement à *Dordrecht*,
comme le dit *Valere André*, lorſque
les Curateurs de l'Academie de *Leyde* jugerent à propos de lui donner
un poſte plus gracieux & plus conforme à ſon goût, en le faiſant Profeſſeur en Eloquence & en Chrono-
logie dans leur Academie.

Quoiqu'il eût tâché de ne prendre aucune part aux diſputes du
tems, il s'y trouva cependant engagé comme malgré lui ; il s'étoit
rendu ſuſpect aux Gomariſtes, qui
étoient tout-puiſſans depuis le Synode de *Dordrecht* tenu en 1612.
parce qu'il favoriſoit ouvertement
la tolerance des Remontrans, & que
dans ſon Hiſtoire du Pelagianiſme il
avoit prétendu que les ſentimens de
S. Auguſtin ſur la Prédeſtination &
la Grace n'étoient pas les plus anciens, & que ceux des Remontrans
étoient differens de ceux des Semi-
Pelagiens. Cependant il ne s'étoit
point ſeparé des aſſemblées des

G. J.
Vossius.

Contre-Remontrans, quoiqu'il n'approuvât pas leurs dogmes ni leur conduite. Mais ces ménagemens n'empêcherent point qu'un Synode de *Tergou* assemblé en 1620. ne le suspendit de la Communion. Une année après il s'en tint un autre à *Rotterdam*, qui ordonna qu'il y seroit reçû, pourvû qu'il promît de ne rien faire ni rien écrire contre le Synode de *Dordrecht*; on vouloit sur tout lui faire retracter son Histoire Pelagienne, ou avoüer qu'il y avoit commis des fautes.

Il eut de la peine à s'engager à garder le silence, mais pour l'y forcer, on l'empêcha d'enseigner en public & en particulier; ce qui lui causa une si grande perte, qu'il marque dans une de ses Lettres qu'elle alloit à plus de six mille francs, monnoye de Hollande. Comme il étoit chargé d'une grosse famille, il se détermina enfin en 1624. à promettre le silence qu'on exigeoit de lui, & s'engagea même à expliquer dans quelque Ouvrage ses sentimens, sur le dessein qu'il avoit eu dans son Histoire Pelagienne.

II

Il exécuta cette derniere promesse en 1627. en publiant son Livre des Historiens Latins. Il y re-
jette le sentiment des Semi-Pela-
giens, & dit qu'il suit celui de *S.*
Augustin & de *S. Prosper*, qu'il croit
que la foi & la perseverance sont des
effets de la Prédestination, qu'il n'a
jamais prétendu que les Peres des
quatre premiers siecles fussent op-
posez à *S. Augustin*, mais seulement
que ce Pere a plus dit que les autres
n'avoient fait, sans avancer rien qui
fût contraire à leur Doctrine. Il paroît que *Vossius* n'a parlé ainsi que
pour contenter les Gomaristes, &
pour ne point perdre son emploi,
puisqu'on voit par ses lettres qu'il
n'étoit pas plus alors dans les sentimens de *S. Augustin*, qu'il l'étoit
auparavant.

Ce qui lui avoit fait des affaires
en Hollande, lui fit honneur en Angleterre, où son Histoire Pelagienne
fut très-bien reçuë. *Guillaume Laud*,
Archevêque de *Cantorbery*, l'estimoit infiniment, & procura à *Vos-*
sius un Canonicat de *Cantorbery*,
avec permission du Roi *Charles I.*

G. J.
Vossius.

de joüir de ce Benefice, en demeu-
rant en Hollande. Ce Canonicat
rapportoit à *Vossius* cent livres fter-
ling par an, ce qui fuffifoit pour le
dédommager des pertes que les Go-
mariftes lui avoient caufées.

La ville d'*Amfterdam* voulant en
1630. ériger une Academie, ou
comme on l'appelle, une Ecole illuftre, jetta les yeux fur *Vossius*,
pour en être comme la pierre fon-
damentale. La ville de *Leyde* fe plaignit avec grand bruit de cette érec-
tion, qui bleffoit le privilege de
fon Academie, laquelle lui avoit
été accordée par préference aux autres Villes de Hollande, pour avoir
foûtenu en 1574. un long fiege contre les Efpagnols, & s'y oppofa le
plus qu'elle put, tant pour cette
raifon, que parce qu'on vouloit lui
enlever *Vossius*. Mais la ville d'*Amfterdam* l'emporta enfin, & *Vossius*
y alla en 1633. fuivant *Valere André*,
prendre poffeffion d'une chaire de
Profeffeur en Hiftoire.

Il eft mort en cette Ville au commencement de l'an 1649. âgé de 72.
ans. Ceux qui reculent fa mort à

G. J.
VOSSIUS.

l'année ſuivante 1650. ſe trompent ſûrement ; car parmi ſes Lettres on en trouve une de *Samuel des Marets*, Profeſſeur en Theologie à *Gronin-gue*, datée du 5. Avril 1649. & adreſſée à la veuve de *Voſſius*, pour la conſoler de la mort de ſon mari. On en a une nouvelle preuve dans une Lettre de *Gui Patin* à *Charles Spon*, datée du 14. Mai 1649. où il lui annonce ſa mort.

Antoine Thyſius a fait ſon Epita-phe, qui merite d'être rapportée ici.

Hoc tumulo plorat pietas & candida
  virtus ,
 Et luctu Pallas ſaxea diriguit.
Invida mors ridet , ridet quoque Voſſius
  illam ,
 Dum calamo mortem vincit & in-
  genio.

On trouve ſon caractere fort bien exprimé dans le parallele que les Journaliſtes de *Trevoux* (*a*) font entre lui & ſon fils, & qui doit pour cette raiſon avoir ſa place ici.

» Rien de plus oppoſé que les

[*a*] Janvier 1713. p. 178.

G. J.
Vossius.

» caracteres du pere & du fils ; rien
» de plus different que leurs esprits.
» Dans le pere le jugement domi-
» noit, l'imagination dominoit dans
» le fils ; le pere travailloit lente-
» ment, le fils travailloit facile-
» ment ; le pere se défioit des con-
» jectures les mieux établies, le
» fils n'aimoit que les conjectures
» hardies ; le pere formoit ses opi-
» nions sur ce qu'il lisoit, le fils
» prenoit une opinion, & lisoit en-
» suite ; le pere s'attachoit à péné-
» trer la pensée des Auteurs qu'il
» citoit, à ne leur rien imposer, &
» les regardoit comme ses maîtres,
» le fils s'appliquoit à donner ses
» propres pensées aux Auteurs qu'il
» citoit, il ne se picquoit pas d'une
» fidelité exacte en les citant, il les
» regardoit comme des esclaves,
» qu'il avoit droit de faire parler à
» son gré ; le pere cherchoit à ins-
» truire, le fils à faire du bruit ;
» la verité étoit le charme du pere,
» la nouveauté étoit le charme du
» fils. Dans le pere on admire une
» érudition vaste, mais arrangée
» avec tant d'ordre, exprimée avec

» tant de clarté , que tout s'entend,   G. J.
» tout se retient; on admire dans le VOSSIUS.
» fils un tour éblouïssant, des pen-
» sées singulieres, une vivacité qui
» se soûtient toujours & qui plaît
» toujours , même dans la plus mau-
» vaise cause. Le pere a fait de bons
» Livres , le fils a fait des Livres cu-
» rieux. Leurs cœurs ont été aussi
» differens que leurs esprits. Le pere,
» homme de probité, reglé dans ses
» mœurs , né par malheur dans la
» secte Calviniste , a eu toujours la
» Religion en vûë dans ses études, il
» s'est détrompé de beaucoup d'er-
» reurs , & il a approché de la foi,
» autant que la raison seule peut en
» approcher. Le fils , libertin de
» cœur & d'esprit , a regardé la
» Religion comme la matiere de
» ses triomphes, il ne l'a étudiée
» que pour en chercher le foible ,
» aveugle qui ne voyoit pas que la
» gloire de la Religion est de n'être
» attaquée que par des esprits su-
» perficiels. L'obscenité de ses *Re-*
» *marques sur Catulle* , imprimées sur
» la fin de sa vie , a découvert un
» autre principe de son impieté.

I iij

G. J.
VOSSIUS.

Ajoûtons à ceci que *Vossius* n'é-
toit parvenu à un si haut degré de
capacité & de science, que par une
application assiduë à l'étude. Avare
de son tems, il sçavoit mettre à
profit les heures même de ses repas,
& enlevoit à son sommeil tout ce
qu'il n'étoit pas indispensablement
obligé de lui accorder. Quand ses
amis venoient le voir, il ne leur
donnoit jamais qu'un quart-d'heure,
& l'on raconte (*a*) que *Christophe
Schrader*, qui sçavoit sa coutume,
l'ayant un jour visité, & se levant
après le quart-d'heure pour s'en aller, *Vossius* le retint encore un autre quart-d'heure, après lequel il
prit son sablier, qu'il avoit toujours
devant lui pour ne point se tromper sur cet article, & le lui mon-
trant, lui dit : *Voyez combien je vous
ai donné de tems.*

Catalogue de ses Ouvrages.

*Gerardi Joannis Vossii Opera in sex
tomos divisa. Amstelodami, in - fol.
1695-1701.* » Les Ouvrages de *Vos-
»sius* ne sont pas du nombre de

(*a*) *Paravicini singul. de Eruditis,*
p. 182.

» ceux qui n'ont cours qu'un cer- G. J.
» tain tems, après lequel on les VOSSIUS.
» confine au fond d'une Bibliothe-
» que, abandonnez à la merci de la
» poufliere & des vers. Ils feront
» eftimez auffi long-tems qu'il y au-
» ra des Sçavans & des perfonnes
» de bon goût dans le monde, &
» recherchez par tous ceux de ce
» caractere qui les connoîtront. Il
» eft vrai que *Voffius* n'a pas été tout-
» à-fait exemt de certains défauts
» affez ordinaires à ceux de fa pro-
» feffion. Il a quelquefois un peu
» trop étalé fa lecture, & a trop
» fçû l'art de mettre à profit tout
» ce qu'il avoit lû. Comme il avoit
» le goût fort bon, & que d'ordi-
» naire il choififfoit bien, il auroit
» pû fe difpenfer de nous dire tout
» ce qu'il fçavoit fur les fujets qu'il
» manioit, & omettre certains fen-
» timens, dont lui-même recon-
» noiffoit fort bien le foible, ou
» même l'impertinence. Il pouvoit
» auffi obferver en diverfes occa-
» fions une methode plus naturelle
» & plus exacte que celle qu'il a
» fuivie. Enfin il n'a pas toujours

G. J. » raifonné bien jufte , & a pris fou-
Vossius. » vent de fimples probabilitez pour
    » des raifons convaincantes & foli-
    » des. Mais outre qu'à l'égard de
    » ces deux derniers defauts , il les
    » a beaucoup moins que la plûpart
    » des autres Critiques, ils font d'ail-
    » leurs fi avantageufement récom-
    » penfez par le grand nombre de
    » belles & bonnes chofes , qu'on
    » rencontre à chaque pas dans tous
    » fes Ouvrages , que je puis dire
    » qu'il y en a peu , dans la lecture
    » defquels il y ait plus à apprendre
    » que dans les fiens. (*Nouv. de la*
Rep. des Lettres , Mai 1702.)

    Le premier volume qui a paru en
1695. contient l'Ouvrage fuivant.

    1. *Etymologicon Linguæ Latinæ.*
Præfigitur ejufdem de Litterarum per-
mutatione Tractatus. Amfteledami
1662. *in-fol.* It. *Lugduni* 1664. *in-*
fol. It. *Editio nova , quamplurimis*
Ifaaci Voffii Obfervationibus aucta.
C'eft celle du Recüeil des Œuvres
de *Voffius.* Les additions d'*Ifaac Vof-*
fius à l'Ouvrage de fon pere font
courtes, mais frequentes. On les a
renfermées entre deux crochets, pour

les diftinguer du texte de l'Auteur. G. J.
Elles confiftent prefque toutes dans Vossius.
de nouvelles Etymologies, qu'*Ifaac*
Voffius a crû plus juftes que celles
qui font alleguées par fon pere.
Quoique cet Ouvrage foit rempli
de belles recherches, ce n'eft pas
celui qui fait le plus d'honneur à
Voffius, parce qu'il n'a pas eu le
tems d'y mettre la derniere main, &
que l'étude des Etymologies eft
maintenant affez negligée. *Menage*
a accufé *Voffius* d'y avoir pillé *Mar-*
tinius fans le nommer; mais fort
mal-à-propos; car *Voffius* cite très-
fouvent *Martinius*, & d'ordinaire
avec éloge & pour approuver fon
fentiment.

Le fecond volume renferme.

2. *Ariftarchus, five de Arte Gram-*
matica libri feptem. Amftelodami 1635.
*in-*4°. 2. *vol.* It. *Ibid.* 1662. *in-*4°.
2. *vol.* Cette feconde édition eft
plus ample que la premiere, qui ne
portoit pas le titre d'*Ariftarchus*,
qu'on a donné à la feconde. *Sau-*
maife dit dans fa Lettre 74. que cet
Ouvrage eft très-exact, & qu'on ne
trouve rien ni dans l'antiquité, ni

G. J.
Vossius.

dans ces derniers siecles, qui lui soit comparable, qu'il est utile & necessaire non-seulement aux enfans, mais encore aux hommes les plus avancez. Il n'y a rien que de vrai dans ce jugement ; mais *Saumaise* paroît avoir donné quelque chose à l'amitié qu'il avoit pour *Vossius*, quand il ajoûte qu'on ne pourroit point apprendre ailleurs ce qu'il y enseigne, puisque *Vossius* a suivi presque en tout *Sanctius* & *Scioppius*, & qu'il semble souvent n'avoir fait autre chose que les copier, selon le P. *Lancelot*. (*a*) Au reste on ne peut nier que cette Grammaire de *Vossius* ne soit un Ouvrage d'une grande méditation, & le fruit de beaucoup de lecture. (*b*)

3. *De Vitiis Sermonis & Glossematis Latino-Barbaris Libri IV. Amstelodami* 1645. *in-4°.* It. *Francofurti* 1656. *in-4°.* It. *Libri IX. quorum quinque posteriores nunc primùm prodeunt :* dans le Recüeil dont je parle. M. *du Cange* trouve qu'il y a dans ce Livre trop de bagatelles de Gram-

(*a*) *Préface de la Methode Latine.*
(*b*) *Baillet, Jugem. des Sçavans.*

maire & trop peu de cette érudi- G. J.
tion mêlée & inſtructive d'Hiſtoi- VOSSIUS.
res, de Rits, de Coutumes & d'autres pratiques, dans l'explication
deſquels conſiſte tout le merite de
ces ſortes de Gloſſaires ; defaut qu'il
a tâché d'éviter lui-même dans celui qu'il nous a donné.

On trouve dans le troiſiéme volume les Traitez ſuivans.

4. *Commentarii Rhetorici, ſive Inſ-*
titutionum Oratoriarum Libri ſex. Lug-
duni Bat. 1606. *in-8°. It. Ibid.* 1630.
*& * 1643. *in-4°. Voſſius* compoſa d'a-
bord ſa *Rhetorique abregée*, ou ſes
Partitions, qu'il donna en 1606. accompagnées de ſes *Inſtitutions Ora-*
toires, qui en étoient comme l'explication, & que pour cette raiſon
il intitula *Commentaires ſur la Rheto-*
rique ; ce fut par ordre de ſes ſu-
perieurs qu'il entreprit cet Ouvrage, lorſqu'il étoit Recteur du College de *Dordrecht*. L'approbation
que les Etats de Hollande & de
Weſtfriſe y donnerent, en voulant
qu'on lût & qu'on enſeignât dans
toutes les Ecoles les *Partitions* de
Voſſius, l'obligerent à les retoucher,

& à perfectionner ses Commentaires par de nouvelles augmentations; & ce fut dans cet état que son Ouvrage parut en 1643. & plusieurs autres fois depuis. Les *Institutions Oratoires* sont, selon M. *Gibert*, le fruit d'un grand travail, & on y trouve de fort bonnes choses; il y a de la methode, de l'exactitude & de la litterature, mais il croit que *Vossius* y a versé avec trop de profusion les fruits de ses veilles, & qu'il y est tombé dans une longueur qui rebute les moins paresseux.

5. *Rhetorica contracta, sive Partitiones oratoriæ.* Cet Ouvrage, qui est tiré du précedent, a été imprimé pour l'usage des Ecoles un grand nombre de fois, tant en Hollande qu'en Allemagne, toujours *in-8°.* C'est un fort bon Livre, & qui a merité les loüanges de tous ceux qui en ont parlé.

6. *De Rhetoricæ natura ac constitutione, & Antiquis Rhetoribus, Sophistis, ac Oratoribus Liber. Lugd. Bat.* 1622. *in-8°.* It. *Hagæ Comit.* 1658. *in-4°.* On voit dans ce Livre une érudition sans fin sur des choses

qu'on traite ordinairement en deux
mots au commencement d'une Rhetorique, & que *Voſſius* avoit ainſi
traitées lui-même au commencement de ſes *Partitions* ; il n'y en a
pas moins dans ce qu'il dit des Rhe-
teurs & des Orateurs anciens ; mais
elle eſt là du moins à ſa place, &
elle y étoit neceſſaire.

7. *De Artis Poëticæ natura ac
conſtitutione Liber. Amſtelodami Elzevir* 1647. *in-*4°. C'eſt proprement
une introduction à l'Art Poëtique,
ſemblable à celle qu'il a faite pour
la Rhetorique, & dont je viens de
parler.

8. *Poëticarum Inſtitutionum Libri
tres. Amſtelodami* 1647. *in-*4°. *Voſſius* a réduit dans cet Ouvrage tout
l'art Poëtique en Aphoriſmes, qu'il
éclaircit enſuite par un Commentaire, comme il a fait dans la plûpart de ſes autres Oouvrages. Il y
ſuit ordinairement *Ariſtote*.

9. *De Imitatione tum Oratoria, tum
verò imprimis Poëtica, & de Recita-
tione Veterum Liber. Amſtelod.* 1647.
*in-*4°. Cet Ouvrage eſt court, &
renferme d'une maniere préciſe tout

G. J.
Vossius. ce qu'on peut dire fur la matiere qui en fait le fujet.

10. *De Veterum Poëtarum temporibus Libri duo. Amstelodami* 1652. 1654. & 1664. *in-4°. Vossius* parle dans ces deux Livres des Poëtes Grecs & des Poëtes Latins.

11. *De quatuor artibus popularibus, Grammatice, Gymnastice, Musice & Graphice. Amstelodami* 1650. *in-4°.* Cet Ouvrage & les quatre fuivans, qui ont été réunis dans le Recüeil en un corps, divifé en cinq Livres, font des efpeces de Prolegomenes, qui peuvent être utiles à ceux qui veulent avoir une legere idée des fciences qui en font le fujet, fans les approfondir beaucoup.

12. *De Philologia Liber. Amstelodami* 1650. *in-4°.* Ce Traité, qui eft joint au précedent, traite des differentes parties de la Philologie, qui font la Grammaire, la Rhetorique, la Poëfie & l'Hiftoire.

13. *De universa Matheseos natura & constitutione Liber, cui subjungitur Chronologia Mathematicorum. Amstelodami* 1650. *in-4°.* Avec les deux Ouvrages précedens.

14. *De natura & constitutione Logices & Rhetorices. Haga Comitum* 1658. *in-*4°. Ces deux Traitez sont unis dans cette édition ; celui qui regarde la Rhetorique avoit déja paru , & a été mis dans le Recüeil à son rang , comme on peut le voir au n°. 6.

15. *De Philosophia. Haga Comit.* 1658. *in-*4°. *Vossius* donne ici à la Philosophie plus d'étenduë qu'on n'a coutume de lui en donner , puisqu'il y comprend la Medecine, la Chymie , & même l'Eloquence, la Critique , &c.

16. *De Philosophorum Sectis. Haga Comitum* 1658. *in-*4°. Avec l'Ouvrage précedent. Ce Traité est assez court , *Vossius* s'y étend beaucoup plus sur la Philosophie de Pythagore , que sur les autres , peut-être parce qu'il y a un plus grand nombre de choses curieuses à en dire.

Le quatriéme volume contient les Traitez Historiques & les Lettres. Il faut les faire connoître en détail.

17. *Ars Historica , seu de Historiâ & Historices naturâ, Historiaque scri-*

G. J.
VOSSIUS.

G. J.
Vossius.

benda præceptis *Commentatio. Lugd.
Bat.* 1623. *in*-4°. It. *Ibid.* 1653. *in*-
4°. Cette seconde édition est plus
ample & meilleure que la premiere;
c'est celle qu'on a suivie dans le Recüeil de ses Œuvres. L'Ouvrage est
methodique & renferme, selon M.
l'Abbé *Lenglet*, beaucoup de sçavoir, & des remarques solides tirées des anciens Auteurs.

18. *De Historicis Græcis Libri IV.
Lugd. Bat.* 1624. *in*-4°. It. *Editio
altera, priori emendatior & duplo
auctior. Lugd. Bat.* 1651. *in*-4°.

19. *De Historicis Latinis Libri III.
Lugd. Bat.* 1627. *in*-4°. It. *Editio
altera, priori emendatior & duplo auctior. Lugd. Batav.* 1651. *in*-4°. Ces
deux Ouvrages contiennent une infinité de recherches curieuses, qui
doivent avoir coûté beaucoup de
travail à l'Auteur. Comme il est un
des premiers qui ait défriché la matiere qu'il y traite, il n'est pas sur-
prenant qu'il y soit tombé dans un
grand nombre de fautes, c'est le
sort ordinaire & en quelque maniere inévitable de ces sortes d'Ouvrages. *Sandius* en a relevé plusieurs,

&

& en a fait ſouvent de nouvelles en les relevant. Mais on n'a rien de plus exact que les additions & les corrections que les Journaliſtes de *Veniſe* ont faites dans pluſieurs de leurs Journaux à ce que *Voſſius* a dit des Hiſtoriens Italiens qui ont écrit en Latin.

G. J. VOSSIUS.

20. *Hiſtoriæ Univerſalis Epitome.* Ce petit Ouvrage, qui eſt peu de choſe, n'avoit point été encore imprimé avant qu'il parut dans le Recüeil.

21. *Commentarius de rebus pace belloque geſtis Faliani Burggravii à Dhona. Lugd. Bat.* 1628. *in-*4º. It. dans le Recüeil de *Bates*, intitulé : *Vitæ ſelectorum aliquot Virorum. Londini* 1681. *in-*4º. *p.* 446. *Fabien de Dhona* étoit General des troupes que le Roi de Danemarc & les Princes d'Allemagne envoyerent à *Henri IV.* lorſque la ligue lui diſputoit la Couronne de France. Il mourut le 4. Juin 1621.

22. *Conſilium Gregorio XV. Pont. Max. exhibitum per Michaëlem Lonigum, cum præfatione & cenſura G. J. Voſſii. Lugd. Bat.* 1623. *in-*4º. Le

G. J.
Vossius.

conseil de *Lonigus* donné au Pape, est d'exhorter *Maximilien* Duc de Baviere, à lui demander la confirmation de la dignité Electorale, dont il avoit été honoré par l'Empereur.

23. *Aphorismi de statu Ecclesiæ restaurando per Michaelem Lonigum, cum præfatione & censura G. J. Vossii. Lugd. Bat.* 1623. *in*-4°. avec l'Ouvrage précedent.

24. *In Epistolam Plinii de Christianis & Edicta Cæsarum Romanorum adversus Christianos Commentarius. Amstelodami* 1654. *in*-12.

25. *De Cognitione sui libellus. Lug. Bat.* 1640. *in*-12. réimprimé plusieurs fois depuis.

26. *De studiorum ratione Opuscula.*

27. *Oratio in obitum Thomæ Erpenii. Lugd. Bat.* 1625. *in*-4°. Cette Oraison funebre fut prononcée le 15. Novembre 1624.

28. *Oratio de Historiæ utilitate. Amstelod.* 1632. *in*-4°. Elle fut prononcée dans l'Ecole illustre d'*Amsterdam* en 1632.

29. *In Fragmenta L. Livii Andro-*

nici , Q. Enni , C. Nævii , M. Pa-   G. J.
cuvii & L. Attii caftigationes & notæ. VOSSIUS.
Lugd. Bat. 1620. *in-8°.*

30 *Gerardi Joannis Voffii & claro-
rum Virorum ad eum Epiftolæ ; Col-
lectore Paulo Colomefio. Londini* 1690.
in fol. En les réimprimant dans le
Recüeil , on en a retranché celles
dans lefquelles il ne s'agiffoit que
d'affaires particulieres , ou de peu
d'importance , & les Epîtres Dedi-
catoires , qui fe trouvent ailleurs ,
à leurs places.

Le cinquiéme volume ne contient que l'Ouvrage fuivant.

31. *De Theologia Gentili & Phy-
fiologia Chriftiana , feu de origine &
pregreffu Idololatriæ , deque natura mirandis, quibus homo adducitur ad Deum
Libri IV. Amftelodami* 1641. *in-4°.*
2. *tom.* It. *Editio auctior IX. Libris.
Ibid.* 1668. *in-fol.* 2. *vol.* » Cet Ou-
» vrage n'a été publié entier qu'a-
» près la mort de *Voffius*, qui n'eut
» le loifir d'achever & de publier
» que les quatre premiers Livres,
» & cela paroît affez , parce que les
» autres ne font ni fi amples, ni fi
» exactement travaillez. On dit que

K ij

G. J.
VOSSIUS.

» lorfque l'Auteur eut formé le def-
» fein de ce travail, il avoit de pe-
» tites cellules à peu près fembla-
» bles à celles des Imprimeurs, dans
» lefquelles il mettoit par ordre tout
» ce qu'il croyoit pouvoir entrer
» dans fon fujet, & qu'il rencon-
» troit en chemin dans les lectures
» qu'il faifoit. Cela paroît affez par-
» tout l'Ouvrage ; car il eft arrivé
» à *Voffius* en cette occafion ce qui
» arrive aux gens riches, mais mau-
» vais ménagers, qui ayant deffein
» de conftruire un édifice, font de
» grands amas de matériaux. Il fe
» trouve quand il s'agit de travail-
» ler, qu'ils ont amaffé bien des cho-
» fes inutiles ou fuperfluës ; mais ils
» aiment mieux rendre leur édifice
» difforme, que de ne pas mettre en
» œuvre ce qui leur a coûté bien
» de la peine & de groffes fommes.
» Il eft fûr qu'on trouve dans cet
» Ouvrage de *Voffius* bien des chofes
» qu'on n'y cherchera jamais, à
» n'en juger que par le titre. Auffi
» *Voffius* avoüe-t'il dans une Préfa-
» ce, qu'il avoit été tenté d'y don-
» ner pour titre *les Nuits d'Amfter-*

» *dam* , à l'imitation d'*Aulugelle* ,   G. J.
» qui a appellé fon Ouvrage *les* Vossius.
» *Nuits Attiques* , parce que le fien
» n'eft pas moins diverfifié , & ne
» contient pas des matieres moins
» differentes les unes des autres que
» celui de cet ancien. Mais il a con-
» fideré qu'un tel titre n'apprendroit
» rien au Lecteur , s'il n'étoit ac-
» compagné d'un autre ; ainfi il a
» mieux aimé lui donner celui qu'il
» porte. Comme il n'y a point d'E-
» tre dans la Nature Phyfique ou
» Moral , qui n'ait été l'objet de
» l'adoration des Payens , il n'y en
» a point non plus dont *Voffius* ne
» parle. Mais tout ce qu'il en dit
» n'eft pas auffi exact qu'on le pour-
» roit fouhaiter ; premierement ,
» parce que les fçavans Encyclope-
» diques , c'eft-à-dire , qui ont une
» fcience univerfelle , telle que l'a-
» voit *Voffius* , ne peuvent pas éga-
» lement exceller dans tous les arts
» & dans toutes les fciences ; fecon-
» dement , parce que la Phyfique
» étoit encore affez informe de fon
» tems.

   Le fixiéme volume comprend les

G. J.   Traitez Théologiques, qui font les
Vossius. fuivans.

32. *Ifagoge Chronologia facra, five
de ultimis mundi antiquitatibus, ac imprimis de temporibus rerum Hebraarum
Differtationes octo. Haga Comit.* 1659.
in-4°. *pp.* 132.

33. *Differtatio gemina, una de Jefu-
Chrifti Genealogia, altera de annis,
quibus natus, baptizatus, mortuus.
Amftelod.* 1643. *in*-4°.

34. *Harmoniæ Evangelica de Paf-
fione, Morte, Refurrectione, ac Ad-
fcenfione Jefu-Chrifti, Servatoris noftri
Libri tres. Amftelodami* 1656. *in*-4°.
Cet Ouvrage a été publié par *François Junius.*

35. *De Baptifmo difputationes XX.
& una de Sacramentorum vi & effi-
cacia. Amftelod. Elzevir* 1648. *in*-4°.
Voffius avoit compofé & fait imprimer toutes ces Differtations feparément étant encore affez jeune, mais
il les ramaffa fur la fin de fa vie, les
corrigea, les augmenta en plufieurs
endroits, & les fit imprimer de
nouveau cette année 1648. Ce qu'il
y a de bon dans ces Differtations,
c'eft que *Voffius* y joint toujours

l'Histoire avec le Dogme.

G. J. VOSSIUS.

36. *Theses Theologicæ & Historicæ de variis Doctrinæ Christianæ Capitibus, quas olim disputandas proposuit in Academia Leydensi. Lugd. Batav.* 1615. *in*-4°. *Editio tertia aucta. Hagæ Comit.* 1658. *in*-4°. Ces Theses, qui ont été imprimées plusieurs autres fois conjointement & separément, sont au nombre de trente-une, & roulent sur les sujets suivans ; la Création, le peché d'Adam, les bonnes œuvres & leur merite, l'état de l'ame separée du corps, l'invocation des Saints, la resurrection de la chair, le jugement dernier, le dernier avenement de Jesus-Christ, le corps glorieux, la fin du Monde, les Symboles de l'Eucharistie, la division du Decaloge, les prieres & les oblations pour les morts, les vertus des Payens, l'Heresie de Pelage, le peché Originel, & la necessité de la Grace. Ce sont, au jugement de *Colomiés*, les Theses les plus moderées qui ayent été faites par les Protestans.

37. *Dissertationes tres de tribus Symbolis Apostolico, Athanasiano &*

G. J. VOSSIUS.

Constantinopolitano. Amstelod. 1642. & 1662. *in-4°. Vossius* croit que c'est l'Evêque & les Prêtres de l'Eglise de *Rome*, qui sont les Auteurs du Symbole que l'on attribuë communément aux Apôtres, qu'ils ne le composerent pas d'abord tel que nous l'avons aujourd'hui, mais qu'ils y ajoûterent de tems en tems quelques articles, suivant les heresies qui s'élevoient dans l'Eglise. Quant au Symbole attribué à *S. Athanase*, il prétend qu'il n'a point été composé par ce saint Evêque, mais qu'il est difficile de sçavoir qui en est le veritable Auteur. Enfin il soupçonne par rapport au Symbole de *Constantinople*, que c'est le Pape *Serge III.* qui y a fait l'addition, *Filioque*.

38. *Historia de Controversiis, quas Pelagius, ejusque reliquia moverunt Libri VII. Lugd. Batav.* 1618. *in-4°.* C'est la premiere édition de cet Ouvrage, que *Vossius* augmenta depuis de près d'un tiers, & que son fils fit imprimer après avec ces additions à *Amsterdam* en 1655. *in-4°. pp.* 830. Il le composa dans la plus grande

grande chaleur des disputes Armi-
niennes en Hollande. Il crut que le
meilleur moyen pour calmer les esprits extrêmement échauffez les uns
contre les autres, étoit de faire
une histoire exacte & sincere des
disputes à peu près pareilles, qui
avoient autrefois troublé l'Eglise,
& des remedes qu'y avoient apporté les Conciles tant generaux que
particuliers. Mais il se trompa fort
dans ses vûës, & il lui arriva à peu
près ce qu'il dit dans sa Préface arriver quelquefois à ceux qui veulent separer deux personnes qui se
battent ; c'est qu'elles se declarent
toutes deux contre lui. On a vû plus
haut ce qui lui arriva à ce sujet. Il
a joint à son Histoire des Disputes
sur le Pelagianisme, qu'il avoit
déja publiées auparavant, comme
on a pû le voir au N°. 37. & qu'il
auroit pû se dispenser pour cette
raison de faire imprimer de nouveau.

39. *De Manichæis & Stoïcis.* C'est
un fragment d'un plus grand Ouvrage, qui n'avoit pas été encore
publié.

G. J. Vossius.

40. *Dissertatio Epistolica de Jure Magistratus in rebus Ecclesiasticis. Amstelodami* 1669. *in-* 4°. Cette Piece est peu de chose, on a beaucoup mieux traité la matiere dont il s'y agit depuis *Vossius*.

41. *Responsio ad Judicium Hermanni Ravenspergeri de Libro Hugonis Grotii contra Socinum de satisfactione Christi. Lugduni Batavorum* 1618. *in-* 4°.

Ce sont là tous les Ouvrages de *Vossius* qui se trouvent dans l'édition d'*Amsterdam*. Mais il en a fait encore d'autres, dont il est à propos de parler.

42. *Oratio Panegyrica de felici expeditione exercitus fœderatæ Belgicæ, novem oppidis trimestri captis, ductu Ill. Principis Mauritii, Comitis Nassoviæ. Lugd. Bat.* 1597. *in-* 4°.

43. *Ludolphi Lithocomi Syntaxis Latina ex recensione Vossii. Lugd. Bat.* 1618. *in-* 8°. » Quoique cette Syn- » taxe porte le nom de *Lithocome*, » *Vossius* y a fait tant de corrections, » tant de retranchemens, tant d'ad- » ditions, & il y a mis un ordre » si different de celui de *Lithocome*,

» qu'on peut dire qu'il n'y a pref-
» que de ce Grammaticien que le
» nom & le fond du premier def-
» fein, & que l'Ouvrage a plus coû-
» té à *Voffius*, que s'il l'avoit fait de
» nouveau. C'eft cette Grammaire
» qu'on enfeigne dans les Colleges
» des Provinces-Unies, & de divers
» endroits de la baffe Allemagne.
(*Baillet Jugem. des Sçavans.*) Elle
a été imprimée un grand nombre
de fois fous le titre de *Grammatica
Latina.*

44. *Nicolai Clenardi Inftitutiones
Linguæ Græcæ, nunc ab erroribus multis expurgatæ, & meliori ordine di-
geftæ, opera G. J. Voffii. Lugd. Bat.
1642. in-8º.* » Il eft aifé de voir que
» la plûpart des chofes que *Voffius*
» a ajoûtées à la Grammaire de *Cle-
» nard,* n'ont prefque été tirées que
» de celles de *Sylburge* & de *Cani-
» fius.* Mais du moins ne peut-on
» pas nier que le bon ordre & la
» difpofition judicieufe des precep-
» tes ne foit de lui. (*Baillet, ibid.*)
J'ai déja dit ci-devant que *Voffius* avoit eu plufieurs enfans, qui
étoient tous, à l'exception d'*Ifaac*

G. J.
Vossius. *Vossius*, morts avant lui : la douleur qu'il ressentit de leur perte fut d'autant plus grande, qu'ils avoient répondu parfaitement aux soins qu'il s'étoit donné pour leur éducation ; ce qui faisoit appeller sa maison *le Domicile d'Apollon & des neuf Muses*; car c'étoit effectivement le nombre de ses enfans. Ses filles même se distinguoient par leur habileté & par leurs progrez dans les sciences, & une d'elles, nommée *Cornelie*, promettoit beaucoup, lorsqu'elle périt par un accident fort tragique ; ayant voulu pendant l'Hyver aller glisser sur les canaux qui sont près de *Leyde*, suivant la coutume du Pays, la glace creva sous ses pieds & elle se noya. Il ne sera pas inutile de dire ici quelque chose de ses autres enfans, qui ont publié quelques Ouvrages, pour faire connoître les méprises de ceux qui ont coutume de les attribuer à leur pere, & de les confondre avec les siens. Comme on n'est point instruit des dates de leur naissance & de leur mort, je les mettrai ici, suivant qu'ils se presenteront, sans prétendre les ran-

ger dans l'ordre où ils doivent
être.

1°. *Denys Voffius*, né à *Dordrecht*,
quoique mort fort jeune, fçavoit
déja les Langues Grecque, Latine,
Hebraïque, Syriaque, Chaldaïque,
Arabe, Françoife, Italienne & Efpagnole, & a publié les Ouvrages
fuivans.

*Panegyricus ad Fredericum Henri-
cum Araufionenfium Principem. Amftelodami* 1633. *in-*4°.

Fredericus Victor. Ibid. 1633. *in-*
4°. Cette Piece, qui eft un Poëme,
roule fur le même fujet que le Difcours précedent, & ils ont été imprimez enfemble.

*Belgarum aliarumque Gentium An-
nales. Autore Everardo Reidano ; Dio-
nyfio Voffio Interprete. Lugd. Batav.*
1633. *in fol.* Ces Annales étoient
écrites en Flamand.

*Mofis Maimonidis de Idololatria
Liber cum interpretatione Latina &
notis Dionyfii Voffii.* A la fin du Livre
de fon pere *de Origine & Progreffu
Idololatria*, dans toutes les éditions.
Ce fut fon pere qui publia cet Ouvrage, qu'il avoit traduit de l'Hebreu. L iij

G. J.
VOSSIUS.

C. Julius Cæsar cum notis Dionysii Vossii. Accessit Julius Celsus de vita & rebus gestis C. Julii Cæsaris, ex Musæo Joannis Georgii Grævii. Amst. 1697. *in-8°.* Les notes de *Denys Vossius* ont paru dans cette édition pour la premiere fois.

II. *François Vossius*, naquit à *Dordrecht.* On n'a de lui qu'un Poëme intitulé :

Carmen de Victoria Navali, auspiciis ordinum fœderatæ Belgicæ, ductuque Martini Heriberti Trompii parta. Amstelod. 1640. *in fol.*

III. *Gerard Vossius* a publié.

M. Velleius Paterculus cum notis. Lugd. Bat. Elzevir 1639. *in-16.*

IV. *Matthieu Vossius*, né à *Dordrecht*, a eu un fils nommé *Gerard*, qui a survêcu à son grand-pere *Gerard Jean Vossius.* On a de lui.

Annalium Hollandiæ Zelandiæque Libri quinque. Amstelod. 1635. *in 4°.* Ces Annales s'étendent depuis l'an 859. jusqu'à l'an 1299. It. *Continuati ad annum* 1432. *Ibid.* 1680. *in-4°.* Cet Ouvrage a été traduit en Flamand par *Nicolas Borremans*, & imprimé en cette Langue en 1677. *in* 4°.

V. *Meurſii Athenæ Batavæ. Valerii Andreæ Bibliot. Belgica.* Sa Vie par *Colomiés* à la tête de ſes Lettres de l'édition de *Londres. Witten Memor. Philoſophorum, Oratorum, &c·*

ISAAC VOSSIUS.

ISAAC *Voſſius* naquit à *Leyde* l'an 1618. de *Gerard Jean Voſſius,* dont je viens de parler, & d'*Elizabeth du Jon* ſa ſeconde femme.

Il eut ſon pere pour Maître dans ſes études, de même que ſes freres, & il fit comme eux en peu de tems de très-grands progrez. Toute ſa vie s'eſt preſque paſſée à étudier & à travailler.

Son merite l'ayant fait connoître à la Reine de Suede *Chriſtine,* cette Princeſſe entretint avec lui un commerce de lettres, & le chargea de pluſieurs commiſſions litteraires. Il fit même pluſieurs voyages en Suede par ſon ordre, & lui apprit la Langue Grecque. Cependant y ayant été en 1652. avec M. *Huet* & M. *Bochart,* cette Reine ne voulut point

I. Voſ-sius.

L iiij

I. Vos-
sius.

le voir, parce qu'elle avoit appris
qu'il vouloit écrire contre *Saumaise*,
quelle estimoit particulierement.

En 1663. le Roi le gratifia d'une
somme considerable, que M. *Colbert*
lui fit tenir avec cette Lettre, qui
contient son éloge en peu de mots.
*Monsieur, quoique le Roi ne soit pas
votre Souverain, il veut néanmoins
être votre bienfacteur, & m'a com-
mandé de vous envoyer la Lettre de
Change cy-jointe, comme une marque
de son estime, & comme un gage de sa
protection. Chacun sçait que vous sui-
vez dignement l'exemple du fameux
Vossius votre pere, & qu'ayant reçû
de lui un nom qui l'a rendu illustre par
ses écrits, vous en conserverez la gloire
par les vôtres. Ces choses étant connuës de sa Majesté, elle se porte avec
plaisir à gratifier votre merite, &c.*

Après la mort de son pere, on
avoit voulu lui donner sa chaire de
Professeur, mais il la refusa, aimant
vivre pour lui seul, occupé uniquement du travail de son cabinet.

En 1670. il passa en Angleterre,
où il prit le degré de Docteur ès
Loix, & trois ans après, c'est-à-

dire en 1673. le Roi *Charles II.* le I. Vos-
fit Chanoine de *Windfor.* Il de- sius.
meura toujours depuis en cette
Ville, où il mourut le 21. Fevrier
1689. dans fa foixante-onziéme année. Il bon de remarquer que cette
date de fa mort s'accorde avec celle
qui le fait mourir le 10. Fevrier
1688. parce que celle-ci eft fuivant
le vieux ftile, au lieu que l'autre
eft conforme au nouveau.

M. *des Maizeaux* nous apprend
dans la Vie de M. de *S. Evremond*
(*a*) quelques particularitez de la
vie & du caractere de *Voffius*, qui
doivent trouver ici leur place. M.
» de *S. Evremond*, dit-il, paffoit les
» Etez à *Windfor* avec la Cour, &
» y voyoit fouvent M. *Voffius.* Ma-
» dame de *Mazarin* fe plaifoit beau-
» coup à la converfation de ce fça-
» vant homme, il mangeoit fouvent
» chez elle, & elle lui faifoit des
» queftions fur toutes fortes de fu-
» jets. Voici quelques traits de fon
» caractere. Il entendoit prefque
» toutes les Langues de l'Europe,
» & n'en parloit bien aucune. Il

(*a*) *Quatriéme édition* 1726. *p.* 214.

I. Vos-
sius.

» connoiſſoit à fond le génie & les
» coutumes des anciens, & il igno-
» roit les manieres de ſon ſiecle. Son
» impoliteſſe ſe répandoit juſques
» ſur ſes expreſſions. Il s'exprimoit
» dans la converſation, comme il
» auroit fait dans un Commentaire
» ſur *Juvenal*, ou ſur *Petrone*. Il pu-
» blioit des Livres pour prouver que
» la Verſion des Septante eſt divi-
» nement inſpirée; & il témoignoit
» par ſes entretiens particuliers, qu'il
» ne croyoit point de révelation. La
» maniere peu édifiante dont il eſt
» mort, ne nous permet pas de dou-
» ter de ſes ſentimens. Et cepen-
» dant, ce qui marque bien la foi-
» bleſſe de l'eſprit humain, *il avoit*
» *une credulité imbecille pour tout ce*
» *qui étoit extravrdinaire, fabuleux,*
» *éloigné de toute créance*; c'eſt l'idée
» qu'en donne M. de *Saint-Evre-*
» *mond*, qui l'avoit aſſez pratiqué
» pour le bien connoître.

M. *des Maizeaux* ajoûte dans une
note les paroles ſuivantes. » Le
» Docteur *Haſcard*, Doyen de
» *Windſor*, l'étant allé viſiter (à la
» mort) avec le Docteur *Wickan*,

» un des Chanoines, ne put jamais   I. Vos-
» l'engager à communier, comme   sius.
» c'eſt l'uſage de l'Egliſe Anglicane,
» quelque fortement qu'il l'en preſ-
» ſât, juſqu'à lui dire que *s'il ne le*
» *vouloit pas faire pour l'amour de*
» *Dieu, qu'il le fît du moins pour*
» *l'honneur du Chapitre.* Voici encore
» un trait qui montre le caractere
» d'eſprit & les ſentimens de *Voſſius.*
» Un Anglois lui ayant demandé
» un jour ce qu'étoit devenu un
» homme de Lettres, qu'il avoit vû
» autrefois chez lui, *Voſſius* lui ré-
» pondit bruſquement : *Eſt ſacrificu-*
» *lus in Pago, & ruſticos decipit.* J'a-
» joûterai qu'un Sçavant très-connu
» dans la Republique des Lettres,
» m'a appris qu'il avoit entre les
» mains une Lettre Latine, écrite par
» une perſonne qui s'étoit trouvée
» chez *Voſſius,* quand il mourut,
» dans laquelle il dit que le Doc-
» teur *Haſcard* l'alla voir, lorſqu'il
» étoit aux approches de la mort,
» & l'exhorta à communier, mais
» qu'il lui dit : *Apprenez-moi com-*
» *ment je pourrai obliger mes fermiers*
» *à me payer ce qu'ils me doivent ;*

I. Vos-
sius.

,, *voila ce que je voudrois que vous*
,, *fissiez.* On ajoûte dans cette Let-
,, tre que ces fortes de difcours lui
,, étoient ordinaires, & que *Fran-*
,, *çois du Jon*, ou *Junius*, fon oncle
,, maternel, étant malade, un Cha-
,, noine voulut lui donner la Com-
,, munion, mais *Vossius* s'y oppofa.
,, *C'est*, dit-il, *un bel ufage établi*
,, *pour les pecheurs, mon oncle n'est*
,, *rien moins que pecheur, c'est un*
,, *homme fans vices.*

Pour ce qui est de fa credulité &
du penchant qu'il avoit à croire
aveuglement les chofes singulieres
& extraordinaires. M. *Renaudot*
dans fes Differtations ajoûtées aux
Anciennes Relations des Indes & de la
Chine, p. 395. nous apprend que
,, *Vossius* ayant eu de fréquentes
,, conferences avec le P. *Martini*,
,, Jefuite, durant le fejour qu'il fit
,, en Hollande pour l'impreffion de
,, fon *Atlas Chinois*, ne fit aucune
,, difficulté de croire tout ce qu'il
,, lui entendoit raconter de mer-
,, veilleux de la Chine, mais qu'il
,, ne s'en tint point à ce qu'il avoit
,, appris de lui ; il alla beaucoup

,, plus loin, & il établit comme un I. Vos-
,, fait certain l'antiquité des Hiſ- sius.
,, toires Chinoiſes au-deſſus de cel-
,, les des Livres de *Moyſe.* Il ne s'eſt
,, pas embaraſſé, ajoûte-t'il, des
,, conſéquences que les libertins en
,, pouvoient tirer, & il a decidé
,, ſans balancer que les Livres Chi-
,, nois étoient auſſi anciens qu'ils le
,, prétendoient. Il affectoit, contre
,, la coutume des Sçavans, de citer
,, fort peu, ſur tout quand il avan-
,, çoit quelque nouveau paradoxe,
,, quoique ce ſoit en pareilles oc-
,, caſions qu'il faut citer ſes té-
,, moins.

On voit par quelques-uns de ſes
Ouvrages combien il étoit entêté
des merveilles de la Chine. Le Roi
Charles II. connoiſſoit bien ſon caractere; car l'entendant un jour debiter des choſes incroyables de ce
Pays, il ſe tourna vers quelques
Seigneurs qui étoient avec lui &
leur dit: *Ce ſçavant Theologien eſt un
étrange homme, il croit tout hors la
Bible.*

Voſſius avoit une riche & nombreuſe Bibliotheque, que l'Univer-

sité de *Leyde* acheta trente-six mille florins, & qu'elle fit aussi-tôt enlever, de peur que les Anglois ne se repentissent de ne l'avoir pas acheté eux-mêmes, comme il leur arriva effectivement, mais trop tard. (*Bayle, Lettres.*)

Catalogue de ses Ouvrages.

1. *Periplus Scylacis Caryandensis, & Anonymi Periplus Ponti Euxini Græce & Latine cum notis Isaaci Vossii. Amstelodami* 1639. *in-*4°. *Vossius* publia cet Ouvrage, lorsqu'il n'avoit encore que vingt-un ans. Cependant *Jacques Gronovius* a jugé ses remarques dignes d'entrer dans la nouvelle édition augmentée qu'il a donnée de ces Auteurs, sous le titre de *Geographia Antiqua. Lugd. Bat.* 1697. *in-*4°.

2. *Justini Historiarum ex Trogo Pompeio Libri* 44. *cum notis Isaaci Vossii. Lugd. Bat. Elzevir* 1640. *in-*12. C'est encore un Ouvrage de sa premiere jeunesse.

3. *S. Ignatii Epistolæ, & S. Barnabæ Epistola Græce & Latine, cum notis. Amstelod.* 1646. *in-*4°. It. *Londini* 1680. *in-*4°. *Vossius* est le pre-

mier qui ait publié les veritables J. Vos-
Lettres de *Saint Ignace*, fur un sius.
manufcrit Grec de la Bibliotheque de *Florence*, qui s'eft trouvé
entierement conforme à l'ancienne
verfion Latine qu'*Ufferius* avoit
donnée deux ans auparavant. Ses
notes ont été inferées dans l'é-
dition des *Patres Apoftolici* de *Cote-
lier*, faite en Hollande par M. *le
Clerc*.

4. *Pomponius Mela de fitu Orbis
ex recenfione & cum obfervationibus
Ifaaci Voffii. Hagæ Comit.* 1658. *in-
4°. It. Franequera* 1701. *in-8°. Voffius* reprend fouvent dans fes obfervations *Saumaife*, avec lequel il
s'étoit broüillé pour le fujet qui eft
rapporté dans le *Menagiana* to. 2.
p. 211. où l'on parle ainfi : ,, M.
,, *Saumaife* & M. *Voffius* avoient été
,, grands amis; mais leur amitié fût
,, rompuë, parce que M. *Voffius* ayant
,, prêté de l'argent au fils de M.
,, *Saumaife*, M. *Saumaife* ne voulut
,, pas le lui rendre, difant qu'il lui
,, avoit mandé de ne lui en pas prê-
,, ter; en effet il ne le lui rendit pas.
,, M. *Voffius* ne voulut pas écrire ou-

I. Vos- „ vertement contre lui ; car quoi-
SIUS. „ qu'il soit vrai que personne n'a
„ plus enseigné de choses que M.
„ *Saumaise*, il a néanmoins fait bien
„ des fautes, parce qu'il travailloit
„ avec trop de précipitation. M.
„ *Vossius* ne voulut pas l'entrepren-
„ dre sur ses *Exercitationes Pliniana*
„ *in Solinum* ; mais il fit imprimer
„ *Pomponius Mela* avec des notes,
„ où il l'attaque & le reprend en
„ beaucoup d'endroits.

5. *Dissertatio de vera ætate mundi,*
quâ ostenditur natale mundi tempus
annis minimum 1440. vulgarem æram
anticipare. Hagæ Comit. 1659. in-4°.
pp. 55. Cette Dissertation, où il tâ-
che d'établir la supputation des Septante sur les ruines de celle du texte
Hebreu, a été attaquée par plusieurs
Auteurs, entr'autres par *George*
Hornius, qui publia aussi-tôt : *Dis-*
sertatio de vera ætate mundi, quâ
sententia illorum refellitur, qui sta-
tuunt natale mundi tempus annis mi-
nimum 1440. vulgarem æram antici-
pare. Lugd. Bat. 1659. in-4°. pp. 72.
Vossius lui repliqua par l'Ouvrage
suivant.

6. *Caftigationes ad Scriptum Geor-*   I. Vos-
gii Hornii de ætate mundi. Hagæ Co-   sius.
mit. 1659. in-4°. pp. 48. Ouvrage
où *Voffius* défend fon fentiment avec
autant de force que dans le premier ; mais auquel *George Hornius*
oppofa la même année : *Defenfio*
Differtationis de vera ætate mundi con-
tra caftigationes Ifaaci Voffii , qua He-
bræa Biblia , eorumque authentica &
incorrupta veritas contra objectiones,
ex LXX. Interp. Samarit. Jofepho ,
Chaldæis, Ægyptiis, Sinenfibus , af-
feruntur. Lugd. Batav. 1659. in-4°.
pp. 64.

7. *Auctarium Caftigationum ad*
Scriptum de ætate mundi. Hagæ Co-
mit. 1659. in-4°. pp. 47. C'eft une réponfe à l'Ouvrage précedent d'*Hor-*
nius , qui ne voulant pas demeurer
en refte , publia peu de tems après
Auctarium defenfionis pro vera ætate
mundi. Lugd. Batav. 1659. in-4°. pp.
28. Le P. *Pezron* a foûtenu depuis
le fentiment de *Voffius* dans fon
Livre de l'*Antiquité des tems réta-*
blie.

8. *De 70. Interpretibus , eorumque*
tralatione & chronologia Differtatio-

Tome XIII.   M

I. VOS- *nes. Hagæ Comitis* 1661. *in-*4°. It.
SIUS. *Londini* 1665. *in-*4°.

9. *Appendix ad Librum de 70. Interpretibus, seu Responsiones ad objecta variorum Theologorum. Hagæ Comit.* 1663. *in-*4°.

10. *De Lucis natura & proprietate Liber. Amstelod.* 1662. *in-*4°. Ce n'est pas ce que *Vossius* a fait de meilleur.

11. *Responsio ad objecta Joannis de Bruyn & Petri Petit de Luce. Hagæ Comit.* 1663. *in-*4°.

12. *De motu marium & ventorum. Hagæ Comit.* 1663. *in-*4°. Ouvrage peu considerable.

13. *De Nili & aliorum fluminum origine. Ibid.* 1666. *in-*4°.

14. *Epistolæ ad Rivetum* : inferées à la fin de l'Ouvrage de *Jean Pearson*, intitulé : *Vindiciæ Epistolarum S. Ignatii. Cantabrigiæ* 1672. *in-*4°. Elles tendent à refuter *David Blondel*, qui avoit prétendu que les Lettres de *S. Ignace* étoient suppo-sées.

15. *De Poëmatum cantu & viribus Rythmis. Oxonii* 1673. *in-*8°. *Vossius* n'a pas mis son nom à cet Ouvrage,

qui eſt très-curieux & rempli d'ob- I. Vos-
ſervations ſingulieres. sius.

16. *De Sibyllinis aliiſque quæ Chriſ-*
ti Natalem præceſſere Oraculis. Oxonii
1679. *in-8°.* It. *Lugd. Batav.* 1680.
in-12. It. avec ſon *Variarum Obſer-*
vationum Liber. Londini 1685. *in-4°.*

17. *Reſponſio ad objecta nuperæ*
Critica ſacræ. Lugd. Bat. 1680. *in-8°.*
It. dans le *Variarum Obſervationum*
Liber. Cette réponſe roule ſur le
merite de la verſion des Septante
que *Voſſius* met beaucoup au-deſſus
du texte Hebreu, & tend à refuter
M. *Simon*, qui étoit ſur ces deux
choſes dans des ſentimens entierement oppoſez aux ſiens, & qui dans
le quatriéme chapitre du ſecond Livre de l'*Hiſtoire Critique du Vieux*
Teſtament, avoit parlé au long de
cette matiere. Ce Sçavant en publiant ſes *Diſquiſitiones Critica de*
variis, per diverſa loca & tempora,
Bibliorum editionibus, y joignit pour
répondre à *Voſſius: Caſtigationes Theo-*
logi cujuſdam Pariſienſis ad Opuſcula
Iſaaci Voſſii de Sibyllinis Oraculis, &
ejuſdem reſponſionem ad objectiones nu-
peræ Critica ſacra. Lond. 1684. *in-4°.*

M ij

I. Vos-
sius.

18. *C. Valerius Catullus, & in eum
Isaaci Vossii Observationes. Londini
1684. in 4°.* Il y a beaucoup d'é-
rudition dans le Commentaire de
Vossius, mais la pudeur n'y est gueres épargnée. Il y a inseré la plus
plus grande partie du Traité d'*A-
drien Beverland de Prostibulis veterum*,
dont on n'avoit pas voulu permettre l'impression. L'édition fut commencée en Hollande, & elle étoit
près de sa fin, lorsqu'on sçût qu'il
y avoit fait entrer cet Ouvrage de
Beverland. Cette découverte attira
au Libraire une défense de la continuer ; ainsi on fut obligé de la
faire achever en Angleterre, où le
titre, la préface & la fin ont été imprimez, comme il est facile de le
reconnoître par la difference des
caracteres.

19. *Variarum Observationum Liber. It. De Sibyllinis aliisque quæ
Christi Natalem præcessere Oraculis ;
accedit ad priores & posteriores P. Simonii objectiones responsio. Londini
1685. in-4°. pp. 397.* Il est facile de
connoître par la premiere observa-
tion contenuë dans ce volume, &

qui traite de la grandeur de l'an- I. Vos-
cienne *Rome* & de quelques autres sius.
Villes, le penchant que *Voſſius* avoit
pour le merveilleux, & ſa prévention pour l'antiquité. Il y fait l'ancienne ville de *Rome* vingt fois plus
grande que ne le ſont à preſent les
villes de *Paris* & de *Londres* priſes
enſemble, & lui donne quatorze
millions d'habitans. Mais tout cela
n'eſt rien au prix de la Chine, puiſqu'il aſſure que dans la ſeule ville
de *Hancheu* on comptoit autrefois
vingt millions d'habitans, même
ſans y comprendre les fauxbourgs,
& qu'en les y comprenant, il y avoit
plus de perſonnes qu'il n'y en a aujourd'hui dans toute l'Europe. La
ſeconde obſervation, où il parle
des arts & des ſciences des Chinois,
ne marque pas moins de prévention. Les autres ſont ſur la conſ-
truction des galeres, ſujet qu'il
traite avec beaucoup d'érudition ;
ſur la reformation des longitudes ;
ſur la navigation aux Indes & au
Japon par le Nord ; ſur les cercles
qui paroiſſent quelquefois autour
de la Lune, & ſur la chûte des corps

1. Vos-
sius.

pesans, qu'il explique avec les Car-
tésiens par le mouvement diurne de
la terre sur son centre. *Vossius* a
joint à ces Observations son Traité
des Oracles des Sibylles & sa premiere réponse au Pere *Simon*, qui
avoient déja paru, avec une nouvelle réponse qu'il intitule : *Ad
iteratas P. Simonii Objectiones responsio.*

20. *Observationum ad Pomponium
Melam Appendix. Accedit ad tertias
P. Simonii objectiones Responsio :
subjungitur Pauli Colomesii ad Henri-
cum Justellum Epistola.* Londini 1686.
in 4°. On trouve dans ce volume
trois Pieces differentes. La premiere est contre *Jacques Gronovius*,
qui avoit maltraité *Vossius* dans son
édition de *Pomponius Mela* faite à
Leyde en 1685. in 8°. Celui-ci lui
rend assez la pareille, & l'on peut
dire que de part & d'autre les injures n'ont gueres été épargnées.
La seconde, qui est fort courte,
est pour répondre à ce qui avoit
été dit contre son sentiment sur la
Version des Septante dans un Livre intitulé : *Dissertatio Humfredi*

Hodii contra Hiſtoriam Ariſteæ de 70. I. Vos-
Interpretibus. Oxonii 1685. *in* - 8°. sius.

La troiſiéme eſt une 3ᵉ réponſe à M.
Simon, qui avoit refuté la ſeconde
dans un Livre publié ſous le nom
de *Jerôme le Camus*, & intitulé : *Ju-*
dicium de Nupera Iſaaci Voſſii ad ite-
ratas P. Simonii objectionęs reſponſione.
Edimburgi (c'eſt-à-dire en Hollande) 1685. *in-4°.*

21. Il a ajoûté pluſieurs obſer-
vations au Dictionnaire Etymolo-
gique de ſon pere, comme on le
peut voir dans ſon article *N°.* 1.

V. *Valere André*, *Bibliotheca Bel-*
gica. Colomiés, *Bibliotheque Choiſie.*
M. Des-Maizeaux, *vie de S. Evre-*
mond. Menagiana.

GERARD VOSSIUS.

G. Vossius. GERARD *Vossius*, que quel-ques-uns ont confondu fort mal-à-propos avec *Gerard Jean Vossius*, naquit dans le Diocese de *Liege*. Son Epitaphe, où il porte le nom de *Vossius à Berchloon*, pour-roit faire croire qu'il étoit né dans cette petite Ville, & *Valere André* lui donne effectivement l'épithete de *Borchlonius*; d'autres cependant, comme *Chapeauville*, le nomment *Hasselensis*, c'est-à-dire natif d'*Hasselt*, autre Ville du Pays Lie-geois.

Ayant embrassé l'Etat Ecclesias-tique, il se fit recevoir Docteur en Theologie, & devint ensuite Pro-tonotaire Apostolique & Prevôt de l'Eglise de *Tongres*.

Son habileté dans les Langues La-tine & Grecque le firent connoître aux Cardinaux *Guillaume Sirlet* & *Antoine Caraffe*, qui eurent beau-coup d'estime & de consideration pour lui, de même que le Pape

Gregoire

Gregoire XIII. Cependant ils ne lui firent pas de bien ; c'eft une chofe dont *Vittorio Roffi*, qui l'avoit connu particulierement à Rome, fe plaint, dans l'éloge qu'il a fait de lui.

Pendant le long fejour qu'il fit en Italie, il tira des Bibliotheques plufieurs Ouvrages des Peres qu'il donna au Public.

Il mourut à *Liege* le 25. Mars 1609. & fut enterré dans la Chapelle du Seminaire, où *Herman Voffius* fon frere lui fit dreffer cette Epitaphe.

Ad Dei Opt. Max. gloriam.
Ad honorem reverendi admodum eximiique Domini Gerardi Voffii à Berchloon, Artium & S. Theologiæ Doctoris, Protonotarii Apoftolici, infignifque Tongrenfis Ecclefiæ Præpofiti, qui Sanctorum Patrum, Ephrem Syri, Gregorii Thaumaturgi, necnon Papæ Leonis Magni, aliifque Ecclefiæ Antiquitatum Monumentis illuftratis, recognitis & in lucem editis, obiit Leodii menfis Martii die 25. Hermannus Voffius Conful Haffelenfis, germanus frater, ejufdem ex teftamento hæres, mæftus pofuit.

Tome XIII.   N

G. Vos-
sius.

On voit par cette Epitaphe que M. *Dupin* s'est trompé, en le nommant dans son Catalogue des Auteurs Ecclesiastiques *Jean Gerard*, de même que *Morery* en le faisant mourir en 1625.

Catalogue de ses Ouvrages.

1. *Rhetoricæ Artis Methodus per quæstiones. Lovanii* 1571. in-8°.

2. *Commentarius in Somnium Scipionis ex M. Tullii Libro VI. de Republica, cum paraphrasi & paradigmate variarum Lectionum. Roma* 1575. in-8°. *Svveertius* dans son *Athenæ Belgica* a mal cité ce Livre sous le titre de *Commentarius in Somnium Scipionis, & M. Tullii Lib. VI. de Republica*; puisque l'Ouvrage de Cicéron *de Republica* est perdu, & qu'on n'en a que le *Songe de Scipion*, qui est un morceau du sixiéme Livre.

3. *S. Joannis Chrysostomi Orationes Grace & Latine, Interprete Gerardo Vossio. Roma* 1580. in-4°. Il n'y a dans cette édition qu'un petit nombre de Discours. La traduction de *Vossius* a été inserée dans les éditions suivantes de *S. Chrysostome.*

4. *Theodoreti Oratio de Charitate Græce & Latine, cum scholiis variisque lectionibus. Roma 1585. in-4°.*

5. *Gesta ac Monumenta Gregorii Papæ. Græce & Latine, cum scholiis. Roma 1586. in-4°.*

6. *S. Ephrem Syri Opera omnia, Interprete Gerardo Vossio, cum Scholiis. Roma in-fol. 3. vol. 1589. & 1593. It. Colonia 1603. It. Antuerpiæ 1619. in-fol.*

7. *S. Gregorii Thaumaturgi Neocæsariensis Episcopi Opera omnia, Interprete & Scholiaste Gerardo Vossio. Accesserunt Miscellanea Sanctorum aliquot Patrum Græcorum & Latinorum antehac non edita. Moguntiæ 1604. in-4°.* Les Bibliothecaires d'*Oxford* ont mis mal-à-propos cet Ouvrage sous le titre de *Gerard Jean Vossius.*

8. *S. Bernardi de Consideratione ad Eugenium Papam Libri V. cum scholiis variisque lectionibus. Colonia 1605. in-12.*

9. *Valere André* marque qu'il a mis une Préface à la Physique de *François Sylvestre de Ferrare*, Dominicain, imprimée à *Rome* en 1586. *in-4°.* mais les Bibliothecaires des

N ij

G. VOS-SIUS.

G. Vos-
sius.
Dominicains ne parlent point de cet Ouvrage.

V. *Valere André, Bibliotheca Belgica. Svveertius, Athena Belgica. Jani Nic. Erythræi Pinacoth. part. 2. Chapeauville, Gesta Pontificum Leod. tom. 3. p. 667.*

GUILLAUME TEMPLE.

G. Tem-
ple.
GUILLAUME *Temple* descendoit d'une branche cadette de la famille des Temples, de *Temple-Hall*, dans le Comté de *Leycester*. Le Chevalier *Richard Temple*, issu de la branche aînée, prétendoit que ses ancêtres étoient venus en Angleterre avec *Guillaume le Conquerant*, & il avoit une Genealogie bien suivie de sa famille depuis *Jean-Sans-Terre*. Ils avoient possedé de grands biens ; mais ayant suivi le parti malheureux, sous le regne de *Richard III.* ils perdirent tout, excepté *Temple-Hall*, qui fut vendu dans la suite, sans que le Chevalier *Guillaume Temple*, dont j'ai dessein de parler, ni son pere,

ayent jamais pû le racheter.

Son ayeul, appellé comme lui *Guillaume*, étudia au College du Roi à *Cambrige*, & on le deſtinoit à entrer dans la Robbe. Mais il en fut détourné par le goût qu'il prit pour les études Philoſophiques, qui étoient alors en vogue. Il écrivit même ſur ces matieres deux Traitez Latins, dont on admira l'élegance, & qu'il dédia au Chevalier *Philippe Sidney*. En voici les titres, qui en feront connoître le ſujet.

Commentarius pro defenſione Mildapetti de unica Rami Methodo ſervanda, contra Diplodophilum. Londini 1581. *in-*8°. L'Ouvrage qu'il entreprend de défendre eſt intitulé: *Franciſci Mildapetti ad Everardum Digbeium admonitio de Unica Petri Rami Methodo, cæteris rejectis, retinenda.* Londini 1580. *in-*8°. avec une réponſe de *Digbeius*, que *Temple* a voulu déſigner par le nom de *Diplodophilus.*

Explicatio aliquot Quæstionum Phyſicarum & Ethicarum, cum Epiſtola ad Johannem Piſcatorem de Rami

G. Tem-*Dialectica*, avec son Ouvrage pré-
ple.   cedent.

Il a donné outre cela :

*Analysis Logica triginta Psalmo-
rum priorum. Londini* 1611. *in*-8°.

Philippe Sidney l'engagea à quitter
le College, & à l'accompagner dans
les Pays Etrangers : & ce fut entre
ses bras qu'il mourut, après l'avoir
recommandé au fameux Comte
d'*Essex*, qui étoit alors favori de
la Reine *Elizabeth*, & dont *Temple*
fut Secretaire, jusqu'à sa fin tragique arrivée en 1601.

Outre les esperances d'une grande fortune, qu'il vit renverser par
cette mort, il fut encore perse-
cuté par *Cecil* & banni en Angleterre.

Il y poursuivit ses études dans le
College de *Dublin*, dont il fut élu
Prevôt, & il y mourut âgé de 73.
ans.

Jean Temple, son fils aîné passa
de bonne heure dans les Pays Etrangers, & parut tout jeune à la Cour
de *Charles I.* qui le fit Maître des
Rôles en Irlande. Il épousa une
sœur du fameux Docteur *Ham-*

mond , & en eut quatre fils, dont *Guillaume* , qui va faire le ſujet de cet article , eſt un , & une fille , qui lui ſurvêquirent tous , à l'ex- ception d'un fils. G. TEM- PLE.

Il demeuroit à *Dublin* , où il étoit Membre du Conſeil Privé, & il y joüiſſoit de l'amitié & de la confiance du Comte de *Leiceſter* , Lieutenant d'Irlande , lorſque la Rebellion y éclata en 1641. Il eut beaucoup de part à ce qui ſe paſſa dans cette année memorable , & il en a donné une relation ſous le titre d'*Hiſtoire de la Rebellion d'Irlande en* 1641. (en Anglois) *Londres* 1646. *in*-4°.

Mais étant arrivé des change- mens dans les Conſeils & les affai- res du Roi , il fut mis en priſon avec trois autres Conſeillers Privez, pour s'être oppoſé à la Treve , que le Duc *d'Ormond* avoit ordre de faire avec les Irlandois rebelles.

On le mit en liberté en 1644. & on l'élut Membre du Parlement en Angleterre , où il demeura juſqu'en 1648. qu'il en fut chaſſé avec ceux qu'on appella les *Membres exclus* ,

N iiij

pour avoir approuvé comme eux les conditions de la paix, qu'on traitoit alors avec le Roi *Charles I.* dans l'Isle de *Wight.*

Il vécut depuis en simple particulier jusqu'au rétablissement de l'an 1660. Alors il reprit ses fonctions de Maître des Rôles en Irlande, & acheva heureusement le reste de ses jours. Il mourut en 1677. à l'âge de 77. ans.

Guillaume Temple, dont il s'agit dans cet article, fut l'aîné de ses fils. Il naquit à *Londres* en 1628. & fit ses premieres études à *Penthurst* dans la Province de *Kent,* sous les yeux de son oncle, le Docteur *Henri Hammond,* alors Ministre de cette Paroisse.

A l'âge de dix ans on le mit entre les mains de *Leigh,* qui enseignoit à *Bishop Stratford;* & il avoit coûtume de dire qu'il étoit redevable à ce Maître de ce qu'il sçavoit de Grec & de Latin.

Ayant appris à l'âge de quinze tout ce qu'il pouvoit apprendre en ce lieu, il retourna dans la maison paternelle, parce que le malheur

des tems l'empêchoit d'entrer dans G. TEM-
une Université. Il ne put y aller PLE.
qu'en sa dix-septiéme année; & on
le plaça à *Cambridge* dans le College d'*Emmanuel*, où il étudia sous
le Docteur *Cudvvorth*.

Il partit pour venir en France à
l'âge de 19. ans en 1648. c'est à-
dire, pendant les plus grands troubles de l'Angleterre. Il voulut passer par l'Isle de *Wight*, où le Roi
Charles I. étoit alors prisonnier dans
le Château de *Charisbrook.* Il y trouva *Dorothée Osborn*, fille du Chevalier *Osborn*, Gouverneur de *Guerne-*
sey pour *Charles I.* qui alloit avec
son frere à *Saint-Malo* rejoindre leur
pere, qui s'y étoit retiré. Il fit le
voyage avec eux, & conçut pour
la Demoiselle une amitié, qui aboutit sept ans après à un mariage.

Il passa deux années en France,
où il apprit le François en perfection. De là il alla en Hollande,
en Flandres & en Allemagne, &
une connoissance parfaite de la Langue Espagnole fut un des avantages qu'il remporta de ce voyage.

Il retourna en sa Patrie en 1654.

G. Tem-
PLE.

& y épousa Mademoiselle *Osborn.*
Tant que l'Angleterre fut gouver-
née par les usurpateurs, il mena
une vie privée en Irlande avec son
pere, ses deux freres & une sœur,
presque toujours enfermé dans son
cabinet, pour étudier l'Histoire &
la Philosophie. On lui offrit pendant ce tems là divers emplois, mais
il les refusa tous.

Ce ne fut qu'au rétablissement
de l'an 1660. qu'il accepta la qualité de Membre de la Convocation
d'Irlande. Ce qui lui arriva alors, le
fit connoître plus qu'il ne l'avoit
encore été. On proposoit un Bill
pour une taxe que les Seigneurs
vouloient faire augmenter du double. Il s'éleva contre leur demande
avec tant de force, qu'il entraîna
les autres, & qu'il fallut profiter de
son absence pour faire passer le
Bill.

Quelque tems après, on assembla
un Parlement en Irlande, & il y fut
deputé avec son pere par le Comté
de *Caslovv.* Ce Parlement le mit en
1662. au nombre des Commissaires
qu'il envoya au Roi d'Angleterre;

& il ne retourna à *Dublin* que dans G. TEM-
le deſſein de quitter l'Irlande, & PLE.
de tranſporter ſa famille avec lui en
Angleterre.

En 1665. vers le commencement
de la premiere guerre de Hollande,
il alla ſecretement par ordre de la
Cour à *Munſter* pour engager l'E-
vêque à s'allier avec le Roi d'Angleterre, moyennant une certaine
ſomme d'argent, & à declarer ſur
le champ la guerre aux Hollandois;
& conclut en peu de jours avec lui
un traité qui ne fut public, que
lorſque l'Evêque commença à entrer en campagne.

On lui envoya peu après une Patente de *Baronet*, avec ordre de demeurer à *Bruxelles* en qualité de Re-
ſident ; ce qui étoit une choſe qu'il
avoit ſouhaité pluſieurs années auparavant, lorſqu'il y avoit paſſé
dans ſes voyages.

Au mois d'Avril 1666. il écrivit à ſa famille de paſſer en Flandres, & en même tems il reçut lui-
même un ordre de retourner à
Munſter, pour regagner l'Evêque,
qui menaçoit hautement de faire la

G. TEM-
PLE.

paix avec la Hollande, sur ce que l'Angleterre le payoit mal ; mais il arriva trop tard. Le même soir qu'il entra à *Munster*, la paix fut signée à *Cleves*, & il revint sur le champ à *Bruxelles*, où il passa une année dans une grande tranquillité. Pendant ce tems-là l'Angleterre & la Hollande firent la paix à *Breda*.

Au Printemps suivant, c'est-à-dire en 1667. la guerre commença entre la France & l'Espagne, & les François se rendirent maîtres de plusieurs Villes en Flandres, avant qu'on eût le loisir de leur opposer la moindre résistance. L'allarme fut alors si grande dans *Bruxelles*, où il n'y avoit pas une garnison suffisante, que le Chevalier *Temple* jugea à propos d'envoyer sa femme & sa famille en Angleterre. Il demeura seul avec sa sœur dans cette Ville jusqu'à Noël, que le Roi d'Angleterre lui ordonna de se rendre *incognito* à *Londres*, & de passer par la Hollande, pour y voir M. *Witt*. Cinq jours après son arrivée à la Cour, il fut renvoyé à *la Haye*, & en autant de jours il conclut la

Triple Alliance entre l'Angleterre, la Suede & la Hollande, qu'il avoit ébauchée à fon paffage.

G. TEM-
PLE.

Il eut enfuite ordre de retourner à *Bruxelles*, & de faire fes efforts pour engager les Efpagnols à confentir à une paix avec la France. Sa negotiation fut heureufe. L'Eté fuivant de 1668. cette paix fut concluë à *Aix-la-Chapelle*, & il affifta aux negotiations en qualité d'Ambaffadeur Extraordinaire & de Mediateur avec le Chevalier *Leonel Jenkins*.

Peu de tems après il fe rendit auprès des Etats Generaux, fous le même titre d'Ambaffadeur Extraordinaire, & avec des inftructions pour confirmer la Triple Alliance, & pour folliciter l'Empereur & les Princes d'Allemagne d'y acceder. Comme il étoit le premier Ambaffadeur d'Angleterre qu'on eût vû en Hollande depuis *Jacques I.* on le reçut avec de grandes marques d'eftime & de diftinction.

Il réuffit dans ce qui étoit le principal objet de fon ambaffade, en engageant l'Empereur & l'Ef-

G. TEM-PLE.

pagne dans les mesures qu'on se proposoit alors. Mais pendant ce temslà, Madame fit en Angleterre ce fameux voyage, qui changea tout. Quoique le Chevalier *Temple* eût remarqué auparavant que la Cour d'Angleterre étoit toujours disposée à se plaindre des Hollandois sur les moindres sujets, il ne se douta pourtant de rien jusqu'au mois de Septembre 1669. que le Comte d'*Arlington*, un des principaux Ministre, le rappella à la Cour, où il fut reçu froidement, sans qu'on lui parlât d'aucune affaire.

Le secret éclata cependant bientôt, & on le pressa de retourner à *la Haye*, pour disposer les choses à une guerre contre les Hollandois, Mais il s'en défendit avec tant de constance, que le grand Tresorier refusa de lui payer deux mille livres sterling d'arrerages, qui lui étoient dûes de son ambassade.

Il se retira dans une maison qu'il avoit achetée à *Shene* près de *Richemond*, & il employa son loisir à écrire ses Observations sur les Provinces-Unies, & une partie de ses Melanges.

Vers la fin de l'Eté de 1673. le Roi
ennuyé de la feconde guerre de Hollande, envoya chercher le Chevalier *Temple*, & réfolut de l'envòyer
en Hollande pour y conclure une
paix, pour laquelle les deux partis
avoient déja fait des ouvertures.
Mais l'Ambaffadeur d'Efpagne à
Londres ayant reçû alors des pou-
voirs de negocier, le Chevalier eut
ordre de traiter avec lui, & la paix
fut concluë en trois jours.

Le Comte d'*Arlington* lui offrit
là-deffus deux chofes, l'ambaffade
d'Efpagne, qu'il refufa, parce que
fon pere étoit vieux & infirme ; &
une place de Secretaire d'Etat,
qu'il manqua faute de fix mille pieces, qu'il falloit en donner, & qu'il
n'avoit pû épargner.

Mais il ne fut pas long-tems fans
emploi. Au mois de Juin 1674. il
fut envoyé en Hollande en qualité
d'Ambaffadeur, & chargé de pre-
fenter la mediation de fon Maître
entre la France & les Alliez, alors
en guerre. On accepta fes offres peu
de tems après. Le Lord *Berkeley*,
le Chevalier *Temple* & le Chevalier

Leonel Jenkins, furent declarez Ambaffadeurs & Mediateurs, & les parties convinrent de traiter la paix à *Nimegue.*

Durant le fejour du Chevalier *Temple* à *la Haye,* le Prince d'O*range,* qui aimoit la Langue Angloife & les mets des Anglois, venoit regulierement dîner & fouper chez lui une ou deux fois la femaine. Dans les converfations qu'ils avoient alors enfemble, le Chevalier s'attira à un tel point fon eftime & fa confiance, qu'il eut la meilleure part au mariage de ce Prince avec la Princeffe *Marie* d'Angleterre.

Au mois de Juillet 1676. Il envoya fa maifon à *Nimegue,* où il paffa un an fans avancer en rien les negotiations, que divers incidens avoient fufpendues. L'année fuivante, fon fils lui apporta des Lettres du Grand-Treforier, avec ordre de repaffer en Angleterre, pour fucceder au Secretaire d'Etat *Coventry,* qui faifoit quelques difficultez de refigner cet emploi, à moins qu'on ne lui permît de nommer

mer fon fucceffeur, grace que le G. Tem-
Roi lui refufoit. Mais le Chevalier, ple.
qui n'aimoit pas le changement,
pria le Roi de le laiffer à *Nimegue*,
jufqu'à ce que les parties contef-
tantes fuffent d'accord, & qu'il
eût conclu le traité qu'il nego-
tioit.

Vers ce tems-là le Prince d'*O-*
range paffa en Angleterre & époufa
la Princeffe *Marie* ; quand il furent
partis pour la Hollande, comme la
Cour d'Angleterre penchoit toujours du côté de la France, le Roi
voulut engager le Chevalier *Temple*
dans quelques negociations avec
cette Couronne. Mais la propofition lui en déplut, parce qu'il n'aimoit pas la France ; il offrit de réfigner fes prétentions à la dignité
de Secretaire d'Etat, & pria le
Grand-Treforier d'en avertir le Roi.
Il fe retira enfuite à *Shene*, dans
l'efperance qu'on le prendroit au
mot, & fatigué au dernier point de
l'incertitude continuelle qu'il avoit
remarqué dans le Confeil d'Angleterre depuis *Elizabeth*.

Il alla cependant quelque tems

G. TEM-après pour la troisiéme fois en am-
PLE. baſſade en Hollande, & conclut
avec les Etats Generaux un traité
par lequel l'Angleterre s'engageoit
à declarer ſur le champ la guerre à
la France, ſi elle n'évacuoit les
Villes des Pays-Bas Eſpagnols qu'elle
poſſedoit.

Il retourna en 1678. à *Nimegue*;
où la paix fut concluë, & eut ordre après cela de venir prendre la
place de M. *Coventry*, qui avoit à la
fin conſenti à la quitter. Mais il fit
difficulté de l'accepter, ſur ce qu'il
n'étoit pas Membre du Parlement.
Il conſeilla au Roi de ſe former un
Conſeil Privé d'un certain nombre
de perſonnes choiſies, & ce Prince
en ayant approuvé la propoſition,
& l'ayant mis en execution, il fut
admis au nombre des Conſeillers.
Quelques chagrins qu'il eut en 1680.
ſur ce que l'on ne ſuivoit pas ſes
avis, le dégoûterent de ce poſte,
& il commença à ne plus aſſiſter que
rarement au Conſeil.

Cependant le Roi *Charles II.* le
nomma peu de tems après à l'ambaſſade d'Eſpagne, & il étoit prêt à

partir, lorſque ce Prince, qui avoit G. TEM-
changé de deſſein, lui témoigna PLE.
qu'il ſouhaitoit que ce voyage fût
remis à la fin des ſeances du Parlement. Retenu ainſi en Angleterre,
il fut deputé au Parlement par l'U-
niverſité de *Cambrige.* Il s'y oppoſa
à ceux qui propoſoient un Bill d'ex-
cluſion pour le Duc d'*York*, aſſu-
rant que ſes travaux tendroient toujours à unir la Famille Royale, &
qu'il ne ſe joindroit jamais à ceux
qui voudroient la diviſer.

Ce Parlement ayant été rompu,
le Chevalier *Temple*, qui parla de
cette rupture un peu trop hardi-
ment, s'attira quelques chagrins,
qui le dégoûterent tellement des affaires publiques, qu'il refuſa les
offres de l'Univerſité, qui l'avoit
encore choiſi pour le Parlement ſuivant, que le Roi convoqua peu
après à *Oxford.* Il ne lui demeuroit
plus que le nom de Conſeiller Privé; mais il ne lui demeura pas long-
tems : car le Duc d'*York* étant revenu à la Cour, dont il s'étoit éloigné pendant quelque tems, & les
Conſeils ayant été changez, le Roi

G. Tem-
ple.

le fit effacer avec quelques autres de
la liste des Conseillers Privez.

Depuis ce tems-là, il se tint à
Shene jusqu'en 1686. sans aller jamais à la Ville ni à la Cour, se
contentant seulement d'aller saluer
le Roi, quand il passoit dans son
voisinage.

Ayant ensuite acheté un petit
Château appellé *Moor-Park* près de
Farnham dans le Comté de *Surrey*,
il prit tant de goût pour ce lieu,
dont la situation étoit charmante,
qu'il résolut d'y aller passer le reste
de ses jours dans la tranquillité &
le repos. Il s'y rendit au mois de
Novembre 1686. & y demeura deux
ans jusqu'au tems de la révolution,
qui mit le Prince d'*Orange* sur le
Thrône d'Angleterre ; car *Moor-*
Park devenant alors un séjour peu
sûr, parce qu'il étoit sur la route
des deux armées, il retourna à sa
maison de *Shene*, qu'il avoit donnée à son fils unique, qui s'étoit
marié avec Mademoiselle de *Ram-*
bouillet, riche heritiere, & fille unique de M. *du Plessis*, Protestant
François.

Après l'arrivée du Prince d'*O-* G. Tem-
range à *Windsor*, il l'alla saluer ple.
avec son fils. On le sollicita alors
d'accepter la Charge de Secretaire
d'Etat, mais rien ne put ébranler
la résolution qu'il avoit formée de
ne plus prendre de part aux affaires
publiques, & pour n'être plus exposé aux sollicitations qu'on lui
pourroit faire, il se hâta de se retirer à *Moor-Park* vers la fin de
l'année 1689. & s'y donna tout-à-
fait aux soins & aux amusemens de
la campagne.

Il perdit sa femme en 1694. &
vêcut encore après quatre années,
souffrant beaucoup de la goute, qui
jointe à son âge & à l'affoiblisse-
ment de ses esprits, l'emporta en
1698. au mois de Janvier en sa soi-
xante-dixiéme année. Il fut enterré sans cérémonie dans l'Abbaye
de *Westminster*, auprès de sa femme &
de *Diane* sa fille, ainsi qu'il l'avoit
ordonné par son testament, où il
marquoit de plus, qu'après sa mort
& celle de sa sœur *Gistard*, on pla-
ceroit contre la muraille voisine
de leur sepulture une grande piece

G. Tem-
ple.

de marbre noir avec cette inscription.

Sibi suisque charissimis,
Dianæ Temple *dilectissimæ filia,*
Dorotheæ Osborn *conjunctissimæ*
conjugi,
Et Marthæ Giffard *optimæ sorori*
Hoc qualecumque monumentum
Poni curavit
Gulielmus Temple *Baronettus.*

Ce monument fut placé selon ses
intentions, après la mort de Madame *Giffard* en 1722.

C'étoit un homme d'une humeur
vive & enjoüée, qui sçavoit mieux
que personne animer & égayer la
conversation par d'heureuses sail-
lies. Mais la violence de ses pas-
sions le rendoient extrêmement iné-
gal. C'étoit souvent une suite des
vapeurs cruelles qui l'attaquoient,
soit dans les changemens soudains
du tems, soit quand les affaires,
dont il étoit chargé, prenoient tout
à coup un mauvais tour, & qu'il
voyoit renverser ses desseins.

Son amour pour la liberté lui
faisoit haïr la servitude des Cours;
c'est pour cela qu'il n'a jamais voulu

d'autres emplois que celui de Mi-niſtre public.

Il avoit été amant paſſionné. Il fut enſuite mari tendre, pere careſſant & indulgent, bon maître, & le meilleur ami du monde.

Quand il haïſſoit les gens, c'étoit juſqu'au point de ne pouvoir les rencontrer ſans ſe troubler, ni parler avec eux ſans chagrin. Diſpoſé à s'échauffer, lorſqu'il étoit obligé de diſputer contre un homme, ou de ſe plaindre de quelqu'un, il haïſſoit les diſputes & évitoit les plaintes. Ces dernieres, diſoit-il, peuvent ſervir quelquefois entre amans, mais jamais entre amis.

Il faiſoit toujours rouler la converſation ſur des ſujets agréables & divertiſſans, principalement à table, dont il diſoit que la mauvaiſe humeur ne devoit approcher. Il avoit l'art d'entretenir toutes ſortes de perſonnes, depuis les Princes juſqu'aux moindres domeſtiques, & juſqu'aux enfans mêmes, dont il aimoit extrêmement le babil innocent. Il ſçavoit tirer du plaiſir de tout ce qui pouvoit en procurer,

G. TEM-
PLE.
& quand un amufement venoit à lui manquer, une autre chofe lui en fervoit.

Il joüît d'une parfaite fanté jufqu'à l'âge de 42. ans. Il fut alors incommodé de fluxions fur les dents & fur les yeux, qu'il attribuoit à l'air humide de Hollande, & qui aboutit quatre ans après à la goute, tandis qu'il étoit en ambaffade à *la Haye*. Cette maladie le rendit mélancolique. Il difoit qu'avec elle un homme n'étoit plus bon à rien, & il réfolut dès-lors de renoncer aux affaires dès qu'il pourroit, comme il fit trois ans après, felon fa maxime, que paffé quarante ans on n'étoit plus propre à la galanterie, ni paffé cinquante aux affaires.

Quoique depuis ce tems-là il fût fujet à de fréquentes maladies, il ne voulut jamais confulter les Medecins, fans lefquels il difoit qu'il pouvoit mourir.

Son patrimoine étoit mediocre, & il ne l'augmenta point dans fes emplois. C'eft ce qu'il marque ainfi à fon fils dans la Lettre qui eft devant

vant la feconde partie de fes Me- G. Tem-
moires. » Il eft jufte, dit-il, que ple.
» ces emplois contribuent un peu à
» votre amufement, puifqu'ils ont
» peu contribué à votre fortune.
» Je ne puis cependant vous en
» faire d'excufe. La chofe a été fou-
» vent en mon pouvoir, fans qu'elle
» me foit jamais venuë dans l'efprit;
» j'ai toujours plus penfé combien
» j'avois, que combien il me man-
» quoit. Si vous avez le même
» tour d'efprit, vous ferez affez ri-
» che fi vous ne l'avez pas, vous
» ferez toujours pauvre.

Sa Religion étoit celle de l'E-
glife Anglicane, où il étoit né &
avoit été élevé. M. *Burnet* lui attribuë dans les *Memoires de fon tems*
des principes relâchez fur cet article. Mais il eft à craindre que la
paffion ne lui ait fait dire ce qu'on
y trouve fur fon fujet plutôt que
la verité, comme elle ne l'a fait que
trop fouvent fur d'autres chofes ;
ainfi il n'y a aucun fond à faire fur
fon témoignage.

Catalogue de fes Ouvrages.

1. *Memoires de ce qui s'eft paffé*

Tome XIII. P

G. Tem-
ple.

dans la *Chrétienté*, *depuis le commencement de la guerre en* 1672. *jufqu'à la paix concluë en* 1679. (en
Anglois) *Londres* 1692. in-8°. It.
traduits en François. La Haye 1692.
in-12. & plufieurs fois depuis. It.
trad. en Flamand. Rotterdam 1692.
in-8°. Cet Ouvrage eft écrit avec
beaucoup de fens , & renferme
bien des chofes particulieres. M.
Temple y parle d'une premiere partie qui finit à l'an 1671. mais qui
n'a jamais vû le jour. Nous apprenons de la Préface de *Jonathan
Svvift* , qui eft à la tête de la troifiéme ; que M. *Temple* l'avoit jet-
tée au feu , parce que le Comte
d'*Arlingthon* , qui y faifoit une belle
figure , avoit alors perdu tout fon
credit , & qu'il étoit entierement
broüillé avec lui.

2. *Réponfe de M. le Chevalier Temple à un libelle diffamatoire intitulé :*
Lettre de M. du Cros à Mylord,
&c. *pour fervir d'éclaircissement aux
Mémoires de ce qui s'eft paffé dans la
Chrétienté depuis la guerre commencée
en* 1672. *jufqu'à la paix concluë en*
1679. (en Anglois) *Londres* 1692.

in-12. *It. traduite en François. La* G. **TEM-**
Haye 1693. *in*-8°. **PLE.**

3. *Nouveaux Memoires contenant*
un détail interessant & curieux des in-
trigues de la Cour d'Angleterre, des
brigues des differens partis, des nego-
tiations dans les Cours Etrangeres,
depuis la paix de Nimegue, jusqu'à la
retraite de l'Auteur. Publiez avec une
Préface par le Docteur Jonathan Swift,
On y a joint la vie & le caractere du
Chevalier G. Temple par un de ses amis
particuliers. Traduits de l'Anglois en
François. La Haye 1729. *in* 12. * Cette * Se trouve
traduction avoit déja paru quelques à Paris, chez
années auparavant sous le titre de Briasson.
la suite des Memoires du Chevalier
Temple.

4. *Lettres du Chevalier Temple*
écrites durant son ambassade à la Haye
au Comte d'Arlingthon & à M. le
Chevalier Jean Trevor Secretaires d'E-
tat sous le Regne de Charles II. pu-
bliées sur les Originaux de l'Auteur par
M. Jones. (en Anglois) *Londres* 1699.
in-12. *It. trad. en François. La Haye*
in-12. 1700. Ceci n'est qu'une petite partie des Lettres que M. *Tem-*
ple écrivit durant son ambassade à

la Haye , puifque la premiere eft datée du 2. Octobre 1668. & la derniere du 7. Août 1669.

5. *Lettres de M. le Chevalier Guillaume Temple , & autres Miniftres
d'Etat tant en Angleterre que dans les
Pays Etrangers. Contenant une Relation de ce qui s'eft paffé de plus confiderable dans la Chrétienté depuis l'année 1665. jufqu'à celle de 1672. Re-
vûës par le Chevalier Temple quelque
tems avant fa mort , & publiées par
Jonathan Svvift.* (en Anglois) Londres 1700. in-12. 2. tom. It. trad. en
François. La Haye 1700. in-12. 2.
tom. Les Lettres contenuës dans ces
deux volumes font differentes de
celles qu'on trouve dans le volume
précedent , fi on en excepte le feul
commencement d'une Lettre , qui
fe trouve dans l'un & l'autre Recüeil.

6. *Lettres de M. Guillaume Temple
au Roi , au Prince d'Orange , aux principaux Miniftres d'Etat , & à d'autres perfonnes ; troifiéme volume publié
par Jonathan Svvift.* (en Anglois)
Londres 1703. in-8°. La premiere de
ces Lettres eft datée du mois de

Fevrier 1674. & la derniere du mê- G. TEM-
me mois 1678. il y en a cependant PLE.
quelques-unes du commencement
de l'an 1679.

7. *Remarques ſur l'Etat des Provinces-Unies des Pays-Bas faites en
l'an 1672.* (en Anglois) *Londres*,
in-12. It. trad. en François. *La Haye*
1674. & 1680. in-12. It. *Utrecht*
1697. in-12. Ces Remarques ſont
curieuſes; on en peut voir cependant une critique dans le ſixiéme
tome de la *Bibliotheque Choiſie* de
M. *le Clerc*, p. 297.

8. *Introduction à l'Hiſtoire d'Angleterre juſqu'à Guillaume le Conquerant.* (en Anglois) *Londres* in-12.
It. *trad. en François. Amſterdam* 1695.
in-8°.

9. *Oeuvres mêlées trad. de l'Anglois
Utrecht* 1693. in-12. 2. *part.* Les
pieces contenuës dans ce Recüeil
ſont les fruits de ſes études & de ſes
meditations dans ſa ſolitude. On y
trouve pluſieurs choſes curieuſes &
bien penſées, comme dans tout ce qui
eſt ſorti de ſa plume. La premiere
partie contient, 1°. des *Conſidera-
tions generales ſur l'état & les interêts*

G. Tem-
ple.

de l'Empire, de la Suede, du Danemarc, de l'Espagne, de la Hollande,
de la France & de la Flandre par rapport à l'Angleterre en 1671. 2°. La
recherche de l'origine ou de la nature
du Gouvernement. 3°. La recherche
des moyens d'avancer le commerce en
Islande. 4°. De la conjoncture presente
des affaires au mois d'Octobre 1673.
5°. De l'excès des afflictions. 6. L'essai du *Moxa* pour guerir de la goutte.
Le *Moxa* est une mousse des Indes,
qu'on fait brûler sur la partie affli-
gée de la goutte, & M. *Temple* s'en
est bien trouvé. On voit dans la seconde partie quatre Essais, 1°. Du
sçavoir des Anciens & des Modernes.
2. Du Jardin d'Epicure. 3°. De la
vertu heroïque. 4°. De la Poësie. M.
Temple donne aux Anciens la préference sur les Modernes.

10. *Oeuvres Posthumes* contenant
un Essai sur les mécontemens populaires,
un Essai sur la santé & sur la longue
vie; une défense de l'Essai sur le sçavoir
des Anciens & des Modernes; des pensées sur les differens états de la vie &
de la fortune, & sur la conversation.
trad. de l'Anglois. Utrecht 1704. in 12.

pp. 308. C'est une troisiéme partie G. **Tem-** de ses *Oeuvres mêlées* ; elle n'est pas ple. moins curieuse que les précedentes. Les *Pensées sur les differens états de la vie*, *&c.* ne répondent cependant pas au reste ; elles ne paroissent que comme un canevas, que la mort de l'Auteur l'a empêché de remplir.

V. sa vie à la tête de ses *Nouveaux Memoires* imprimez en 1729.

SERTORIO ORSATO.

S Ertorio Orsato (en Latin, *Ursa-* **Sertorio** *tus*) naquit le premier Fevrier **Orsato.** 1617. à *Padoue* d'une des premieres familles de cette Ville.

Il marqua dès sa plus tendre jeunesse beaucoup d'inclination pour les Lettres, & fit ses études d'Humanitez avec beaucoup de succès. Après sa Philosophie, il fut reçu Docteur en cette science le troisiéme Juillet 1635.

Il se maria en 1638. & épousa *Irene Mantoua Benavides* ; mais ce mariage n'affoiblit point en lui son

P iiij

SERTORIO amour pour l'étude. La Poësie fai-
ORSATO. soit de tems en tems son amuse-
ment ; pendant que sa principale
occupation étoit la recherche des
Antiquitez & des Inscriptions anciennes. Le desir d'en trouver, qui
ne fussent point encore connuës,
lui fit entreprendre plusieurs voyages en differens endroits de l'Italie,
& on voit par ses Ouvrages qu'il
sçavoit mettre à profit ce qui lui
tomboit sous la main.

Il étoit déja assez avancé en âge,
lorsqu'il fut nommé pour enseigner
la Physique (*a*) dans l'Université
de *Padoue*, & il remplit parfaitement dans ce poste les esperances
qu'on avoit conçûës de lui.

En 1678. ayant été presenter au
Doge & au Senat de Venise une
Histoire de *Padoue* qu'il leur avoit
dediée, il leur fit un long discours
pendant lequel il lui survint un besoin qu'il fut obligé de retenir, (*b*)
ce qui lui causa une maladie dont il
mourut peu de tems après, le troi-

(*a*) *Professor delle Meteore.*
[*b*] *Costretto a trattenere l'Orina.*

ſiéme Juillet de la même année , SERTORIO
âgé de 61. ans.   ORSATO.

Catalogue de ſes Ouvrages.

1. *Sertum Philoſophicum ex variis
ſcientiæ naturalis floribus conſertum.
Patavii* 1635. *in*-4°.

2. *Monumenta Patavina , collecta,
digeſta , explicata ſuiſque iconibus expreſſa. Patavii* 1652. *in-fol.*

3. *L'Aſino , Poëma Eroïcomico d'I-
roldo Crotta* (c'eſt-à-dire *de Charles
Dottori*) *con le Annotationi del ſign.
Sertorio Orſato , &c. In Venetia* 1652.
*in-*12.

4. *Le Grandeſſe di S. Antonio di
Padoua , oſſervate nel traſporto della
ſua pretieſa reliquia , data da queſta
Citta al ſeren. Principe di Venetia. In
Padoua* 1653. *in*-4°. Cet Ouvrage
eſt un fruit de ſa devotion pour S.
Antoine de Padoue.

5. *Poëſie geniali. In Padoua* 1657.
*in-*12.

6. *Cronologia de' Reggimenti di
Padoua , da quando vi ſa introdotta
la Pretura, ſino al giorno d'oggi. In
Padoua* 1666. *in*-4°.

7. *J. Marmi eruditi , o vero Lettere ſopra alcune antiche Inſcrizioni.*

SERTORIO *In Padoua* 1669. *in - quarto.*

ORSATO.   8. *De Notis Romanorum Commentarius. Patavii* 1672. *in-fol.* It. dans le onziéme vol. du *Tréfor des Antiq. Romaines de Grævius.* 1699. *in-fol.* It. *Paris* 1724. *in-12.* It. en abregé à la fin du Livre intitulé : *Marmora Oxonienfia. Oxonii* 1676. *in-fol.* Ouvrage très-utile & fort eftimé, mais rare.

9. *Prima parte dell' Iftoria di Padoua , dalla fondazione di quella citta fino l'anno* 1173. *In Padoua* 1678. *in-fol.*

10. *Marmi eruditi , o vero Letere fopra alcune antiche Infcrizioni , colle annotazioni del P. D. Gian-Antonio Orfato , Monaco Benedittino , nipote dell' Autore. In Padoua* 1719. *in-4°.* C'eft la feconde partie de l'Ouvrage marqué au *N°.* 7.

11. On a encore quelques-uns de fes Difcours tant Latins qu'Italiens , & quelques-unes de fes Poëfies , qui ont été imprimées en differens tems.

V. fon éloge. *Journ. de Venife , to.* 33. *part.* 1. *p.* 202. & *Leti Italia Regnante , to.* 3. *p.* 245.

GEORGE ABRAHAM
MERKLINUS.

Eorge Abraham Merklinus na- G. A.
G quit l'an 1644. à *Veiſſembourg* MERKLI-
ville Imperiale du Cercle de Fran- NUS.
conie ſur la riviere de *Rednitz*, de
George Abraham Merklinus, Medecin, & d'*Hele Schneider*.

Il commença ſes premieres études dans ſa Patrie, & alla enſuite
les continuer à *Nuremberg*, d'où il
paſſa à *Wittemberg*, où il fit ſa
Philoſophie & étudia en Medecine.

Après deux années de ſejour en
cette derniere Ville, il alla à
Herſzbrugk voir ſon pere, qui s'y
étoit établi, & demeura avec lui
tout l'hyver. Au mois de Mai de
l'année ſuivante 1665. il retourna
continuer ſes études de Medecine
d'abord à *Altdorf* & enſuite à *Padoue*.

Ses études finies, il ſe fit recevoir Docteur en Medecine à *Altdorf* en 1670. & peu de tems après

G. A. MERKLI-NUS. il fut admis dans le Corps des Medecins de *Nuremberg*, où son pere demeuroit alors, & étoit Medecin de la *Maison Teutonique*.

Il se maria en 1672. & épousa *Esther Julienne*, fille de *Charles Nuzelius de Sundersbuhl*, Senateur du *Nuremberg*, dont il eut *Jean Abraham Merklinus*, né le 9. Juillet 1674. qui a été comme lui Medecin, & deux autres enfans morts fort jeunes.

Ayant perdu sa femme en 1682. il se remaria l'année suivante à *Marie Rosino Harsdoffer*, dont il a eu quatre enfans, trois garçons & une fille.

Son pere étant mort en 1684. il fut fait à sa place Medecin de la *Maison Teutonique* de *Nuremberg*, & ensuite Medecin des Grands-Maîtres de l'Ordre Teutonique.

Il avoit été admis en 1676. dans l'Academie des *Curieux de la Nature*, & on voit dans ses *Ephemerides* plusieurs observations de sa façon.

Il mourut le 19. Avril 1702. âgé de 58. ans.

Catalogue de ses Ouvrages. G. A. MERKSINUS.

1. *De Corde. Wittebergæ* 1664. *in*-4°. C'est une These qu'il soûtint à *Wittemberg*, & qu'il composa lui-même, à ce qu'on prétend.

2. *De Palindromia. Altdorfii* 1670. *in*-4°. Autre These, qu'il soûtint pour le Doctorat.

3. *Josephi Pandolphini à Monte-Martiane Tractatus de ventositatis spinæ sævissimo morbo, de quo nihil ferè Græci, & paucissima Arabes, Latinique conscripsere; revisit, correxit, & annotationibus, novisque cum propriis, tum alienis observationibus, è variorum Autorum monumentis erutis, illustravit, & ad hodierna Medicinæ principia accommodavit G. A. Merklinus. Norimbergæ* 1674. *in*-12.

4. *Introduction à la Chirurgie, traduite de l'Italien de Tibere Malphigi en Allemand, avec une Préface du Traducteur. Nuremberg* 1676. *in* 8°.

5. *Tractatio Medica curiosa de ortu & occasu transfusiones sanguinis; quâ hæc, quæ fit è Bruto in Brutum à foro Medico penitùs eliminatur; illa, quæ è Bruto in Hominem peragitur, refutatur; & ista, quæ ex Homine in Ho-*

G. A.
MERKLI-
NUS.

minem exercetur, ad experientiæ exa-
men relegatur. Norimbergæ 1679.
in-8°.

6. *Lindenius Renovatus, sive Joan-*
nis Antonidæ van der Linden de Scrip-
tis Medicis Libri duo, continuati, di-
midio penè amplificati, perplurimum in-
terpellati, & ab extantioribus Mendis
purgati. Norimbergæ 1687. in-4°.
Les augmentations de cette édition,
quoique considerables, l'auroient
pû être bien davantage. *Merklinus,*
qui les a faites, y a laissé des fautes
grossieres, & en a fait lui même de
nouvelles.

7. *Recüeil de remedes pour toutes sor-*
tes de maladies. (en Allemand) *Nu-*
rembergæ 1696. in-8°.

8. *Sylloge Casuum Medicinalium,*
incantationi vulgò adscribi solitorum,
maximeque præ cæteris memorabilium.
Norimbergæ 1698. in-8°. It. sous le
titre suivant : *Tractatus Physico-Me-*
dicus de Incantamentis, sexaginta ca-
sus maxime præ cæteris memorabiles
complectens, cum subnexis eorumdem,
judiciis & curationibus. Norimbergæ
1715. in-4°.

9. On trouve plusieurs de ses

Observations dans les *Ephemerides* G. A.
des Curieux de la Nature. MERKLI-
V. fa vie à la fin de la neuviéme NUS.
année de la troifiéme Decurie des
Ephemerides des Curieux de la Nature.

CLAUDE D'ESPENCE.

CLaude *d'Espence*, iffu du côté C. D'ES-
de fon pere de la noble fa- PENCE.
mille des Seigneurs *d'Espence*, Village du Diocefe de *Châlons-fur-Marne*, dont il a tiré fon nom, & du
côté de fa mere, de l'illuftre Maifon
des *Urfins*, naquit l'an 1511. à
Châlons-fur-Marne.

Après avoir commencé fes étu-
des dans fon Pays, il vint à *Paris* les
continuer. Il y acheva fes Humanitez dans le College de *Calvi*, que
l'on a abbattu depuis, pour bâtir
l'Eglife de la Sorbonne. Enfuite il
alla faire fa Philofophie dans le College de *Beauvais*. Son cours fini, il
paffa en 1536. à *Navarre*, où il étudia en Theologie. Il étoit fur les
bancs, pour fe faire recevoir Docteur, lorfqu'il fut élu Recteur de

C. D'ES-
PENCE.

l'Université le 16. Decembre 1540.
Ce ne fut qu'après être sorti de cette Charge, qu'il reçut le Bonnet à
l'âge de 31. ans. (*a*)

Vers ce tems-là le Cardinal de
Lorraine, qui avoit connu son merite, & avoit conçû de l'estime pour
lui, pendant qu'il demeuroit avec
lui à *Navarre*, le fit venir dans sa
maison, & se servit utilement de
lui dans ses études & dans les affaires Ecclesiastiques dont il étoit
chargé.

Ce sejour & ces occupations
n'empêcherent point *d'Espence* de
travailler au salut des peuples par
ses prédications, qui cependant lui
firent quelques affaires. Car prê-
chant en 1543. le Carême à *saint
Merry*, il avança des propositions
qui ne parurent pas orthodoxes à
quelques personnes, ou qui furent
mal interpretées. Ces propositions
ayant été deferées à la Faculté de

_____

(*a*) Il y a une faute d'impression dans l'Hist.
du College de *Navarre* de M. *de Launoy*, où
l'on trouve qu'il avoit alors 51. ans. Il y
en a tant d'autres sur ce qui le regarde,
que je crois qu'il est inutile de les relever.

Theologie

Theologie de *Paris*, *d'Eſpence*, ſui- C. D'Es-
vant ſon conſeil, fit environ trois PENCE.
mois après, c'eſt-à-dire le 22. Juillet, (*a*) qui étoit un Dimanche,
un Diſcours dans la même Egliſe,
où il adoucit quelques-unes de ces
propoſitions & en retracta d'autres.
Humilité d'autant plus à admirer,
dit M. *de Launoy*, qu'il pouvoit
non-ſeulement en rejetter pluſieurs,
comme n'étant pas de lui ni pour
le ſens, ni pour les expreſſions,
mais encore les juſtifier & les défendre. Il ne ſe contenta même de
cette premiere démarche ; il monta
encore en chaire le Dimanche ſuivant 29. Juillet, (*b*) & s'expliqua
plus clairement que la premiere
fois. Il en agit ainſi pour faire connoître à tout le monde l'éloigne-
ment que les Theologiens de *Paris*
avoient pour tout ce qui pouvoit

(*a*) M. *Du Pin* met mal le 21. Juin ;
undecimo kalendas ſextiles, dit M. *de Lau-*
noy.

(*b*) *De Launoy* met mal *quinto Kalen-*
das Sextiles, qui étoit un Samedi, il faut
quarto Kal.

C. D'Es-
PENCE.

avoir le moindre rapport aux nouvelles erreurs qui regnoient alors.

Sa conduite déplut fort aux ennemis de l'Eglife, & l'Hiftorien de
leur prétenduë Reforme ne manque pas d'avancer, qu'il ne fit rien
qui vaille depuis cette lâcheté;
parce qu'il ne ceffa point depuis ce
tems d'écrire contre eux; reproche
qui fait fon éloge.

Entre les propofitions que *d'Efpence* voulut bien facrifier à l'amour
de la paix, celle qui regarde la *Legende dorée* de *Jacques de Voragine* a
été depuis embraffée fans aucune
difficulté par tous les Sçavans. *Melchior Canus*, Dominicain, ne fe
contente pas de l'appeller, comme
il avoit fait, *Legende de fer*, il ajoûte
qu'on y lit des monftres de miracles, au lieu de vrais miracles, que
l'Auteur avoit une bouche de fer,
un cœur de plomb, & fort peu de
gravité & de prudence. *Vivés* &
d'autres illuftres Catholiques n'ont
pas parlé plus avantageufement de
cette Legende, pour laquelle on
étoit fort prévenu du tems de *d'Efpence*; mais pour laquelle notre

siecle plus éclairé a un souverain mépris.

L'année suivante 1544. *d'Espence* suivit le Cardinal de Lorraine dans le voyage qu'il fit en Flandres, pour ratifier la paix entre le Roi & l'Empereur *Charles-Quint*; & il étoit en chemin pour revenir à *Paris*, lorsqu'il reçut une Lettre de *François I.* datée du 15. Novembre 1544. par laquelle il lui ordonnoit de se rendre dans la huitaine à *Fontainebleau*, où il avoit jugé à propos d'*assembler quelques bons & notables personnages pour aviser & deliberer des préparatifs necessaires pour le fait du Concile de Trente.*

Le lieu de l'assemblée fut changé dans la suite, car *d'Espence* n'ayant pû faire assez de diligenc pour executer l'ordre du Roi, *Pierre Castellan*, ou *du Chatel*, qui devoit présider à l'assemblée, lui écrivit le 19. Decembre suivant, de se rendre incessamment à *Melun*, où les autres Theologiens étoient déja assemblez.

Il s'y rendit effectivement, & eut bonne part aux déliberations, parce que, quoiqu'il fût le plus

Q ij

C. D'Es-
PENCE.

jeune de Licence de tous ceux qui
y étoient, il parloit toujours le
premier, entamoit les matieres, &
disoit son sentiment avant les autres, tant on avoit bonne opinion
de sa capacité.

Le Concile ayant été transferé
en 1547. à *Boulogne*, le Roi *Henri
II.* y envoya *le sieur d'Urfé, Gentilhomme ordinaire de sa Chambre, &
Michel de l'Hopital, Conseiller au
Parlement de Paris*, en qualité
d'Ambassadeurs, & leur associa *Claude d'Espence*, qui fut porteur de sa
Lettre au Concile, dans laquelle il
est qualifié de *personnage de bonnes
mœurs & loüables qualitez, suffisam-
ment édifié ès saintes Lettres, au
moyen de quoi*, ajoûte la Lettre,
*il sera pour quelquefois servir, s'il est
appellé, en aucunes choses, qui se pour-
ront presenter ès propositions, conclu-
sions & déterminations dudit Concile.*
Cette Lettre est du 15. Août 1547.

Son voyage ne fut pas long, car
le Concile ayant été interrompu
quelque tems après, il revint aussi-
tôt en France, où il travailla à mettre au jour plusieurs Ouvrages de

Theologie, dont je parlerai plus C. d'Es-
bas.

Le Cardinal de Lorraine le mena
en 1655. à *Rome*, où son merite
éclata si fort, que le Pape *Paul IV.*
conçut beaucoup d'eftime pour lui,
& eut la penfée de le faire Cardinal, pour le retenir dans cette Ville.
Mais foit qu'il eût depuis changé
d'avis, foit que les envieux de *d'Efpence* lui euffent rendu de mauvais
offices auprès de lui, il ne fut point
élevé à cette dignité ; & c'eft une
chofe dont il remercie Dieu dans
fon Epître Dedicatoire du Livre
des *Devoirs des Pafteurs*, adreffé à
Odet de Chatillon, & dans fon *Apologie*, où il parle ainfi : *Comme j'é-
tois prêt de rendre raifon de ma foi,
étant à Rome, il plut au T. S. P. Paul
IV. m'oüir touchant plufieurs autres
chofes ; même lorfqu'il comptoit de me
retenir à Rome, en me faifant Cardinal. Je ne feins rien ; car que gagne-
rois-je à feindre? Or ne fçais-je fi en ce,
mon bon Ange me fut bien ou mal pro-
pice ; mais je fçais bien & j'en jure,
que toutes les fois qu'il me fouvient de
cette courte fumée, & du bruit qui pour*

C. D'ES-
PENCE.

lors me paſſa devant les yeux, d'un honneur ſi grand & ſi gratuit que tels ſi cherement marchandoient, & ne l'emporterent, autant de fois je remercie Dieu de ce qu'il ne permit pas que le Pape Paul IV. executa la volonté qu'il avoit de me faire tant de bien, ou plutôt tant de mal.

Sleidan, & ceux qui l'ont ſuivi, aſſurent qu'il manqua le Chapeau, pour avoir prêché contre la *Legende dorée*, mais c'eſt une pure conjecture, que d'*Eſpence* refute ſuffiſamment par le ſilence qu'il garde ſur cet article.

D'Eſpence ſe trouva en 1560. aux Etats d'*Orleans*, & il fut un des Theologiens qui aſſiſterent aux Conferences qu'on tint pour déliberer ſur ce qu'il y avoit à faire dans le Concile.

L'année ſuivante il fut un des Tenans pour les Catholiques au Colloque de *Poiſſy*, qui ſe termina comme font ordinairement les Aſſemblées de ce genre, où l'on ne convient de rien, & où chaque parti s'adjuge la victoire.

On propoſa enſuite de le ren-

voyer au Concile de *Trente*, mais C. D'Es-
il s'en défendit pour deux raisons ; PENCE.
premierement, parce qu'il y avoit
déja été, fans que fa prefence y eût
fervi de quelque chofe ; feconde-
ment, parce qu'il n'avoit plus les
forces neceffaires pour entreprendre
le voyage.

La même année 1561. il parut un
Livre Anonyme fur le culte des Images, que plufieurs Docteurs de la
Faculté de *Paris* jugerent digne de
cenfure. Les ennemis de *d'Espence*
l'accuferent d'en être l'Auteur ;
mais il s'en défendit toujours. Le
Cardinal de Lorraine voulant ap-
paifer ce differend, fit venir chez
lui le Doyen de la Faculté de Theologie avec plufieurs Docteurs, &
convint avec eux que *d'Espence*,
qui étoit auffi prefent, liroit dans
une Affemblée publique de la Faculté un Memoire écrit de la propre main du Cardinal. Cela fut fait
ainfi, & le Doyen après une délibération de la Faculté, pria *d'Espence* de compofer un Traité fur le
culte des Images, pour lever le fcan-
dale que celui qui avoit été publié

C. D'Es-
PENCE.

avoit causé dans l'esprit des foibles,
D'Espence lui répondit qu'il le feroit volontiers, quand il en auroit
le loisir, mais qu'il craignoit de dé-
plaire à quelques-uns des Docteurs,
parce qu'il n'avoit point trouvé que
S. Augustin, *S. Ambroise*, *S. Jérôme*
& *S. Gregoire* se fussent servis de
ces termes, *honorare*, *colere*, *vene-*
rari, *adorare Imagines*, à l'exception de la Croix; qu'au reste il souf-
crivoit à l'article 16. de la Faculté
contre les nouvelles Heresies, &
qu'il ne doutoit point que ce ne fût
une bonne action, de se mettre à
genoux devant les Images de Jésus-
Christ, de la sainte Vierge & des
Saints, pour prier Jésus-Christ &
les Saints.

Depuis ce tems-là *d'Espence* ne
fut plus occupé que des exercices
de la pieté & de la composition
de plusieurs Ouvrages utiles. La
pierre, maladie ordinaire aux gens
sedentaires, comme il le fut pendant plusieurs années, vint le tour-
menter sur la fin de sa vie, & il en
mourut le 5. Octobre 1671. à l'âge
de 60. ans. Il fut enterré dans l'É-
glise

glife de S. Côme fa Paroiffe, où
l'on mit fa statuë à genoux avec cette Epitaphe.

Nobiliffimo, piiffimo, omnique dif-
ciplinarum genere cumulatiffimo Do-
mino Claudio Efpencæo, Theologorum
hujus fæculi facile principi, paterno qui-
dem ex genere, ex clariffimo Efpen-
cæorum; materno, illuftri Urfinorum
familia orto: divini Verbi præconi ce-
leberrimo, pauperum patri benigniffi-
mo; qui cum per 46. annos continuos
in hac prima omnium Academia litte-
ris Humanioribus, Philofophicis, &
divinis operam cum omnium incredibili
admiratione navaffet, à Rege Chriftia-
niffimo Francifco primo Melodunum,
ab Henrico fecundo Bononiam, à Fran-
cifco fecundo Aureliam, à Carolo nono
Piffiacum, Religionis componendæ or-
dinandaque nomine, inter primos hu-
jus auguftiffimi Regni proceres partim
Legatus, partim Orator, de re Chrif-
tiana invictiffime doctiffimeque difcep-
taffet, permultos in Sacrofanctam Scrip-
turam Commentarios edidiffet; tandem
graviffimo calculi morbo diu multum-
que vexatus, cum omnium Principum,
Senatorum, Nobilium, Plebeiorumque

Tome XIII.   R

C. D'ES-
PENCE.

luctu ac defiderio obiit anno ætatis 60.
die 5. Octobris 1571. Guido Gafparus
Flaminius , Prior fanctæ Fidei apud
Columerios , ejufdem Amanuenfis , &
per annos 17. Negotiorum geftor de-
vinctiffimus , hanc effigiem cum fuo elo-
gio piæ memoriæ Domini cariffimi &
benigniffimi erigebat & mœrens pone-
bat anno 1572. die ultima Januarii.
L'Auteur de cette Epitaphe eft appellé dans fon Teftament *Gui Gauf-*
fart.

   » *D'efpence* étoit un des plus fça-
» vans & des plus judicieux Doc-
» teur de fon tems. Il avoit bien lû
» les Peres , & les bons Auteurs
» modernes ; il fçavoit parfaitement
» les Canons & la difcipline de l'E-
» glife ; il étoit auffi fort verfé dans
» la litterature profane. Il écrivoit
» bien Latin , avec dignité &
» avec éloquence. C'eft le jugement
que M. *Du Pin* porte de ce fameux
Docteur.

   Catalogue de fes Ouvrages.

   1. *Inftitution d'un Prince Chrétien.*
Paris 1548. *in-*16. It. *Lyon* 1549.
*in-*16. Cette inftitution eft dediée
au Roi *Henri II.*

2. *Traité contre l'erreur vieil, & renou-* C. D'Es-
vellé des Prédestinez. Lyon 1548. *in-* PENCE.
8°. *It. Paris* 1556. *in-*16.

3. *Exposition du Pseaume* 130. *par
forme de Sermon. Paris* 1561. *in-*8°.

4. *Sermon de S. Anselme sur l'E-
vangile des deux Sœurs, trad. en François & accommodé au jour de l'Ascen-
sion. Lyon* 1550. *in-*16.

5. *Deux Oraisons funebres, l'une
sur le trépas de François Olivier,
Chancelier de France, prononcée à S.
Germain l'Auxerrois le* 29. *Avril* 1560.
*& l'autre sur le trépas de Marie Reine
Doüairiere d'Ecosse, prononcée dans
l'Eglise de Paris le* 12. *Août* 1560.
Paris 1561. *in-*8°.

6. *Cinq Sermons ou Traitez; le
premier de l'honneur des Parens; le second des Traditions humaines; le troisiéme des Traditions Ecclesiastiques;
le quatriéme de l'usage de la Benediction en la vieille Loy; le cinquiéme
de la Benediction en la nouvelle. Paris*
1562. *in-*8°.

7. *Traité de l'efficace de la parole
de Dieu. Paris* 1566. *in-*8°.

8. *Quatre Homelies sur la parabole
de l'Enfant prodigue. Paris in* 12.

R ij

C. D'ES-
PENCE.

9. *Paraphrase* ou *Meditations sur l'Oraison Dominicale.* Paris in-12.

10. *Deux Sermons de Theodoret, le 9. & le 10. Le premier traitant de la Vie éternelle, & de la resurrection de la Chair ; & le second de la Providence de Dieu & de l'Incarnation du Sauveur.* Paris in-12. Ces trois derniers Ouvrages ont été imprimez separément, & conjointement avec le Sermon de *S. Anselme*, marqué au *N*°. 4. en 1550. *Lyon* in-12.

11. *Deux Sermons*, l'un *de Theodoret des saints Martyrs*, l'autre de *S. Jean Chrysostôme du labeur & honneur des Saints ; avec deux autres Sermons du même saint Chrysostôme sur le Symbole des Apôtres.* Paris 1563. in-12.

12. *Traité en forme de Conference avec les Ministres, touchant la vertu de la parole de Dieu au ministere & usage des Sacremens de l'Eglise.* Paris 1568. in-8°.

13. *Continuation de la tierce Conference avec les Ministres.* Paris 1570. in-8°.

14. *Apologie contenant ample discours, exposition, réponse & défense de deux Conferences avec les Ministres de la Religion Prétenduë Reformée.* Pa-

ris 1569. *in-8°.* *D'Efpence* fe propofe ici de fe défendre contre les ac-
cufations des Prétendus Reformez,
& principalement contre l'Auteur
d'un Livre intitulé : *Commentarii de
ftatu Religionis & Reipublicæ in Regno
Franciæ*, c'eft-à-dire contre *Jean de
Serres*, qui l'y déchire en plufieurs
manieres, & qui dit que le zele
qu'il témoignoit contre les Reformez, ne venoit que de fa complaifance pour le Cardinal de Lorraine,
dont il avoit été Précepteur, &
qui lui avoit donné plufieurs Benefices. *D'Efpence* répond à ces repro-
ches que s'il eft attaché au Cardinal
de Lorraine, il n'en aime pas moins
la verité, qui feule l'a porté à écrire
contre les Reformez ; que c'eft malgré lui qu'il s'eft trouvé engagé dans
le tumulte de la Cour, auquel il auroit préferé volontiers le repos & la
tranquillité de fon cabinet ; que
les études qu'il faifoit avec le Cardinal de Lorraine étoient plutôt
des entretiens ou conferences faites
à des heures dérobées, que des leçons ordinaires, qu'ainfi il n'oferoit
fe dire fon Précepteur, quelque re-

R iij

C. D'Es- connoissance que ce Prélat lui té-
PENCE. moignât pour le peu de services
qu'il lui avoit rendus ; qu'il n'étoit
pas riche en Benefices, & qu'il n'en
avoit qu'un ; qu'il étoit persuadé
que ceux qui ont de quoi vivre de
leur patrimoine doivent laisser les
biens de l'Eglise aux pauvres; qu'ainsi il remercioit Dieu de ce qu'on ne
lui avoit donné aucuns Benefices
de ses Oncles : *Il m'est mort*, dit-il,
*pour plus de cinquante mille francs
d'Oncles*, & cependant il n'avoit pas
herité d'eux.

15. *Deux Oraisons* ou *Déclama-
tions traduites de Gregoire Palamas,
Archevêque de Thessalonique, par forme de Dialogue, Plaidoyer & Juge-
gement, l'ame accusant le corps, & le
corps au contraire se défendant, avec
la Sentence des Juges. Paris* 1570.
in-8°.

16. *Les dix Livres de la Memoire
des choses Chrétiennes, tirez de l'Histoire Ecclesiastique d'Eusebe & de Ru-
fin, le tout abregé par Haimo Evêque
d'Alberstadt, traduits en François. Paris* 1573. *in-8°.*

17. *Apophtegmes Ecclesiastiques*

ou *Abregé de l'Histoire*, contenant C. D'Es-
tous les faits & dits memorables ave- PENCE.
nus depuis la mort de Jesus-Christ, juf-
ques à l'Empereur Phocas. Paris 1578.
in-8°.

18. *Traduction d'un Opuscule de
Plutarque, que la Doctrine est requife
à un Prince. Paris 1575. in-8°.*

19. *Deux notables Traitez*, l'un
desquels enseigne combien les Lettres
& les Sciences font utiles aux Rois &
aux Princes ; l'autre contient un Difcours à la loüange des trois Lys de
France. Paris 1575. in-8°.

Ce font-là tous fes Ouvrages
François. Les Latins, qui font plus
confiderables, ont été imprimez
d'abord feparément, & enfuite enfemble à *Paris* en 1619. in-fol. Ce
font les fuivans.

20. *Concio Synodalis de Officio Paf-
torum.* Il prononça ce Difcours en
1534. dans un Synode de *Beauvais*
en préfence de *Charles de Villiers de
l'Ifle-Adam*, Evêque de cette Ville,
& de fon Clergé, & le fit imprimer
en 1561. avec quelques autres.

21. *De Ablutionepedum ad Cœnam
Domini præparatoria.* C'eft un autre

R iiij

C. D'Es-
PENCE.

Difcours qu'il prononça le Jeudi-Saint de l'an 1537. dans l'Eglife de Notre-Dame de *Paris*.

22. *De Triplici Francorum Liliorum incremento , hoc eft ; I. Litterarum. II. Religionis. III. Armorum , apud Majores noftros prifcos Gallos atque Francos cultu & ftudio.* Parif. 1575. *in-*8°. Ce Difcours, qui dans le recüeil porte le titre de *Sermo de Fran-cicis Liliis* , fut prononcé en 1541. dans le College de *Navarre*, le jour de *S. Louis.* On en a une traduction Francoife, qui a pour titre; *Traité de l'excellence des trois Fleurs-de-Lys*, *trad. du Latin par Jean Chalumeau.* Paris 1575. *in-*8°. Le Traducteur y a joint une *Contre-Apologie de la fa-meufe journée de la S. Barthelemy.*

23. *Præfationes tres. I. De filentio & unitate Ecclefiæ. II. De vi verbi Dei in facris Myfteriis. III. Quod Principem Littera deceant.* Parif. 1561. *in* 8°.

24. *Urbanarum Meditationum in hoc facro & civili bello Elegia duæ.* Pa-rif. 1563. *in-*8°.

25. *Confeffio de Corporis & San-guinis Dominici in Sacro-Sancta Eu-*

chariſtiæ Sacramento veritate , olim C. D'Es-
jam carmine expreſſa , nunc primùm PENCE.
edita.

26. *Filiabus Sion ſacris Piſſiaci*
Virginibus Carmen votivum Latine &
Gallice ſuper Feriam VI. in Paraſceve,
Ænigma. Pariſ. 1563. *in 8°.*

27. *Sacrarum Heroïdum Liber cum*
Præfatione de profectu ex Gentilium Li-
brorum lectione percipiendo & ſcholiis
in ſingulas Epiſtolas. Pariſ. 1554. *in*
8°. Ce Livre eſt compoſé de ſept
Epîtres en Vers Elegiques, com-
poſées à l'imitation d'*Ovide* , au
nom de differentes perſonnes de
l'antiquité ſacrée & fabuleuſe , &
accompagnées d'éclairciſſemens en
Proſe. C'eſt un des moindres Ouvrages de *d'Eſpence* , qui étoit aſſez
mauvais Poëte, comme il l'a fait
voir non-ſeulement dans ces Epîtres , mais encore dans ſes autres
Poëſies.

28. *Commentarius in Epiſtolam pri-*
mam ad Timotheum cum digreſſioni-
bus. Pariſ. 1561. *in-fol.* Ce Commentaire eſt compoſé de deux parties : dans l'une *d'Eſpence* explique
le texte de *S. Paul* par un Com-

C. D'Es-
PENCE.

mentaire litteral, & il traite dans l'autre plusieurs belles questions touchant la Hierarchie & la Discipline de l'Eglise, par des Dissertations, ausquelles il a donné le nom de digression. Ses Commentaires sont excellens, selon M. *Du Pin*; pour ce qui est de ses Digressions, ce ne sont que des Recüeils, où il ne fournit presque rien du sien, mettant seulement dans un bel ordre quantité de passages choisis sur les sujets dont il traite, qui peuvent être d'un grand usage à ceux qui travaillent sur ces mêmes matieres.

29. *Commentarius in posteriorem Epistolam ad Timotheum cum digressionibus. Paris.* 1564. *in-fol.* D'Espence garde dans ce Commentaire la même methode que dans le précedent, avec cette seule difference, qu'il a dans celui-ci inseré ses digressions dans le corps du Commentaire.

30. *Commentarius in Epistolam ad Titum cum digressionibus. Paris.* 1568. *in-8°.* Il parle avec beaucoup de liberté dans ce Commentaire de la

Cour de *Rome* , comme on va le C. D'Es-
voir par ce que M. *Simon* en dit PENCE.
dans son *Histoire Critique des princi-*
paux Commentateurs du Nouveau Tes-
tament , p. 591. où il s'exprime ainsi:
» La methode que *Claude d'Espence*
» a suivie est fort differente de celle
» des autres Commentateurs. Ayant
» été employé pour les affaires du
» Concile de *Trente* par *Henri II.*
» qui l'envoya pour ce sujet à *Bou-*
» *logne* , il a inseré dans ses Com-
» mentaires plusieurs choses qui re-
» gardent la discipline Ecclesiasti-
» que , & il s'y étend beaucoup con-
» tre les abus de la Cour de *Rome.*
» Il a aussi mis dans son Ouvrage
» quelques controverses de Theo-
» logie , dans lesquelles il étoit ha-
» bile. Il affecte de paroître sça-
» vant , & d'avoir lû les Peres ;
» mais si l'on y regarde de près , on
» trouvera qu'il a pris de *Gratien* ,
» & de quelques autres Compila-
» teurs une bonne partie de ce qu'il
» cite. L'on trouve aussi dans ses Li-
» vres beaucoup d'érudition profa-
» ne. A l'égard de son stile , il té-
» moigne lui - même , écrivant au

C. D'Es-
PENCE.

» Cardinal *Charles de Lorraine*, à qui
» il a dédié son Commentaire sur
» l'Epître I. à *Timothée*, qu'il se
» sent de l'Ecole, & que quelques-
» uns appellent ce stile en se moc-
» quant, *le stile de Paris*. Il n'a pas
» néanmoins negligé entierement le
» sens litteral, mais ce litteral est
» comme enseveli dans ses longues
» & fréquentes digressions. Il n'a
» rien oublié dans son Commentaire
» sur l'Epitre à *Tite*, pour décrier
» Rome, & ce qu'on aura peut-être
» de la peine à croire, c'est qu'il
» témoigne qu'ayant pris la liberté
» de representer à *Paul IV.* tous les
» abus qui étoient dans la discipline
» de l'Eglise, ce Pape voulut le re-
» tenir auprès de lui & le faire Car-
» dinal.

31. *De Librorum suspectorum lectione Tractatus.* Ce Traité est joint
à l'Ouvrage précedent. Il y examine qui sont ceux à qui la lecture
des Livres Heretiques est défenduë.

32. *De clandestinis Matrimoniis
Concilium. Parisiis* 1561. *D'Espence*
soûtient que les mariages des enfans
de famille contractez sans le con-

fentement de leurs parens font nuls, C. D'Es-
& exhorte le Pape, les Rois & les PENCE.
Princes à les déclarer tels.

33. *De Continentia Libri fex. Pa-*
rif. 1565. *in-*4°. Cet Ouvrage traite
avec beaucoup d'érudition de tout
ce qui regarde la continence, non-
feulement par rapport aux Miniftres
de l'Eglife & des perfonnes confa-
crées à Dieu, mais aufli par rapport à ceux qui vivent dans le mariage. Il y fait voir que les Miniftres
de l'Eglife ne font obligez au célibat par aucune Loi divine, mais
fimplement par le Droit Ecclefiaftique, que l'Eglife peut abroger en
cela. Il n'approuve pas le fentiment
commun des Theologiens & des
Canoniftes, qui prétendent que
quand le mariage eft celebré & non
confommé, l'un des deux conjoints
a la liberté d'entrer en Religion
malgré l'autre. Il fait voir par des
exemples que le Pape peut difpenfer du vœu folemnel de chafteté.
L'Ouvrage finit par une *Appendix*,
où il a jugé à propos de ramaffer
tout ce que les Auteurs Sacrez, Ecclefiaftiques & Profanes ont dit de

C. D'Es-la mechanceté ou de la bonté des
PENCE. femmes.

34. *De Cœlorum animatione. Paris.*
1571. *in-8°.* Cet Ouvrage est curieux & rempli de beaucoup d'érudition sacrée & profane. L'Auteur
nous apprend dans sa Préface datée
du mois de Juin 1571. qu'il l'entreprit à l'occasion d'une nouvelle édition qu'on se proposoit de faire à
Paris des Œuvres du Cardinal *Con-*
tarini, mais à laquelle le Censeur
faisoit difficulté de consentir, parce
que ce Cardinal semble dire que les
Cieux sont animez. *D'Espence* ayant
été consulté sur ce point, répondit
au Censeur que cela ne devoit point
l'arrêter, parce que c'étoit une chose
qui ne touchoit point à la foi, &
qui ne regardoit point les Théolo-
giens, mais les Philosophes. Il avoit
déja mis sur le papier plusieurs choses sur cette question, qui avoit été
agitée en Sorbonne quelques années
auparavant ; il prit de là occasion
de revoir ce qu'il avoit écrit sur
cette matiere, & de l'approfondir ;
ce qu'il fit dans ce Traité, où après
avoir rapporté fort au long les sen-

timens des Anciens fur l'ame des
Cieux, il conclut qu'il faut foûmettre les raifonnemens Philofophiques à la Foi ; que c'étoit autrefois une chofe indifferente de croire
que les Cieux fuffent animez , mais
que c'eft maintenant une erreur ,
puifque l'Eglife l'a condamnée.

35. *De triplici languore fpirituali,*
humano , angelico & divino. Il s'agit
dans cet Opufcule des defirs des
créatures fpirituelles fur la terre,
dans le Purgatoire & dans le Ciel.

36. *Colleɛtarum Ecclefiafticarum*
Liber unus. Parif. 1566. *in-*8°. Ce
font les Oraifons du Miffel Romain
mifes en Vers Latins.

37. *De Colleɛtarum in Ecclefia La-*
tina origine , antiquitate , autoribus ,
feu inventoribus , ratione atque ufu ;
de Filii item & Spiritus-Sanɛti invo-
catione,& facrorum Bibliorum & Scrip-
torum Ecclefiafticorum divina Poëfi
Commentarius : avec l'Ouvrage précedent.

38. *Sylva cui titulus : Godo , feu*
Vita S. Godonis cum Scholiis. Parif.
1565. *in-*8°. It. dans le fecond tome des *Aɛtes des Saints* de l'Ordre

C. D'Es-
PENCE.

de *S. Benoît*, p. 465. *S. Godon*, appellé maintenant *S. Gand*, étoit un
Abbé Benedictin, qui bâtit au septiéme siecle à *Oye* dans le Diocese
de *Troyes* une Abbaye, qui prit son
nom, & qui fut dans la suite changée en Prieuré, & soûmise à l'Abbaye de *Montier-la-Celle* près de
Troyes, afin que ce Monastere, qui
étoit alors fort riche, aidât de ses
biens celui de *S. Gand.* Ce Prieuré
est maintenant uni au Seminaire de
Troyes. D'*Espence* avoit eu ce Benefice, & ce fut ce qui l'engagea à
composer ces vers à la loüange du
Saint dont il portoit le nom. Il y
travailla de même qu'à ses autres
Poësies, lorsque se trouvant à la
campagne sans **Livres**, il manquoit
d'occupation.

39. *Sermo super hodierno schis-
mate.*

40. *De Eucharistia ejusque adora-
tione Libri quinque. Paris.* 1573. *in-
8°.* D'*Espence* n'acheva cet Ouvrage
que trois mois avant sa mort, & ne
put le publier lui-même, mais il
commit ce soin à *Genebrard*, qui le
fit imprimer.

41.

41. *Libellus de privata & publica* C. D'Es-
Miffa, à la fuite de l'Ouvrage pré- PENCE.
cedent. C'eft un Recüeil des Paffa-
ges des Peres, des fentimens des
Theologiens & des Loix de l'Eglife
fur le fujet qui y eft traité. L'Auteur y paroît bien perfuadé qu'an-
ciennement on ne difoit point de
Meffes en particulier, qu'il n'y eût
des Fideles qui y affiftaffent, & y
reçuffent la Communion, & qu'il
fouhaitoit que cet ufage fût rétabli.

42. Son *Teftament* qui eft fort
au long, & par lequel il fait un grand
nombre de legs aux Eglifes, aux
pauvres & à fes amis, fe trouve
dans le premier tome de l'*Hiftoire
du College de Navarre* de M. de Launoy, p. 344.

*Cet article eft tiré d'un Memoire
du R. P. le Pelletier, Chanoine Regu-
lier de S. Jacques à Provins.*

*V. de Launoy, Hiftoria Navarra
Gymnafii. Du Pin, Bibliotheque des
Auteurs Ecclefiaftiques. De Thou,
Eloges avec les Additions de Teiffier.*

NICOLAS SANSON.

Nicolas *Sanson* naquit à *Abbeville* dans le Comté de *Pon-
thieu* le 20. Decembre de l'année
1600. Il étoit fils de *Nicolas Sanson*
& de *Marie Thomas*, tous deux de
familles diftinguées dans cette Ville.
Il fut mis par fon pere, avec deux
de fes freres, au College des RR.
PP. Jefuites d'*Amiens* pour y faire
fes études, & il fut celui des trois
qui s'appliqua en particulier, comme fon pere, à la Geographie. Le
fecond fe fit Docteur de Sorbonne,
& le troifiéme fut Religieux de S.
François.

On a de M. *Sanson* leur pere quelques Ouvrages de Geographie, comme un *Traité de l'Allemagne*, &c.

Nicolas Sanson, qui étoit l'aîné
de fes freres, fe porta d'inclination
naturelle à la Geographie, & diri-
gea toutes fes études vers cette
fcience, dans laquelle il a fans contredit excellé.

Dès l'âge de 18. à 19. ans il avoit

fait une Carte de l'ancienne Gaule N. SAN-
en quatre feüilles & un Traité La- SON.
tin, avec des Supplémens, ayant
auſſi ajoûté à la marge les noms
des Regions & des Villes en François, pour en faciliter une plus
grande intelligence. Comme il voulut alors donner cet Ouvrage au Public, ſon frere l'Eccleſiaſtique lui
en fit differer la publication juſqu'en
l'année 1627. que cette Carte parut,
& elle lui attira une partie de la
grande réputation qu'il a toujours
conſervée. Son frere lui donna ce
conſeil pour empêcher que l'on ne
crût que cet Ouvrage étoit de leur
pere ; car dans cette famille, on a
toujours exactement obſervé de
mettre les noms des Auteurs aux
Ouvrages, ſans les confondre, &
ſans qu'un fils, par exemple, ait voulu ſe dire Auteur de l'Ouvrage de
ſon pere, pas même par un contrat,
quoique cela ait été mis en uſage
par d'autres, croyant qu'il ſuffit
d'avoir acheté, pour dire : cela
eſt à moi, ſelon l'axiome : *Hæc*
eme, ne mea ſint. M. *Sanſon* fit
auſſi dans la ſuite deux petits Li-

N. San- vres Latins (*a*) *in-12.* avec Privi-
son. lege en 1647. & 1648.

La maniere très-favorable dont
le Public reçut sa Carte de la Gaule
lui fit donner bientôt le Traité de
l'ancienne Grece, *in-fol.* sous ce titre: *Græcia antiqua Descriptio Geo-*
graphica, avec des Cartes, qui fut
imprimé en 1636. Puis son Traité
de *l'Empire Romain*, *in-fol.* avec
15. Cartes en 1637. & tout de suite
il donna en 1638. sa *Britannia*, ou
ses *Recherches de l'Antiquité d'Abbe-*
ville, *in-8°.* qui est un morceau curieux. Tous ces Traitez ont été
réimprimez depuis.

Pendant qu'il s'occupoit à des
travaux si utiles, il ne negligeoit
pas les fortifications d'*Abbeville*,
dont on lui donna le soin en qualité
d'Ingenieur du Roi, & il fut cou-
ché sur l'Etat. Il accompagna aussi
M. *de Beljambe*, Intendant de la Pro-

(*a*) *In Pharum Galliæ Antiquæ Philippi*
Labbe Disquisitiones Geographicæ, in quibus
ad singula omnium locorum nomina, aut furti
aut erroris arguitur Philippus Labbe. Paris.
1647. & 1648. in-12. 2. vol. Il n'y a eu que
les deux lettres A & B, d'imprimées.

vince, dont il étoit parent, pour N. SAN-
regler avec lui les Gouvernemens SON.
particuliers des Places de Picardie.

Il donna en 1644. la France dé-
crite en plufieurs Cartes, avec differens Traitez de Geographie &
d'Hiftoire, le tout felon les principales diftinctions qui peuvent fe remarquer dans les Auteurs anciens
& modernes, avec une Table methodique, où l'on voit les rapports
des noms nouveaux avec les anciens. Il y a cinq Cartes Latines,
qui font 1°. la Gaule en general. 2°.
En quatre Regions. 3°. En dix-fept
Provinces, felon les Romains. 4°.
En plufieurs Peuples, felon *Ptolemée.*
5°. Par les Itineraires Romains &
felon la Table de *Peutinger.* Les cinq
Cartes Françoifes, font 1°. la France en general. 2°. Par les Diocefes.
3°. Par les Parlemens. 4°. Par les
Gouvernemens Generaux, le tout *in-
folio*, réimprimées en 1726.

Il donna encore en 1644. les Ifles
Britanniques, l'Efpagne & l'Allemagne, décrites de la même maniere que
la France en 5 Cartes Latines & 5 Cartes Françoifes; & de même l'Italie, à

N. San-
son.

laquelle il ajoûta un Traité des Princes Souverains d'Italie , *in - 8°*. Il
compoſa auſſi un Traité ſur le *Portus
Iccius* , qui n'a pas été imprimé.

Ce fut dans ce tems-là que M.
Sanſon vint s'établir à *Paris*, où il
ſe trouva obligé de retirer des mains
de *Melchior Tavernier* pluſieurs deſ-
ſeins qu'il lui avoit confiez pour les
graver , parce que ce Graveur en
faiſoit ſon profit au préjudice de
l'Auteur , les diſtribuant & les ven-
dant en manuſcrit.

Dans le cours de ſes travaux Geographiques , M. *Sanſon* prépara une
France très - particulariſée , qu'il
pouſſa juſqu'à l'étenduë de l'ancienne Gaule , dont il a donné au Public près de 120. feüilles *in-fol.*

En 1646. il donna neuf Cartes
du cours du Rhin , avec une Table
Alphabetique de toutes les Villes ,
leurs poſitions , &c. *in-folio* , qu'il
dédia à M. le Cardinal *Mazarin*.

Ce fut en cette même année qu'il
perdit ſon fils aîné *Nicolas Sanſon*,
qui fut tué aux barricades de *Paris*,
en défendant contre la populace la
perſonne de M. le Chancelier *Seguier*.

Ce jeune homme fçachant que ce pre- N. San-
mier Magiſtrat étoit comme aſſiegé son.
dans le petit Hôtel de Luines, ſur
le Quai des Auguſtins, & en grand
danger de ſa vie, y courut pour le
dégager. Il le fit monter dans un
caroſſe de M. *de Bellievre*, qui paſ-
ſoit & le ramenoit chez lui, mar-
chant à la portiere du caroſſe le piſ-
tolet à la main, pour repouſſer ceux
qui en vouloient à la vie du Chancelier. Mais à la deſcente du Pont-
neuf, du côté de S. Germain de
l'Auxerrois, un coup de mouſquet
tiré d'une fenêtre caſſa la cuiſſe du
jeune *Sanſon*, qui ne pouvant être
penſé ſur le champ, mourut le lendemain, lorſqu'on lui coupa cette
cuiſſe, étant âgé de 22. ans & trois
mois. Peu de jours auparavant il
avoit prêté le ſerment de fidelité
entre les mains de M. le Chancelier
pour la Charge de Geographe du
Roi, dont il étoit déja bien capable. Il fut regretté non-ſeulement
de ſa famille, mais auſſi à la Cour,
où il s'étoit fait beaucoup d'amis.
On a de lui un *Traité de l'Europe en*
diſcours, in-4°. avec 20. Cartes Fran-

N. SAN- çoises & 9. Cartes Latines, & quel-
SON. ques autres Ouvrages.

En 1651. M. *Sanson* donna des
Remarques sur la Carte de l'ancienne Gaule de *Cesar*.

En 1652. il donna l'Asie en plusieurs Cartes nouvelles & exactes
& de diverses formes ; il y en a
quatorze ; avec divers Traitez de
Geographie & d'Histoire. On en fit
une seconde édition en 1653. une
troisiéme en 1658. & une quatriéme
en 1667.

En 1653. il donna son *Index Geo-
graphicus*, Ouvrage très-pénible &
d'une érudition immense, absolument necessaire pour l'intelligence
de toute la Bible ; avec des Dissertations particulieres & des Remarques importantes pour la Geographie sacrée. Il en fit aussi un petit
pour la Concorde Latine du Nouveau Testament, qui fut aussi imprimé en 1653. le tout avec des
Cartes. On a traduit en François
presque tous ces Ouvrages, pour
les joindre à l'édition de la Bible de
M. *de Sacy*, faite à *Paris* chez *Des-
prez* en 1717. en 4. vol. *in-fol.*

En

En 1656. M. *Sanſon* donna l'A- N. SAN-
frique en dix-neuf Cartes, & dif- SON.
ferens Traitez de Geographie &
d'Hiſtoire. Il donna tout de ſuite
l'Amerique Septentrionale & la Me-
ridionale en ſeize Cartes; & differens Traitez de Geographie &
d'Hiſtoire.

En 1665. il fit la fonction d'Hiſ-
torien & de Geographe du Roi.

Il donna dans tous ces tems differentes Cartes generales & particulieres, tant Latines que Fran-
çoiſes, qui compoſent deux volumes *in-fol.* & un volume *in-folio*
de Tables Methodiques, où l'on
trouve le parallele de l'ancienne
Geographie avec la moderne.

Nicolas Sanſon fut connu de bonne heure à la Cour, & fut toujours
fort eſtimé des Miniſtres de l'Etat,
comme du Cardinal de *Richelieu*, du
Cardinal *Mazarin*, &c. Il eut même l'honneur de montrer pendant
pluſieurs mois, & en deux tems
differens la Geographie au Roi *Louis
XIII.* qui étoit alors dans un âge
mûr. M. le Prince de *Condé* lui faiſoit auſſi l'honneur d'aller ſouvent

chez lui, & de s'entretenir avec lui
fur les fciences. Tous les grands
Seigneurs le vifitoient de même, &
prenoient de lui des leçons.

Lorfque le Roi *Louis XIII*. alla
à *Abbeville* pendant le fiege des
Villes de l'Artois en 1638. on
choifit la maifon de M. *Sanfon*
pour ce Prince ; & comme l'on vouloit défaire le cabinet de ce Geographe pour aggrandir l'appartement
du Roi, le Roi ne le voulut pas,
& s'en fit donner la clef. Il eut même la bonté d'appeller M. *Sanfon*
dans le Confeil d'Etat, pour le confulter fur les difficultez qui fe pré-
fenterent, & où fes lumieres de-
vinrent fort utiles. Mais ce grand
homme n'a jamais voulu prendre la
qualité de Confeiller d'Etat que le
Roi lui avoit accordé par fon Bre-
vet, pour ne point diminuer, di-
foit-il, l'amour de l'étude dans fes
enfans.

Son titre de Geographe Ordinaire du Roi, qui portoit auffi une
penfion de deux mille livres, ayant
été examiné & enregîtré à la Chambre des Comptes, cette Compagnie

fi exacte & fi délicate , qui connoif- N. SAN-
foit le merite du fieur *Sanfon* , ne SON.
put s'empêcher d'applaudir à la gra-
tification du Roi , & d'ajoûter que
cette penfion même étoit trop modique.

Deux années de maladie ayant
entierement extenué M. *Sanfon* , il
mourut le 7. Juillet 1667. dans la
foixante-feptiéme année de fon âge
& la quarante-huitiéme année de
fon mariage avec Damoifelle *Elizabeth le Moitier.* Il laiffa d'elle cinq
enfans vivans , deux fils & trois filles. Les deux fils ont été *Guillaume
Sanfon* & *Adrien Sanfon* , tous deux
Geographes ordinaires du Roi. Les
filles étoient *Marie Sanfon* , qui fut
mariée avec M. *Denis Guerin* , Docteur Regent en Medecine de la Faculté de *Paris* ; *Françoife Sanfon* , qui
a été l'époufe de *Pierre Moulart* ,
Sieur de *Vifé-Marets* , de qui eft né
Pierre Moulart Sanfon , Geographe
ordinaire du Roi ; & *Elizabeth Sanfon* , qui eft morte fille.

Nicolas Sanfon fut inhumé dans la
Chapelle baffe de faint Sulpice , où
fon époufe , qui mourut trois ans

N. SAN-
SON.

après lui, fut auſſi enterrée. Il fut regretté de tout le monde ſçavant, dont il étoit eſtimé & chéri. Son air gai & ſon humeur ſociable le faiſoient aimer de tous ceux qui avoient occaſion de le connoître perſonnellement ; ſon merite, ſa probité & ſes vertus vraiment chrétiennes le faiſoient même reſpecter. Il fut viſité pendant ſa vie de tout ce qu'il y avoit de grands Seigneurs à la Cour & de quantité de Princes Etrangers, & ceux-ci pendant ſa maladie, demandoient à le voir ſeulement dans ſon lit, diſant, que s'ils retournoient dans leur Pays ſans l'avoir vû, on les renvoyeroit.

Ses Ouvrages ont toujours été reçus du Public avec une approbation univerſelle. Ils ſe ſont répandus par toute l'Europe, où ils ſont encore generalement eſtimez. Le nom de ce celebre Geographe ne mourra jamais. On l'a toujours regardé comme le reſtaurateur de la Geographie, & de ſçavans hommes n'ont point fait difficulté de l'appeller communément dans leurs

Écrits le Prince des Geographes , N. SAN-
facile Princeps Geographorum fuæ æta- SON.
tis. En effet , qu'étoit la Geographie avant lui ? Elle n'avoit été
traitée jufqu'à lui , dit l'un de fes
fucceffeurs , (*a*) que fort confufé-
ment & fort imparfaitement. *Orte-*
lius avoit commencé à faire revivre
la curiofité , & *Mercator* à lui donner une fuite & la réduire en corps :
Cluverius avoit eu deffein d'en donner une Methode. Mais *Nicolas San-*
fon a été le premier qui l'ait mife
par ordre , & qui l'ait renduë fi ai-
fée & fi facile par fa belle Methode
réduite en Tables , & par la nette
diftinction des Etats obfervée dans
fes Cartes , qu'elle eft prefentement
à la portée de tout le monde. C'eft
enfin lui qui l'a portée à la perfection qui lui manquoit , & où elle eft
enfin parvenuë.

On a fi bien fenti la beauté & la
perfection de fes Oûvrages , que dès
qu'ils ont paru , on s'eft empreffé
de toutes parts de les copier & de

(*a*) *Introd. à la Geographie. Pref.*
Amfterd. 1708.

N. San-les répandre le plus qu'il a été pos-
son. sible ; & non seulement de son vi-
vant , mais aussi depuis sa mort ;
& c'est ce qu'on fait encore de tous
ceux que ses fils ont donnez depuis
le decès de leur pere. Quelques-uns
même jaloux de sa gloire , voulurent s'approprier differens de ses
Ouvrages , en y retranchant son
nom, & y substituant le leur ; mais
la fraude fut bientôt reconnuë.
D'autres y firent des changemens
assez considerables pour les degui-
ser ; mais ces changemens , qui n'é-
toient pas heureux , furent apper-
çus & relevez. Tout cela ne peut
servir qu'à montrer en quelle estime
étoient ses Ouvrages.

C'est aussi sous ce celebre Geographe que se sont formez les plus habiles que nous ayons vûs depuis lui,
& qui tous ont été ses éleves, comme ont été ses fils & petits-fils, le
sieur *Duval*, qui étoit son neveu ,
le sieur *Delisle* le pere , & autres. Et
ses Ouvrages ont été le fond sur
lequel tous les autres ont travaillé.

Cet exposé sincere & historique
peut servir de réponse simple &

naturelle à ce qui est dit de *Nicolas* N. SAN-
Sanson dans la Lettre Anonyme in- SON.
serée dans le Mercure de Mars 1726.
Il est bon néanmoins d'ajoûter encore quelques mots de justification
pour la memoire de ce grand homme,
& même pour celle de sa famille.

1°. Comment l'Anonyme peut-il
dire, qu'*après la mort de Nicolas*
Sanson la Geographie fut comme aban-
donnée ? puisque *Guillaume Sanson* &
Adrien Sanson, ses fils, donnerent
peu de tems après la mort de leur
pere, c'est-à-dire, vers les années
1674. & 1675. plus de quarante-
cinq Cartes de deux feüilles, &
plusieurs de quatre feüilles & de
six feüilles, & plus de quarante
Cartes d'une feüille, avec dix-huit
Tables Methodiques, dans lesquelles on profita des nouvelles lumieres
qu'on pouvoit avoir.

Messieurs *Sanson* donnerent aussi
dès l'an 1681. une *Introduction à la*
Geographie, en trois parties, *in-12.*
pour faciliter l'étude de cette science. Ils la firent réimprimer en 1690.
avec des Cartes : elle l'a été encore
depuis en 1714. *in-4°.* & *in-folio*,

T iiij

N. San-augmentée & enrichie de Cartes
on, très - utiles & très - curieuses par *Pierre Moulart Sanson*. On l'a aussi imprimé plusieurs fois dans les Pays Etrangers, sur tout en Hollande en 1708. *in-*12. On sçait de quelle utilité est un tel Livre pour le Public.

D'autres ont donné depuis quelques Methodes pour la Geographie, mais très-peu sous le nom d'*Introduction*. *Philippe Cluvier* en avoit donné une en Latin, qui fut imprimée à *Leyde* en 1624. *in -*4°. *Pierre Duval* en a donné une petite, gravée à la tête de son Planisphere. *Nicolas de Fer* en a donné aussi une gravée en 1717. & le sieur *Violier* en a fait imprimer une à *Geneve* en 1705. *in-*12. Mais celle de Messieurs *Sanson* a toujours passé pour la meilleure, parce qu'elle donne beaucoup plus de principes.

Il n'y a que M. *Delisle* qui n'en a point voulu donner, quoiqu'il en ait promis une sur ses nouvelles Cartes, pendant plus de vingt ans, pour y rendre raison des changemens qu'il y avoit faits. N'est-ce

pas là se mocquer du Public, ou N. SAN-
avoüer que l'on n'a pas de quoi SON.
satisfaire à sa promesse ? Il croyoit
par là faire tomber celle de M.
Sanson.

Enfin le sieur *Duval*, neveu de
Nicolas Sanson, & Geographe ordinaire du Roi, n'a-t'il pas conti-
nué de donner au Public un très-
grand nombre de Cartes tant generales que particulieres, & plusieurs
Traitez très-utiles jusqu'à sa mort?
Il n'est donc pas vrai que la Geographie ait été abandonnée après la
mort de *Nicolas Sanson.* Il est aussi
peu vrai, que l'on n'ait fait absolument que copier les Cartes de ce
grand homme, puisque ses fils ont
fait plusieurs corrections à ses Ouvrages en les réimprimant, à mesure que l'on a eu de nouvelles
connoissances : mais ce n'a été que
sur les Pays Etrangers ; car pour
l'Europe elle lui étoit parfaitement
connuë.

2°. L'Anonyme ose dire, que *les*
Cartes de Nicolas Sanson étoient rem-
plies de fautes, parce que, dit-il, le
petit nombre d'observations exactes que

l'on avoit, *lorsqu'elles ont été faites,*
n'étoit pas suffisant pour regler toutes
les positions, &c. N'est-ce pas convenir que les observations que l'on
a faites depuis manquoient alors?
& qu'ainsi tous les Geographes contemporains de M. *Sanson*, & qui
ont travaillé depuis lui, & d'après
lui, n'ont pû manquer de faire les
mêmes fautes prétenduës. Reste à
justifier ces observations que l'on
vante tant, qui sont venuës fort tard,
& à montrer les fautes qu'elles ont
corrigées ; ce que l'on n'a point
encore fait, quoiqu'on l'ait tant
promis. Les Itineraires d'*Antonin*,
les Tables de *Peutinger*, les Noti-
ces de l'Empire, sont des monu-
mens sur lesquels on travaillera toujours pour l'Europe, & pour les
autres parties de l'Empire Romain,
indépendamment des observations
Astronomiques.

L'Anonyme a raison *de sentir l'é-*
tenduë des obligations que la Geogra-
phie a à M. Sanson ; tout le monde
le sent comme lui, & *de s'étonner*
qu'avec aussi peu de secours qu'il avoit,
il ait pû porter cette science aussi loin

qu'il a fait. Car il falloit un génie N. San-
auffi folide & auffi vafte que celui son.
de *Nicolas Sanfon*, pour donner à
cette fcience l'ordre & la perfection qu'elle n'avoit point encore
eûë, & pour compofer un fi grand
nombre d'Ouvrages, qui ont fervi
de plan & de modele à tous les autres, auffi-bien que de fond.

Qui de tous les Geographes a
donné plus de Cartes, & de mieux
faites que ce grand homme, & que
ceux de fa famille? & plus de Traitez
très-folides & originaux, fur diverfes parties de notre Continent,
dont plufieurs font encore demeurez
manufcrits, & fort defirez du Public ? Et qui a mieux entendu que
lui la Geographie ancienne, & fa
correfpondance avec la moderne ?
Le Public en fera le juge. Qu'a-t'on
fait depuis lui, que de tâcher de
l'imiter & de le fuivre ? C'eft donc
un Auteur d'un merite fuperieur &
original, que l'on doit par confé-
quent admirer & refpecter.

3°. *Il mit toujours dans fes Cartes,*
dit l'Anonyme, *les fources du N.l au-
delà de la ligne fous le Tropique du Ca-*

N. San- *pricorne*. Parler ainſi, c'eſt n'avoir
son. point vû les premieres Cártes de
Nicolas Sanſon, ſa Mappemonde
Latine & Françoiſe, ſon Afrique
Latine, & ſon Afrique Françoiſe,
où il met toujours l'une des ſources du Nil à cinq degrez au-delà
de l'Equateur, & l'autre à ſix ſeulement. Cela eſt bien éloigné du
Tropique, qui en eſt à vingt-trois
degrez & demi. Mais cette faute
lui eſt-elle particuliere? puiſque
tous les autres Geographes avant lui
l'ont faite de même, & le ſieur *Dè-
liſle* lui-même, qui s'y eſt trompé
juſqu'en l'année 1700. Pourquoi
donc attaquer le ſeul *Sanſon* ſur ce
point? & encore lui impoſer une
erreur de dix-huit degrez? Et l'A-
nonyme ne ſçait-il pas que ſes
fils ont remis ces ſources du Nil à
leur place, dès qu'ils en ont eu connoiſſance, c'eſt-à-dire, dans l'A-
byſſinie, au douziéme degré de la-
titude Nord?

4°. *Il donna*, continuë-t'il, *à la
haute Aſie*, *à la Chine*, *à la Tar-
tarie*, *une étenduë & une diſpoſition
contraire au témoignage de toutes les*

Relations exactes ; & l'on vit toujours N. San-
dans fes Cartes la terre d'Yeço plus son.
proche de l'Amerique qu'elle ne l'eft
en effet. Il falloit citer ces Relations
exactes que l'on n'a euës que fort
tard, & faire voir en quoi pêche
cette difpofition de l'Afie, & qu'elle
ne fe trouve ainfi difpofée que dans
les Cartes de M. *Sanfon ;* car on la
trouve de même dans tous les autres Geographes fes contemporains,
& dans ceux qui font venus après
lui.

Pour la terre d'*Yeço*, c'eft encore
un reproche commun à faire à tous
les Geographes ; mais l'Anonyme
fçait bien que *Guillaume & Adrien
Sanfon* ont reformé cela, & ont
rapproché cette terre de l'Afie, jufqu'à l'y rendre contiguë. Pourquoi
cette retinence ? Ils ont de même
réuni dans la fuite la Californie au
Continent, cette terre qui depuis
deux fiecles a fi fouvent changé de
figure, & que l'on trouve dans les
Cartes, tantôt une Ifle, tantôt une
prefqu'Ifle. M. *Delifle* n'eft pas le
premier qui en ait fait une prefqu'Ifle ; bien d'autres l'avoient fait

N. SAN- avant lui. *Multa renafcentur quæ jam*
SON. *cecidere.* Horat.

Pour ce qui eft du Continent
de l'Afie, que M. *Delifle* a borné
du côté de l'Orient , au 165. degré;
Hondius en 1630. ne l'avoit porté
que jufques-là. Ne feroit-ce point
de cet Auteur qu'il auroit pris cette
idée ? On dira qu'il s'eft reglé fur
les Obfervations Aftronomiques de
Meffieurs de l'Academie Royale des
Sciences : à la bonne heure. Il a eu
raifon de le faire, puifque ce n'eft
qu'à cette condition qu'il a été reçu
en 1702. dans cet illuftre Corps ;
car il n'étoit rien moins qu'Obfer-
vateur & Aftronome. Dès 1681.
Meffieurs *Sanfon* difoient dans leur
Introduction à la Geographie: *Mef-*
fieurs les Aftronomes de l'Academie
Royale prétendent regler les longitu-
des par les Eclipfes des Satellites de Ju-
piter. Leur intelligence en ces matieres
& leur grande exactitude , nous doi-
vent faire efperer la réuffite de cette
entreprife. On ne méprifoit donc
point ces Obfervations , comme dit
l'Anonyme , & fi on les eût eûës
bien détaillées , on en auroit fans
doute profité.

On peut encore voir , en compa-   N. SAN-
rant tous les plans que l'on a don-   SON.
nez de la Mer Cafpienne , fans en
excepter celui de M. *Delifle* , que
celui de M. *Sanfon* approche plus
qu'aucun autre du plan que le Czar
Pierre le grand en a fait lever fur les
lieux , & qu'il a envoyé en 1724. à
l'Academie des Sciences de *Paris.*
Nicolas Sanfon penfoit donc jufte fur
cette matiere ?

L'Anonyme , qui fait de M. *De-*
lifle fon heros , & qui lui fait compofer des Cartes dès l'âge de huit
ans , où à peine on fçait lire , nous
le reprefente comme un jeune homme , *qui fit fubir* devant fon tribunal
à toute la Geographie un nouvel exa-
men , & qui ayant mûrement tout pefé
& difcuté , fe forma de l'Univers un
plan prefque tout nouveau. Voilà de
quoi éblouïr & furprendre tous ceux
qui ne l'ont pas connu & fréquenté.
Mais, continuë l'Anonyme , *comme*
les Geographes peu familiarifez avec
l'Aftronomie , chicanoient encore l'e-
xactitude des Obfervations , & qu'on
ne pouvoit leur faire comprendre, &c.
M. Delifle entreprit de les convaincre

N. San-
son.

par une *Methode qui fût d'avantage à
leur portée. Il raſſembla tout ce qu'il
put amaſſer de Journaux & de Routiers des Navigations de la Mer Me-
diterranée , &c.*

Ne ſembleroit-il pas que le Sr *Deliſle* auroit aſſemblé chez lui tous les
Geographes pour les avertir de leurs
erreurs , & pour leur montrer cha-
ritablement le moyen de s'en corriger , pour répondre à leurs raiſons
& à leurs difficultez , & pour les
mettre en état de ſuivre ſon excel-
lente Methode ? Mais rien de tout
cela. Il a travaillé ſeul chez lui avec
le ſieur *Deliſle* ſon pere , & n'a
communiqué ſon travail à perſonne :
Il s'en eſt même bien donné de garde , voulant profiter ſeul de ſes découvertes & des Memoires qu'on
lui communiquoit. Et s'il a promis
durant vingt ans ſur ſes Cartes *de
rendre raiſon dans ſa nouvelle Introduction de tous les changemens que
l'on y voit* , ce n'a été que pour
amuſer le Public , & non dans le
deſſein de convaincre les incrédules , ni d'inſtruire ſes Confreres ,
quoiqu'il s'y fût engagé d'honneur
par

par cette declaration publique. Auffi N. SAN-
a-t'il fait effacer dans la fuite fur SON
toutes fes Cartes cet avertiffement
fi raifonnable, qu'il y avoit d'a-
bord fait graver. Il auroit même
crû faire une *fottife* (ce font fes
termes) de communiquer au Public ce qu'il fçavoit, & regardoit
comme telle la facilité que d'autres avoient eûë à fe communiquer. (*a*)

M. *Delifle* étoit heureux de trouver un fond tout prêt, & des Maîtres habiles pour le conduire dans
fes travaux Geographiques. Son
pere l'avoit formé, & ce font les
travaux de ce pere laborieux, qu'il
ceda de bonne heure à fon fils, que
ce fils a enfuite bien fait valoir. Le
celebre M. *Caffini* voulut bien l'af-
fifter de fes lumieres, & diriger fon
travail : Meffieurs de l'Academie
des Sciences, qu'il avoit l'honneur
de fréquenter, lui étoient auffi fort
utiles. Il trouvoit encore aifément
tous ces Journaux & Routiers des

[*a*] Au fujet de l'Introduction de Meffieurs *Sanfon.*

Navigations, que l'on allegue, dans les Archives & le Tréfor de l'Amirauté de France, où on lui avoit procuré une entrée. Enfin il profitoit de toutes les relations & voyages qu'on lui communiquoit. Mais faut-il se faire Auteur original, & taxer les autres d'ignorance, quand on n'a travaillé que sur le fond d'autrui? On sçait assez que Messieurs *Delisle* le pere & le fils, n'ont travaillé que sur les Ouvrages de Messieurs *Sanson*, qu'ils n'ont rien donné au Public que Messieurs *Sanson* n'ayent donné avant eux, & qu'ils venoient prendre chez eux tous les Ouvrages sur lesquels ils travailloient ensuite. Il ont profité des nouvelles découvertes faites depuis la mort de *Nicolas Sanson*; & quel usage ce grand homme n'en auroit-il pas fait s'il eût vêcû? Ses fils & ses éleves n'en ont-ils pas fait aussi usage? Après tout, quels changemens M. *Delisle* a-t'il fait dans les Cartes de la Geographie, sinon une disposition differente des Meridiens, dont il n'a jamais voulu rendre aucune raison? A-t'il trouvé, sur tout

dans l'Europe , des Villes oubliées, N. SAN-
des Royaumes, ou des Etats incon- son,
nus ? A-t'il même donné une figure
nouvelle aux Continens & aux Isles?
Non ; excepté l'Asie, qu'il a seulement retrecie, il n'a rien changé
au reste , & il a bien fait. Les Em-
pires anciens de l'Orient & de l'Oc-
cident avoient déja été faits & tout
dressez ; toutes les Cartes de l'Ecriture Sainte faites ; l'ancienne Geographie débroüillée & bien conci-
liée avec la moderne ; toute l'Europe entierement détaillée & éclair-
cie. Il a donc travaillé sur un fond
très-riche & complet, que d'autres
lui avoient acquis. Il l'a embelli ,
dira-t'on, & même augmenté. Tant
mieux, si cela est ; *inventis addere*
facile est. Un autre en auroit pû faire
autant, & seroit loüable. Mais le
sieur *Delisle* n'a-t'il pas corrigé lui-
même cent fois ses Cartes ? Elles
avoient donc besoin de correction.
On vient encore de les retoucher ,
& on les retouchera encore.

Cet article vient de la famille de M.
Sanson, & je le donne tel que je l'ai
reçu.

V ij

JEAN RUCELLAI.

JEAN *Rucellai* (en Latin *Oricellarius*) naquit à *Florence* le 20. Octobre 1475. de *Bernard Rucellai*, d'une des premieres familles de cette Ville, & de *Nannina de Medicis*, niéce de *Côme de Medicis*.

Il fit ses premieres études sous differens Maîtres, & principalement sous *François Cattani de Diacceto*, qui enseignoit la Philosophie à *Florence*, & il acquit une connoissance parfaite des Langues Grecque & Latine, & de la Philosophie. Ces études ne lui firent point negliger sa propre Langue, qu'il apprit dans toute sa pureté, comme on le voit assez par ses Ouvrages.

Lorsqu'il fut parvenu à un âge mûr, on ne le laissa pas sans emploi ; car nous apprenons de *Pancirole* dans la vie de *Decius*, que lorsque le Roi *Louis XII.* qui étoit alors maître de l'Etat de *Milan*, fit demander à la Republique de *Venise* ce Jurisconsulte, qui enseignoit à

Padoue, pour l'Univerſité de *Pavie*, J. RU-

Rucellai étoit à *Veniſe* en qualité CEELAI.

d'Ambaſſadeur de l'Etat de *Florence*.

C'étoit vers l'an 1505.

Il fut toujours fort aimé de la Maiſon de *Medicis*, tant parce qu'il lui appartenoit du côté de ſa mere, que parce qu'il lui avoit toujours été fort attaché. Il eſt d'ailleurs probable qu'il étoit un des jeunes Seigneurs Florentins, qui contribuerent au rétabliſſement des *Medicis* à *Florence*, qui ſe fit le premier Septembre 1512. puiſque *Jacques Nardi* compte parmi eux les enfans de *Bernard Rucellai*.

Laurent de Medicis ayant été prépoſé par *Leon X.* ſon oncle au Gouvernement de la ville de *Florence* en 1513. le fit d'abord ſon grand Veneur, & voulut enſuite lui donner en 1515. une autre Charge conſiderable & fort recherchée, qui étoit celle de *Proveditore dell' Arte della lana*; mais *Rucellai* voyant que la premiere l'obligeoit à être toujours auprès de ſon bienfaiteur, & étoit ainſi en quelque maniere incompatible avec la ſeconde, l'en-

J. Ru-
cellai. gagea à donner celle-ci à son frere
Palla.

Laurent de *Medicis* fut nommé la
même année 1515. Capitaine General des Armées du Pape, & passa
à *Rome* pour en recevoir le Com-
mandement. Il est à présumer que
Rucellai l'y accompagna, & qu'il y
prit l'habit Ecclesiastique. On voit
par quelques - unes de ses Lettres
qu'il accompagna le Pape *Leon X.*
dans le voyage qu'il fit pour sa fameuse entrevûë avec le Roi *François I.* En effet il avoit sçû gagner
la bienveillance de ce Pontife, dont
il étoit cousin germain, & qui l'auroit élevé à la pourpre, s'il l'avoit
pû faire sans y élever d'autres de
ses parens qu'il n'aimoit pas, parce
qu'ils avoient contribué aux disgra-
ces que sa famille avoit eû à souffrir. C'est du moins par cette raison, qui paroît assez probable,
que *Jean Pierius Valerianus* (*a*) prétend qu'il n'eut point cet honneur.

Gamurrini dit dans son *Istoria Ge-
nealogica*, que *Jean Rucellai* fut

_____

(a) *De infelicitate Litteratorum.*

envoyé en 1516. par *Leon X.* en J. Ru-
France en qualité de Nonce ; mais CELLAI.
il est sûr qu'il se trompe ; car on
voit par les Lettres de *Pierre Bembo*
écrites au nom de ce Pape, que
la Nonciature de France fut remplie depuis l'an 1514. jusqu'en 1517.
par *Louis Canoffa*, Evêque de *Trica-
rico* dans le Royaume de Naples, &
ensuite de *Bayeux* en France.

Il fut cependant Nonce en France, mais seulement quelques années
après, & peut-être succeda-t'il à
Canoffa. Le Roi *François I.* qui aimoit les Gens de Lettres, lui témoigna d'abord beaucoup d'affection ; mais le Pape s'étant ligué
depuis avec l'Empereur *Charles-
Quint* contre la France, il fut obligé d'en sortir. Il étoit prêt à se
mettre en chemin pour retourner
en Italie, lorsqu'il apprit la mort
de *Leon X.* arrivée le premier Decembre 1521. & cette triste nouvelle lui fit perdre l'esperance d'un
Chapeau, que sa Nonciature lui
auroit apparemment procuré.

De retour en Italie, il se retira
à *Florence*, où il fut choisi le 13.

Octobre 1522. avec cinq autres personnes des familles les plus confiderables de cette Ville, pour aller
complimenter le nouveau Pape *A-
drien VI.* sur son exaltation. Mais
comme la peste regnoit alors à *Rome*, ils ne partirent de *Florence* qu'au
mois d'Avril de l'année suivante ;
Rucellai, qui étoit à la tête de l'ambassade, fit en cette occasion un
discours fort éloquent au Pape.

Adrien VI. mourut peu de tems
après, & le 19. Novembre suivant
le Cardinal *Jules de Medicis* fut élu
Pape, & prit le nom de *Clement VII.*
Cette élection ranima les esperances de *Rucellai*, qui étoit son cousin, & il retourna à *Rome*, où le
nouveau Pontife le reçut fort bien,
& le nomma Gouverneur du Château S. Ange, dignité qui ne se
donne jamais qu'à des Prélats d'un
merite éprouvé & d'une fidelité sans
reproche, & qui ordinairement conduit au Cardinalat.

L'Abbé *Salvino Salvini* possede
un Acte fort ancien, par lequel il
paroît que *Jean Rucellai* a été Pro-
tonotaire Apostolique, & qu'il fut
élû

élu en 1524. Curé de la Paroiſſe de
ſaint *Martin de Pallaja*, Château qui
étoit alors du Diocèſe de *Lucques*,
& qui l'eſt à préſent de celui de
San-Miniato. C'étoit peu de choſe
pour lui ; mais il avoit lieu d'eſpe-
rer qu'il iroit plus loin dans les di-
gnitez de l'Egliſe ; cependant l'irré-
ſolution du Pape, qui differa toujours de lui donner un Chapeau , la
jalouſie de quelques perſonnes , &
plus que tout cela , ſa mort arrivée
peu de tems après , renverſerent
toutes ſes eſperances.

On ne ſçait pas au juſte le tems
de ſa mort , qu'on ne peut connoître que par conjectures. On ne peut
cependant guères ſe tromper en la
mettant après le mois d'Avril 1525.
ou au plus tard au commencement
de l'an 1526. En voici la preuve. 1°.
Il eſt ſûr qu'il étoit Gouverneur du
Château S. Ange , lorſqu'il mourut ;
Palla Rucellai ſon frere le dit poſitivement dans ſa Lettre à *Triſſino*, où il
lui dédie ſon Livre des Abeilles , &
Gamurrini affirme la même choſe.
Or nous apprenons de l'Hiſtoire de
Florence de *Benoît Varchi*, que lorſ-

J. Ru-
CELLAI.

que la ville de *Rome* fut prife par
les Colonnes, & que le Pape *Clement VII.* fut obligé de fe refugier
dans le Château S. Ange ; ce qui
arriva le 20. Septembre 1526. *Gui
de Medicis* en étoit Gouverneur ; il
paroît même qu'il devoit l'être depuis quelque tems, puifque l'Hiftorien lui fait un crime de n'avoir pas
pourvû ce Château de vivres & de
munitions ; *Rucellai* étoit donc mort
alors, & même quelques mois auparavant. 2°. Il eft sûr d'un autre
côté qu'il vivoit encore le 27. Avril
1525. lorfqu'on imprima fa *Rof-
munda*. Ainfi il n'a pu mourir que
dans l'intervalle de tems qui s'eft
écoulé entre le 27. Avril 1525. &
le 20. Septembre 1526. *Gamurrini*
dit qu'il étoit alors âgé de 46. ans;
fi l'on admet une faute d'impreffion
dans ce nombre, & qu'au lieu de
46. on mette 49. comme il paroit
effectivement qu'il doit y avoir dans
le texte de cet Auteur ; ce nombre
s'accordera fort bien avec ce que
je viens de dire, & l'on pourra pla-
cer fa mort après le 27. Avril 1525.
& avant le 20. Octobre de la même

année, tems auquel il avoit 49. ans,
& il courroit la cinquantiéme.

Michel Poccianti s'eft trompé dans
fon Catalogue des Ecrivains de *Florence*, lorfqu'il a dit que *Rucellai*
avoit été fait Cardinal ; mais cela
ne doit pas furprendre dans cet Auteur, qui eft rempli de fautes fem-
blables.

Catalogue de fes Ouvrages.

1. *Rofmundá di Meffer Giovanni
Rucellai, Patritio Fiorentino, & della
Rocca di Adriano difenfore fideliffimo.*
On lit à la fin ces mots : *Impreffo in
Siena per Michelangelo di Barto. F. ad
inftantia di Alixandro Libraro. A di
XXVII. di Aprile anno* 1525. *in-8o.*
Cette Piece a été réimprimée plu-
fieurs fois *in-8o.* comme *In Venetia
per Nicolo d'Ariftotile detto Zoppino*
1528. & 1530. *Appreffo Bartolomeo
Cefano* 1550. *Per Francefco Bindoni
& Mapheo Pafini* 1551. *In Firenze
appreffo i Giunti* 1568. & *per Filippo
Giunti* 1593. Il s'en peut être fait
encore quelqu'autre édition. *Leon
Allatius* en cite dans fa *Drammatur-
gia* une faite à *Venife* en 1582. *per
Nicolo d'Ariftotile detto Zoppino.* Mais

X ij

J. RU-
CELLAI.

c'eſt une faute d'impreſſion, il faut lire 1528. & c'eſt la ſeconde que j'ai citée. Tant d'éditions marquent l'eſtime qu'on a fait de cette Tragedie. L'Auteur la fit repreſenter devant le Pape *Leon X.* & toute ſa Cour, lorſqu'il paſſa en 1516. à *Florence* & qu'il lui fit l'honneur de le venir viſiter dans ſa maiſon de campagne. Quelques Auteurs l'ont attribuée par erreur, les uns à *Côme Rucellai*, les autres à *Jerôme Ruſcelli.*

2. *Le Api di M. Giovanni Rucellai, lequali compoſe in Roma dell' anno 1524. eſſendo quivi Caſtellano di Caſtel Sant' Angelo. Con gratia & privilegio per anni X.* 1539. *in-8°.* A la fin on lit ces mots : *In Vinegia per Giovanni Antonio di Nicolini da Sabio, nel anno del Signore* 1539. *L'ultimo giorno del meſe innanzi Aprile.* Cette édition eſt inconteſtablement la premiere. Il y en a une autre, qui eſt auſſi in-8°. & qui porte le même titre, à l'exception de ces mots : *Con gratia & privilegio per anni X.* Le nom de l'Imprimeur, ni le lieu de l'impreſſion n'y paroiſ-

fent point, ce qui fait croire que
c'eſt une édition contrefaite ſur la
premiere : à en juger par les caracteres, elle paroît faite à *Florence*. Ce
fut *Jean-George Triſſico* qui publia
la premiere, & qui mit à la tête la
Lettre par laquelle *Palla Rucellai* lui
adreſſoit cet Ouvrage. Il fut imprimé de nouveau à *Florence* par les
Giunti en 1590. *in-8°.* avec la *Coltivazione* d'*Alamanni* & les *Annotazioni* de *Roberto Titi* ſur le Poëme
de *Rucellai*. *Bayle* s'eſt trompé en
reprenant *Creſcembeni* de n'avoir
point parlé d'une édition des Abeilles de *Rucellai* faite à *Paris* en 1546.
chez *Robert Etienne*. Cette édition
eſt imaginaire. Il eſt vrai que *Robert Etienne* a imprimé cette année
la Coltivazione d'*Alamanni*, mais les
Api de *Rucellai* n'y ſont pas jointes,
comme *Bayle* l'a crû mal-à-propos,
parce qu'il avoit vû ces deux Poëmes unis dans l'édition de *Florence*
de 1590. La plus belle édition que
l'on ait de ces deux Ouvrages, eſt
celle que les freres *Volpi* ont donnée
à *Padoue* en 1718. *in-4°.* Si on s'arrête au titre de la premiere, on

X iij

J. RU-
CELLAI.

n'aura aucun doute sur le tems auquel ce Poëme de *Rucellai* a été composé, puisqu'il porte qu'il le fit à
Rome l'an 1524. lorsqu'il étoit Gouverneur du Château S. Ange. Mais
le Vers 56. & les suivans paroissent
former quelque difficulté sur cet
article. L'Auteur y dit, parlant à
Trissino :

---- *porgi le tue dotte Orecchie*
A l'humil suon de le forate Canne,
Che nate sono in mezzo a le chiare
    acque
Che Quaracchi hoggi il vulgo errante
    chiama.

Titi & *Crescembeni* se servent de
cette autorité, pour assurer que le
Poëme a été composé non point à
Rome, comme marque le titre, qui
est faux en cela, mais à *Quaracchi*,
maison de campagne, comme il est
dit dans ces Vers. Il est bon néanmoins d'observer deux choses. 1°.
Que le titre qui le fait composer à
Rome est sûrement ou de *Palla Rucellai*, ou de *Trissino* ; or ils devoient
sçavoir l'un & l'autre le tems & le
lieu où l'Auteur y avoit travaillé ;
par conséquent on ne peut se trom-

per en s'en tenant à leur témoignage.

2°. Que le paſſage en queſtion n'eſt pas ſi déciſif que *Titi* le prétend. Car *Rucellai* n'y dit pas que le ſon (*il ſuon*) ait été formé à *Quaracchi*, mais ſeulement l'inſtrument (*le Canne*) qui rend le ſon. Ce qui marque, ſans faire de violence à ſes paroles, que c'étoit dans ce lieu qu'il avoit appris l'art de la Poëſie, dont il ſe ſervoit alors. Ce Poëme eſt en Vers non rimez, que les Italiens appellent *ſciolti*, & *Rucellai* a apporté une raiſon ſinguliere, qui l'a engagé à les employer préferablement aux autres dans ce paſſage, que je rapporterai ici, pour donner un eſſai de ſa Poëſie & de ſon ſtile. Il ſuppoſe qu'une troupe d'Abeilles lui parle ainſi en ſonge.

> *O Spirto amico, che dopo mill' anni*
> *E cinquecento rinovar ti piace*
> *E le noſtre fatiche e i noſtri ſtudi :*
> *Fugge le rime, e'l rimbombar ſonoro.*
> *Tu ſai pur che l'imagin de la voce,*
> *Che riſponde da i ſaſſi ov' Echo alberga ,*
> *Sempre nemica fu del noſtro regno.*
> *Non ſai tu che ella fu converſa in pietra,*

X iiij

E fù inventrice de le prime rime ?
E dei saper, ch' ove habita costei,
Null' ape habitar puo, per l'importuno
Et imperfetto suo parlar loquace.

3. *Oreste.* Cette Tragedie , après
avoir été long-tems manuscrite, a
été publiée par *Scipion Maffei* dans
le premier volume du *Teatro Italiano.*
In Verona 1723. in-8°.

4. *Oratio ad Hadrianum Sextum*
Pontificem maximum. Ce Discours a
été inseré dans le *Journal de Venise,*
tome 33. part. 1. p. 328. Il le recita
lorsqu'il fut envoyé à *Rome* pour
complimenter ce Pape , comme je
l'ai dit plus haut.

Michel Poccianti attribuë encore
à *Rucellai* un Traité *de Natura &*
Moribus, mais cet Ouvrage n'a jamais existé que dans l'imagination;
la bévûë vient apparemment d'a-
voir lû avec précipitation un Ouvrage (*a*) de *Dominique Mellini* ,
où il est dit de lui : *Canto della Na-*
tura , de' Costumi , & della Coltiva-

(*a*) *Descrizione dell' apparato fatto in Fi-*
renze per la Venuta e per le Nozze della Re-
gina Giovanna d'Austria , sposa di Francesco
de' Medici. In Firenze 1565. *in-4°.*

zione delle Pecchie, ce qui marque
fon Poëme des Abeilles. Sa faute
a été fuivie par *Gamurrini* & par
Negri.

J. Ru-
CELLAI.

V. outre les Auteurs que j'ai déja
citez, le *Journal de Venife*, tome 33.
part. 1. p. 230. où l'on trouve un
détail fort long & fort exact de ce
qui le regarde.

ANDRE' CHRYSOSTOME ZALUSKI.

A Ndré-Chryfoftôme *Zaluski*, Polonois, étoit fils d'*Alexandre*
Zaluski, Woïwode de *Rava*, &
d'une fœur du celebre *André Olc-*
zevvskį, Evêque de *Culm*, & Vice-
Chancelier de la Couronne de Pologne, qui devint dans la fuite Archevêque de *Gnefne* & Primat du
Royaume.

A. C.
ZALUSKI.

Il paffa fa premiere jeuneffe en
Pologne. En 1667. on l'envoya étudier à *Vienne*. Mais comme cette
Capitale ne lui parut pas un endroit
commode pour cela, il alla à *Graets*,
où il s'attacha principalement à la

A. C. Langue Allemande & à l'étude du
ZALUSKI. Droit. L'année suivante il fut rap-
pellé en Pologne , apparemment
pour assister à cette Diete , que l'ab-
dication de *Jean Casimir* rendit si
memorable.

Il fit ses voyages en 1669. Il vint
en France par les Pays-Bas : de
France il passa en Italie, & après
s'être arrêté quelque tems à *Rome*,
il retourna dans sa Patrie un peu
avant la mort du Roi *Michel*. Quelque tems après il obtint un Canonicat à *Cracovie* par le moyen de
son oncle , & il fut nommé à l'ambassade d'Espagne & de Portugal.

Le principal motif de cette ambassade étoit de solliciter un puissant secours d'argent pour la continuation de la guerre qu'on faisoit
aux Turcs. Mais il fut chargé en
même tems d'une autre commission,
qui étoit de remettre au Roi d'Espagne l'Ordre de la Toison d'Or ,
qu'il avoit envoyé au Roi *Michel*.

Il passa par l'Allemagne & par
la France , & arriva à *Madrid* dans
le tems que le Roi étoit à *Aran-
juez*. N'ayant pas envie d'attendre

qu'il fut de retour, il fit demander
par le Nonce du Pape *Marefcotti*
la permiffion d'aller en Portugal,
pour y executer fa commiffion en
attendant le retour de la Cour à
Madrid, & il l'obtint après bien des
inftances.

Arrivé en Portugal, il reprefenta
à cette Cour que pendant la vie du
Roi *Michel* la Republique avoit été
engagée dans une guerre onéreufe
contre les Turcs, & que bien que
leur puiffance eût été un peu dimi-
nuée par la victoire que les Polonois avoient remporté à *Cochim*, il
étoit neceffaire de profiter de cette
victoire pour tirer raifon des dommages que les Turcs avoient caufé
à la Republique. Il fit fentir que la
Pologne n'étoit pas en état de ré-
fifter à un fi puiffant ennemi, & que
par cette raifon elle fe voyoit
obligée d'implorer le fecours des
Puiffances Etrangeres ; que le Portugal, par l'interêt qu'il avoit toujours pris au bien de la Chrétienté,
devoit empêcher que fon principal
rempart ne fût renverfé, & que
pour l'empêcher il étoit neceffaire

A.C.
ZALUSKI, d'accorder un secours d'argent à la
Pologne.

Zaluski avoit lieu de croire qu'il obtiendroit ce qu'il demandoit, d'autant plus qu'un Ministre de grande consideration étant venu à mourir dans ce tems-là, avoit laissé environ huit cens mille écus à la disposition du Roi. Cette somme lui fut effectivement accordée, quoiqu'après beaucoup de sollicitations. Mais le Nonce du Pape, qui avoit d'autres vûës, s'intrigua avec tant de succès, que *Zaluski* perdit bientôt le fruit de ses travaux, & que la donation fut revoquée. Ainsi il fut obligé de s'en retourner & d'aller tenter fortune à *Madrid*.

A peine fut-il arrivé sur les Frontieres d'Espagne, qu'il reçut une Lettre du Nonce *Marescotti*, dans laquelle il lui conseilloit de ne point venir à *Madrid* en droiture, la Cour aussi-bien que le peuple étant fort mécontens du refus que les Polonois avoient fait d'accepter pour Roi le Duc de Lorraine. En conséquence de cet avis, *Zaluski* fit un détour assez considerable, & trouva

A. C.
ZALUSKI.

les Espagnols un peu appaisez à son arrivée.

Charles I I. étoit encore sous la tutelle de la Reine sa mere, & ce fut à elle que *Zaluski* remit l'Ordre de la Toison d'Or. Mais sa principale negociation ne réussit point. Le Trésor étoit épuisé, & l'Espagne, par les dépenses excessives qu'elle avoit été obligée de faire depuis quelque tems, étoit presque hors d'état de se soûtenir elle - même. L'Envoyé de Pologne s'arrêta quelque tems à *Madrid*, après quoi il vint en France, selon les ordres qu'il en avoit de sa Cour. Il reçut du Roi avant son départ une rose de diamans.

Deux jours après son arrivée à *Paris*, il eut audience du Roi & de la Reine, & leur notifia l'élection de *Jean Sobieski*. Il prit congé de la Cour trois semaines après, & s'embarqua à *Calais* pour *Hambourg*, d'où il continua sa route par *Danzig*.

Aussi-tôt qu'il fut en Pologne, il se fit ordonner Diacre & puis Prêtre par son oncle *Olczevvski*, qui

A. C.
Zaluski.

étoit devenu Primat du Royaume pendant son absence. Ce Prélat le fit son Chancelier, & l'envoya à *Javorovv*, pour le faire voir à la Cour. Il y fut reçu assez froide-ment de la Reine, parce qu'elle étoit mécontente de son oncle ; ce-pendant elle fut obligée de dissimu-ler, ayant alors besoin de son cré-dit pour une affaire importante.

La mort de son oncle arrivée peu de tems après, lui fit concevoir de grandes esperances ; il fut pourtant obligé de prendre pour s'avancer d'autres mesures que celles qu'il avoit prises jusques-là ; c'est-à-dire qu'il fallut penser à ouvrir sa bourse. Des présens assez considerables le firent parvenir au poste de Chan-celier de la Reine, qui le reçut en-fin sous sa protection.

Il paroît qu'il étoit un peu co-lere. Un jour ayant été rebuté du Roi assez durement à la Diete de *Grodno*, au sujet d'une proposition qu'il fit de la part de la Reine, il demanda son congé à cette Prin-cesse, & se disposoit à quitter tout, lorsque la Princesse *Radzivil* l'en-

gagea à differer son départ & le ra- A. C.
mena à la Cour, où le Roi lui fit ZALUSKI.
des excuses & l'assura de sa protection, & où il rentra dans l'exercice
de sa Charge.

Ce Prince eut dans la suite beaucoup de confiance en lui : il le chargea des affaires domestiques de la famille *Radzivil*, qui se trouvoient
fort dérangées par des dépenses excessives. *Zaluski* executa si bien sa
commission, qu'il acquitta pour plusieurs millions de dette, & qu'il
dégagea tous les bijoux & les terres
qui étoient hypothequées. Ce fut apparemment pour le récompenser de
ce service que le Roi lui confera
l'Abbaye de *Wachoc*, & peu après
en 1683. les Evêchez de *Kiovu* &
de *Czernichovu*.

Son attachement pour les *Radzi-*
vils, proches parens du Roi, mais
que la Reine n'aimoit point, le
fit quelques années disgracier de
cette Princesse, qui conçut une telle
haine pour lui, qu'il fut obligé de
résigner sa Charge de Chancelier
de la Reine le 4. Octobre 1687. &
même de s'éloigner de la Cour.

A. C.
Zaluski.

Le Roi fit cependant sa paix, &
lui donna en 1691. l'Evêché de
Plocko. On ne trouve pas qu'il ait
été employé dans des affaires d'importance, jusqu'à ce que l'Electeur
de Baviere demanda une Princesse
Sobieski en mariage. Le Roi le nomma principal Commissaire pour traiter de ce mariage avec les Deputez
de l'Electeur ; & quand le contrat
eut été signé, il reçut ordre de conduire la Princesse à *Bruxelles* en qualité d'Ambassadeur Extraordinaire.

A peine fut-il de retour en Pologne que *Jean III.* mourut ; & il
fut un de ceux qui l'assisterent dans
les derniers momens de sa vie. Depuis ce tems-là il se montra toujours
fidele Partisan de la Maison de *Sobieski*, il prit en main les interêts
de la Reine, & la reconcilia avec
le Prince *Jacques* son fils ; il fit l'a-
pologie du Roi défunt contre ses
calomniateurs, & il mit enfin tout
en œuvre pour mettre un Prince de
sa Maison sur le thrône. Les Polonois n'étant pas disposez à répondre
en cela à ses desirs ; il se declara
pour le Prince de *Conti*, dont il
soûtint

foûtint le parti tant qu'il put ; mais celui du Roi *Augufte* ayant eu le deffus, il n'eut point d'autre parti à prendre que de fe foûmettre à ce Prince, qui lui donna peu de tems après l'Evêché de *Warnie*, & fit paffer celui de *Plocko* à fon frere.

Il entreprit enfuite en 1700. le voyage de *Rome*, dans le deffein, à ce qu'il femble faire entendre dans fes Lettres, de réfigner fon Evêché entre les mains du Pape, & de paffer le refte de fes jours dans un Monaftere ; mais qu'il ait eû ce deffein ou non, il ne l'executa pas, & retourna en Pologne la même année.

Deux ans après le Roi le fit Grand Chancelier, mais il ne fut pas long-tems en faveur, quelques rapports vrais ou faux le firent foupçonner d'intelligence avec les Suedois au préjudice de l'Etat. Il tâcha de fe juftifier, mais il ne put en venir about, & on lui donna fa maifon pour prifon. Son affaire ayant été renvoyée à la décifion du Pape, comme il le demandoit, il fe rendit en Italie en 1706. A peine fut-il

A. C.
Zaluski.

arrivé à *Ancone*, qu'on l'arrêta prisonnier ; mais sa prison ne dura que peu de tems, & on lui permit de se rendre à *Rome*. Pendant sa détention, les choses avoient bien changé de face en Pologne. Il fut relâché, & retourna l'année suivante 1707. triomphant dans sa Patrie.

La Cour étoit alors en Saxe. *Zaluski* y alla, selon toutes les apparences, pour tâcher d'obtenir la décharge des taxes qui avoient été imposées sur son Evêché. On voulut lui persuader de résigner les Sceaux, & on lui offrit pour équivalent l'Archevêché de *Gnesne* & l'Ambassade de *Rome*. Mais il tint ferme contre toutes les sollicitations, & il aima mieux se voir ôter l'administration de sa Charge & la donner à *Jablonovuski*, Woywode de Russie, que d'y renoncer de son bon gré. Ce fut alors qu'il prit le parti de se retirer dans son Diocese. Il y resta jusqu'au retour du Roi *Auguste*, qui le rétablit dans l'exercice de sa Charge. Mais il n'en joüit pas long-tems ; car la mort le surprit dans son Diocese le premier

Mai 1711. Il étoit alors dans fa foi-
xante-uniéme année.

A. C.
ZALUSKI.

On a de lui deux Ouvrages.

Le premier eft en Polonois, &
contient les Difcours qu'il avoit prononcé dans les Dietes & en d'autres
occafions.

2. *Epiftorico-familiares à morte Lu-
dovica Reginæ & abdicatione Regis
Johannis Cafimiri ufque ad noftra tempora continentes. Brunsbergæ* 1709.
1711. *in-fol.* 3. *vol.* Ces Lettres
font très-curieufes, & on y trouve
une infinité de faits très-intereffans
fur l'Hiftoire de la Pologne.

V. la *Bibliotheque Germanique*,
tome 18. p. 167.

PIERRE RAMUS.

PIERRE *Ramus* ou *de la Ramée*, naquit l'an 1515. dans un
Village de Vermandois en Picardie,
nommé *Cuth.* Son ayeul, qui étoit
d'une bonne famille du Pays de
Liege, s'étoit retiré dans ces quar-
tiers-là, après avoir perdu tous fes
biens, lorfque fa Patrie fut réduite

P. RA-
MUS.

en cendre par *Charles* Duc de Bour-
gogne. Le triste état où il se vit
alors, l'obligea à gagner sa vie le
reste de ses jours, à faire & à vendre du charbon. Il laissa un fils,
qui gagna la sienne à labourer, &
qui fut le pere de celui dont il s'a-
git ici.

Pierre Ramus ne fut gueres plus
heureux que son pere & son ayeul,
car sa vie a été une alternative per-
petuelle d'élevation & d'abaisse-
ment, & il a été en toutes manieres
le joüet de la fortune.

A peine étoit-il hors du berceau,
qu'il fut attaqué deux fois de la
peste. A l'âge de huit ans l'envie
d'apprendre le fit venir à *Paris*, mais
la misere l'ayant obligé d'en sortir,
il y revint le plutôt qu'il put ; &
n'y trouvant point les moyens d'y
subsister, il en partit une seconde
fois, La mauvaise réussite de ces
deux voyages ne le découragerent
pas cependant ; sa passion pour l'é-
tude lui en fit entreprendre un troisiéme, qui fut plus heureux.

Il fut d'abord entretenu pendant
quelques mois par un de ses oncles;

mais ce fecours lui ayant manqué, il fut contraint d'être valet au College de Navarre. Le fervice qu'il rendoit à fon maître, ne l'empêchoit pas de s'appliquer à l'étude, car il y employoit une partie de la nuit, & y fit par ce moyen des progrez confiderables en peu de tems.

Il n'y a aucune vraifemblance à ce qu'on lit dans le premier *Scaligerana* qu'il vécut jufqu'à l'âge de dix-neuf ans fans fçavoir lire, qu'il avoit l'efprit hebété, pefant & ftupide, & qu'il avoit trente ans lorfqu'il écrivit contre *Ariftote*. Ce dernier fait eft inconteftablement faux; car fon Livre contre *Ariftote* fut condamné après mille conteftations le 10. Mai 1043. Or il n'avoit encore que vingt-huit ans.

Aprés fes études d'Humanitez & de Rhetorique, il fit fon cours de Philofophie, qui dura felon l'ufage de fon tems trois ans & demi. La Thefe qu'il foûtint pour fe faire recevoir Maître-ès-Arts, révolta bien du monde; il s'y propofa de foûtenir cette propofition, que *Tout ce qu'Aristote avoit dit étoit faux.*

Tous les Professeurs, qui ne con-
noissoient d'autre Philosophe qu'*A-
ristote*, & qui croyoient qu'on ne
pouvoit sans crime aller contre son
autorité, prirent feu, & vinrent
attaquer la These avec toute la
force que leur habileté pouvoit leur
fournir. Mais le Répondant repoussa
pendant un jour entier leurs atta-
ques avec tant de subtilité & d'a-
dresse, que tout *Paris* en fut dans
l'étonnement.

Ce succès enhardit *Ramus*, & lui
fit naître l'envie d'examiner plus à
fond la doctrine d'*Aristote* & de la
combattre vigoureusement ; il se
borna cependant à la Logique, à
laquelle il rapporta toutes ses lectures, & même les Leçons d'Eloquence, qu'il commença alors à faire à
la jeunesse.

Les deux premiers Livres qu'il
publia sur cette matiere, causerent
de grands troubles dans l'Université
de *Paris*. On le cita devant les Juges
Criminels, comme un homme qui
vouloit renverser la Religion & les
Sciences. Le Parlement voyant le

vacarme que cauſoit cette affaire, P. RA-
voulut en prendre connoiſſance ; MUS.
mais ſes adverſaires perſuadez qu'elle
y ſeroit examinée dans toutes les
formes & ſelon les regles de l'équi-
té, la tirerent de ce Tribunal par
leurs intrigues, & la firent évoquer
au Conſeil du Roi, où ils eſperoient
que leur credit leur ſeroit d'un grand
uſage.

Le Roi ordonna donc qu'*Antoine
Govea*, qui étoit ſon principal ad-
verſaire, & *Ramus* choiſiroient
chacun deux perſonnes habiles pour
être avec celui qu'il nommeroit lui-
même Juges de leur diſpute. En
conſéquence de cette ordonnance,
Govea choiſit *Pierre Danés* & *François Vicomercat*, & *Ramus* nomma
Jean Quintin, Docteur en Droit,
& *Jean de Beaumont*, Docteur en
Medecine. Le Deputé de la part du
Roi fut *Jean de Salignac*, Docteur
en Theologie.

Ramus, pour obéir aux ordres du
Roi, comparut devant les cinq Juges, quoiqu'il y en eût trois qui
fuſſent ſes ennemis declarez. On
diſputa pendant deux jours. Il ſoû-

P. RA-
MUS.

tint que la Dialectique d'*Aristote*
étoit imparfaite, parce qu'elle ne contenoit ni définition, ni division. Les
deux Juges qu'il avoit choisis declarerent le premier jour que la définition étoit necessaire dans toute dispute bien reglée ; les trois autres
declarerent au contraire que la Dialectique peut être parfaite sans définition. Le lendemain ces derniers
reconnurent que la division y étoit
necessaire ; mais voyant que *Ramus*
en concluoit qu'il avoit raison de
condamner la Logique d'*Aristote*,
puisqu'elle n'en avoit point, ils
renvoyerent l'affaire à un autre jour.

S'appercevant ensuite qu'ils s'é-
toient jettez dans un embarras, dont
ils ne pouvoient sortir avec honneur, ils declarerent qu'il falloit re-
commencer la dispute, & tenir pour
non avenu tout ce qui s'étoit passé
pendant les deux jours. *Ramus* se
plaignit hautement de ce procedé,
par lequel les Juges non seulement
faisoient paroître ouvertement qu'ils
vouloient le condamner, mais cas-
soient aussi eux-mêmes leur Jugement, il les recusa, & appella de
tout

tout ce qu'ils pourroient faire.

Son appel fut declaré nul par *François I.* qui ordonna que les cinq Juges prononceroient en dernier ressort & définitivment sur cette affaire. Les Juges nommez par *Ramus* ne voulurent point assister au Jugement, pour n'être point témoins de l'injustice qu'on alloit lui faire. Ainsi les trois autres prononcerent tout ce que la passion & la prévention leur suggererent, sans avoir attendu davantage *Ramus*, qui ne voulut plus paroître devant eux, & ils prévinrent tellement l'esprit du Roi par de faux rapports, qu'ils obtinrent de lui la confirmation de leur Jugement.

C'est ainsi que ce fait est raconté par *Omar Talon* dans un Livre qu'il dédia au Cardinal de Lorraine. Si on s'arrête à son recit, comme il y a tout lieu de le faire, on rejettera comme une fable ce qui est rapporté par *Pierre Galland* dans la vie de *Castellan*, où il dit que *François I.* ayant appris les invectives continuelles d'un certain Sophiste contre *Aristote*, contre *Ciceron* & contre

P. RA-
MUS.

Quintilien, avoit résolu de l'envoyer
aux Galeres ; mais que *Castellan* lui
suggera un autre genre de punition,
qui fut d'engager ce Sophiste à une
dispute, où il feroit voir sa folie
par le silence auquel on le rédui-
roit ; que le Roi goûta cet expé-
dient, & que lorsqu'il eût sçû la
confusion que ce personnage avoit
reçûë, il se contenta de cette peine. C'est de *Ramus* que *Galland*
vouloit parler, mais il est bon de
se souvenir que c'étoit son grand
ennemi.

Les Lettres Patentes du Roi qui
confirment le Jugement rendu contre *Ramus*, renferment assez de particularitez sur son affaire, pour trouver ici leur place. On y verra ce
qu'on avoit fait entendre au Roi
sur ce qui le regardoit, & la maniere dont on lui avoit fait croire
qu'il avoit été condamné.

François par la grace de Dieu, Roi
de France. A tous ceux qui ces presen-
tes Lettres verront, salut. Comme
entre les autres grandes sollicitudes, que
nous avons toujours eües de bien ordon-
ner & établir la chose publique de nô-

*tre Royaume, nous avons mis toute la
peine, que possible nous a été, de l'ac-
croître & enrichir de toutes bonnes Lettres & Sciences, à l'honneur & gloire
de Notre Seigneur, & au salut des
Fideles ; puis n'agueres avertis du trouble advenu à notre chere & aimée
l'Université de* Paris, *à cause de deux
Livres faits par Maître* Pierre Ramus,
intitulez, l'un Dialecticæ Institutiones, *& l'autre* Aristotelicæ ani-
madversiones, *& des procez & dif-
ferends qui étoient pendans en notre
Cour de Parlement audit lieu, entre
elle & ledit* Ramus, *pour raison desdits Livres, nous les eussions évoquez
à nous pour sommairement & prompte-
ment y pourvoir, & à cette fin en
eussions ordonné, que Maître* Antoine
de Govea, *qui s'étoit presenté à im-
pugner & débattre lesdits Livres, &
ledit* Ramus, *qui les soûtenoit & dé-
fendoit, éliroient & nommeroient de
chacun côté deux bons & notables
personnages, connoissans les Langues
Grecque & Latine, & experimentez
en Philosophie, & que nous élirions &
nomerions un cinquiéme pour visiter
lesdits Livres, oüir lesdits de* Govea

Z ij

P. RA-
MUS.

& Ramus *en leur advis* : *suivant la-*
quelle notre Ordonnance eût été ledit
Govea élû & nommé Maîtres Pierre
Danés, & *François à Vincercato,*
& *ledit Ramus Maître* Jean Quintin
Docteur en Decret, & Jean de Beaumont *Docteur en Medecine ;* & *nous*
pour le cinquiéme, euffions nommé &
ordonné notre cher & *bien aimé Maî-*
tre Jean de Salignac *Docteur en Theo-*
logie ; pardevant lesquels lesdits de Govea & Ramus *euffent été oüis en leurs*
disputes & *débats, jusques à ce que*
pour interrompre l'affaire, icelui Ra-
mus *se seroit porté pour appellant des-*
dits Censeurs, *dont nous advertis euf-*
fions decerné nos Lettres à notre Pre-
vôt de Paris, ou à son Lieutenant,
pour contraindre lesdits de Govea &
Ramus *à parfaire leurs disputes, afin*
que par lesdits Censeurs nous fût donné
ledit advis, nonobstant ledit appel,
& *autres appellations quelconques,*
suivant lesquelles nos Lettres, euffent
lesdits de Govea & Ramus *derechef*
comparu pardevant lesdits Censeurs, &
voyant que par icelui Ramus, *lesdits*
Livres ne se pourroient soûtenir, eût
declaré n'en vouloir plus disputer, &

qu'il les ſoûmettoit à la cenſure des P. RA-
deſſuſdits ; & comme on y vouloit pro- MUS.
ceder, leſdits *de* Quentin *&* Beaumont, *l'un après l'autre euſſent declaré*
ne s'en vouloir plus entremettre. Au
moyen de quoi eût icelui Ramus *été*
ſommé & requis d'en élire & nommer
deux autres. Ce qu'il n'eût voulu faire,
& ſi fuſt du tout ſoûmis aux trois au-
tres deſſus nommez, leſquels après avoir
le tout vû & conſideré, euſſent été d'a-
vis que ledit Ramus *avoit été téme-*
raire, arrogant & impudent d'avoir
reprouvé & condamné le train & art
de Logique reçu de toutes les Nations,
que lui-même ignoroit, & que parce
qu'en ſon Livre des Animadverſions il
reprenoit Ariſtote, *étoit évidemment*
connuë & manifeſte ſon ignorance. Voire
qu'il avoit mauvaiſe volonté, de tant
qu'il blâmoit pluſieurs choſes, à quoy
il ne penſa oncques. Et en ſomme ne
contenoit ſondit Livre des Animadver-
ſions que tous menſonges, & une ma-
niere de médits, tellement qu'il ſem-
bloit être le grand bien & profit des
Lettres & Sciences, que ledit Livre
fut du tout ſupprimé : ſemblablement
l'autre deſſuſdit intitulé, Dialecticæ

P. RA-
MUS.

Institutiones, *comme contenant aussi
plusieurs choses fausses & étranges:
Sçavoir faisons-que vû par nous ledit
avis, & eu sur ce autres avis & déliberations avec plusieurs sçavans &
notables personnages estans lès nous,
avons condamné, supprimé & aboli,
condamnons, supprimons & abolissons
lesdits deux Livres, l'un Institutiones
Dialecticæ, l'autre Aristotelicæ ani-
madversiones, & avons fait & faisons inhibitions & défenses à tous Imprimeurs & Libraires de notre Royaume, Pays, Terres & Seigneuries, &
à tous autres nos Sujets, de quelque
état & condition qu'ils soient, qu'ils
n'ayent plus à imprimer ou faire imprimer lesdits Livres, ne publier, vendre, ne debiter en nosdits Royaume,
Pays, Terres & Seigneuries, sous peine
de confiscation desdits Livres, & de
punition corporelle, soit qu'ils soient imprimez en iceux nos Royaume, Pays,
Terres & Seigneuries, ou autres lieux
non estants de notre obéissance: & sem-
blablement audit Ramus de ne plus
lire, ne les faire écrire ou copier, publier, ne semer en aucune maniere, ne
lire en Dialectique, ne Philosophie en*

quelque maniere que ce soit sans notre
expresse permission : aussi de ne plus
user de telles medisances & invectives
contre Aristote, ne autres anciens Auteurs reçus & approuvez, ne contre no-
tredite fille l'Université & Suppôts d'i-
celle, sous les peines que dessus. Si don-
nons en mandement & commettons par
ces presentes à nostre Prevost de Paris,
ou à son Lieutenant, Conservateur des
Privileges, par nous & nos predeces-
seurs Rois donnez & octroyez à nostre-
dite fille l'Université, que notre present
Jugement & Ordonnance il mette, ou
fasse mettre à dûe & entiere execution,
selon sa forme & teneur, & à ce faire
souffrir & obéir, contraigne & fasse
contraindre tous ceux qu'il appartiendra, & pour ce feront contraindre par
toutes voyes & manieres dûes & rai-
sonnables, nonobstant oppositions &
appellations quelconques, pour lesquelles
ne voulons estre differé. Et pour ce qu'il
est besoin de faire notifier nosdites défenses en plusieurs lieux de nostre Royaume, Terres & Seigneuries, afin de les
faire observer ; nous voulons qu'au Vi-
dimus d'icelles fait sous scel Royal,
ou signé par collation par l'un de nos

P. RA-
MUS.

amez & feaux Notaires & Secretaires,
soit ajoûtée foy comme au present ori-
ginal. Mandons en outre à tous nos
autres Justiciers , Officiers , & à chacun
d'eux , si comme il lui appartiendra ,
que nosdites défenses & injonctions ils
fassent observer , en procedant par eux
contre les infracteurs d'icelles , si au-
cuns y en a , par les peines ci-dessus
indites , & autres , qu'ils verront être
à faire par raison. En témoin de ce
nous avons fait mettre notre scel à ces-
dites presentes. Donné à Paris le di-
xiéme jour de May l'an de grace 1543.
& de notre regne le trentiéme.

Les ennemis de *Ramus* firent écla-
ter d'une maniere extraordinaire la
joye qu'ils avoient de sa condamna-
tion. La Sentence renduë contre
lui fut publiée en Latin & en François dans toutes les ruës de *Paris,*
& dans tous les lieux de l'Europe,
où l'on pût l'envoyer. On repre-
senta même des Pieces de Theatre,
où il fut bafoüé en mille manieres,
au milieu des acclamations & des
applaudissemens des Aristoteliciens.

L'année suivante 1544. la peste
fit du ravage dans *Paris* & dissipa

presque tous les Ecoliers du Col- P. RA-
lege de *Prefle* ; mais *Ramus* s'étant MUS.
laissé persuader d'y enseigner, attira bientôt un grand nombre d'au-
diteurs. La Sorbonne voulut le
chasser de ce College, & ne pût
en venir à bout ; il fut confirmé par
Arrêt du Parlement dans la Princi-
palité de cette Maison, qu'il avoit
déja depuis quelque tems.

Il trouva même dans la suite un
si bon patron dans la personne du
Cardinal de Lorraine, qu'il obtint
en 1547. du Roi *Henri II.* la permission d'écrire & d'enseigner, &
que ce Prince lui donna quatre ans
après, c'est-à-dire au mois de Juillet 1551. la Charge de Professeur
Royal en Philosophie & en Eloquence.

Le Parlement de *Paris* l'avoit
maintenu quelque tems auparavant
dans la liberté de joindre les leçons
de Philosophie avec celles de l'E-
loquence ; l'Arrêt, qu'il avoit donné à cette occasion, avoit arrêté les
persecutions que *Ramus* & ses Ecoliers avoient souffertes, & les chicanes qu'on lui avoit faites au

P. RA-commencement de cette année.
MUS.   Dès qu'il se vit Professeur Royal,
il se sentit un nouveau zele pour
perfectionner les Sciences, & il y
travailla avec encore plus d'ardeur
qu'il n'avoit fait jusques-là, malgré la haine de ses ennemis, qui ne
pouvoient le laisser en repos.

Il eut alors part à une affaire assez singuliere pour la rapporter ici.
Vers l'an 1550. les Professeurs
Royaux avoient commencé à corriger quelques abus qui s'étoient
glissez dans la prononciation de la
Langue Latine ; cette réforme em-
brassée par quelques Ecclesiastiques,
déplût à d'autres, qui défendirent
avec chaleur l'ancienne prononciation à laquelle ils étoient accoû-
tumez. La chose alla même si loin,
qu'un Beneficier fut dépoüillé de
ses revenus par la Faculté de Theologie, pour avoir prononcé *Quis-*
quis, Quanquam, suivant la nouvelle réforme, & non pas *Kiskis,*
Kankam, selon l'ancien usage. Ce
Beneficier s'étant pourvû au Parlement, les Professeurs Royaux, &
entr'autres *Ramus*, craignants qu'il

ne ſuccombât ſous le credit de la Faculté, ſe crurent obligez de le ſecourir ; ils allerent donc à l'Audience, & repreſenterent ſi vivement à la Cour l'indignité d'un tel procès, que l'accuſé fut abſous, & qu'on laiſſa la liberté de prononcer comme on voudroit.

Ramus avoit été élevé & inſtruit dès ſa plus tendre jeuneſſe dans la Religion Catholique ; mais la lecture des Livres des Proteſtans l'avoit ſéduit, & lui avoit donné du goût pour leur Doctrine. Il commença à faire connoître ſes ſentimens en ôtant les Images de la Chapelle de ſon College de *Preſle.* C'étoit en 1652. que les Religionnaires commencerent à remuer, & comme on ne vouloit ſouffrir dans l'Univerſité que des perſonnes d'une Doctrine ſaine, il en fut chaſſé la même année, & deſtitué de ſa Charge. (*a*)

La crainte qu'il eut de quelque choſe de pis, l'obligea alors à ſe retirer, & il alla, ſous le bon

(*a*) *Felibien, Hiſt. de Paris, t. 2. p.* 1084.

P. RA-
MUS.

plaisir du Roi, qui le protegeoit, se cacher à *Fontainebleau*, où, à la faveur des Livres qu'il y trouva dans la Bibliotheque Royale, il continua ses travaux Geometriques & Astronomiques, qui l'occupoient beaucoup depuis quelque tems.

Mais il ne demeura pas long-tems tranquille en ce lieu. On découvrit qu'il y étoit, & cette découverte ne lui permit pas d'y rester davantage. Il fallut qu'il s'allât cacher successivement en divers endroits. Pendant ce tems-là son College fut pillé, & il perdit la riche Bibliotheque qu'il y avoit amassé.

Lorsque la paix eût été concluë l'an 1563. entre le Roi *Charles IX.* & les Protestans, il reprit possession de sa Charge, s'y maintint avec vigueur, & s'attacha principalement à faire fleurir les études de Mathematiques. Nous trouvons dans l'*Histoire de la Ville de Paris* (a) une preuve éclatante de son zele en cette matiere, qu'il ne faut pas omettre.

(a) *Felibien, Hist. de Paris, t. 2. p. 1106.*

» L'intention du Roi *François I.*   P. Ra-
» dit l'Auteur, en fondant le Col-   mus.
» lege Royal, avoit été que les pla-
» ces de Profeſſeurs ne fuſſent oc-
» cupées que par des gens capables
» de les remplir avec honneur. Des
» gens ſans merite avoient enfin
» trouvé moyen, par amis & par
» intrigues d'en occuper quelques-
» unes, & de ce nombre étoit
» *Dampeſtre*, qui s'étoit chargé
» d'enſeigner les Mathematiques,
» dont il ſçavoit à peine les pre-
» miers élémens. *Pierre de la Ra-*
» *mée* l'entreprit, & l'accuſant d'in-
» ſuffiſance, le traduiſit au Parle-
» ment, où l'indigne Profeſſeur fut
» condamné à ſubir l'examen. *La*
» *Ramée* ne ſe contenta pas de cela,
» il écrivit au Roi, à la Reine, au
» Cardinal de *Chatillon*, Conſerva-
» teur de l'Univerſité de *Paris*, à
» l'Evêque de *Valence*, & à plu-
» ſieurs autres Seigneurs du Conſeil
» du Roi, & en obtint une Ordon-
» nance en date du 24. Janvier
» 1566. par laquelle il fut reglé
» que *Dampeſtre* & tous les autres
» Profeſſeurs, qui ſe preſenteroient

P. RA-
MUS.

» déformais pour être admis au Col-
» lege Royal , seroient examinez
» publiquement par tous les autres
» Lecteurs. *Dampestre* pour n'avoir
» pas l'affront d'être convaincu d'in-
» suffisance , ceda sa place, à de
» certaines conditions , à *Charpen-*
» *tier* , Docteur en Medecine , en-
» core moins versé que lui dans les
» Mathematiques , mais homme
» d'intrigue & artificieux. *La Ra-*
» *mée* l'attaqua plus vivement que
» l'autre , & se donna tant de mou-
» vemens , que le Roi fit expedier
» des Lettres Patentes du 7. de la
» même année , données à *Moulins,*
» par lesquelles , après le recit des
» soins que s'étoit donné *Pierre de*
» *la Ramée* , Doyen des Professeurs
» Royaux , contre *Dampestre* , le
» Roi veut que quand il vacquera
» une place de Professeur Royal ,
» on le fasse sçavoir à toutes les
» Universitez les plus fameuses ,
» afin que ceux qui se sentiront dans
» la disposition de la disputer au
» concours viennent se presen-
» ter à l'examen des autres Pro-
» fesseurs du même College,& dis-

» puter la chaire vacante, laquelle
» fera donnée par le Roi à celui qui,
» au rapport du Doyen & des Lec-
» teurs, aura fait paroître plus de
» capacité dans ce combat litterai-
» re. Ces Lettres furent enregîtrées
» le 2. Avril fuivant, avec l'éloge
» que meritoit la protection que
» donnoit le Roi aux Belles Lettres.
» *Pierre de la Ramée* ne laiffa pas
» plus *Charpentier* en paix, que ce-
» lui qui l'avoit précedé dans la
» chaire de Mathematique. Il le fit
» comparoître à la Cour, où le
» nouveau Profeffeur obtint par fes
» larmes & par fon éloquence de ne
» pas fubir l'examen. Le Parlement
» lui prefcrivit des conditions, qu'il
» n'executa point ou dont il s'ac-
» quitta de mauvaife foi ; ce qui
» obligea *la Ramée* de le traduire au
» Confeil, où par les artifices de
» *Charpentier*, il fe trouva lui-mê-
» me dans la neceffité de faire fon
» apologie. Toutes ces démarches
» de *la Ramée* lui furent funeftes dans
» la fuite.

Les guerres civiles ayant recom-
mencé en 1567. *Ramus* fut de nou-

veau obligé de quitter *Paris* ; il se
refugia auprès du Prince de *Condé*,
qui avoit son armée à *S. Denys*, &
y étoit pendant la bataille qui se
donna en ce lieu.

La paix qui se fit peu de tems
après, l'engagea à revenir à *Paris*,
où il fut rétabli dans sa Charge ;
mais il forma le dessein de se retirer
en un lieu de sûreté, pour n'être
point exposé à de nouveaux dan-
gers.

Il demanda pour cela au Roi la
permission d'aller visiter les Acade-
mies d'Allemagne, & elle lui fut
accordée. Il fit ce voyage en 1568.
& reçut par tout de fort grands honneurs. Il fit pendant quelque tems
des Leçons à *Heidelberg*. *André Du-
dith*, qui avoit beaucoup de credit
auprès du Roi de Pologne, l'invita
à se rendre à *Cracovie* ; *Jean Zapol*
Waiwode de Transylvanie, lui offrit aussi des appointemens considerables, avec le Rectorat de l'A-
cademie de *Weissembourg* ; mais il
ne jugea pas à propos d'accepter
leurs offres.

Pendant son sejour à *Heidelberg* il
fut

fut affidu aux Sermons que les Re- P. RA-
formez y faifoient en François , & MUS.
ce fut dans leur Eglife qu'il com-
munia pour la premiere fois , après
avoir publié fa profeffion de foi.

L'attachement qu'il avoit pour fa
Patrie , l'y ramena pour fon malheur en 1571. car il fut affaffiné le
25. Août 1572. au maffacre de la *S.*
Barthelemi. Il s'étoit caché dans une
cave pendant le tumulte , mais il
en fut tiré par des Affaffins que lui
envoya *Charpentier* fon competiteur,
& après qu'il eût donné beaucoup
d'argent pour tâcher de fe tirer de
leurs mains , & reçû quelques blef-
fures , il fut jetté par la fenêtre dans
la cour , & fes entrailles étant for-
ties de fon corps par cette chûte ,
les Ecoliers animez par leurs Maîtres, qui le haïffoient, les répandi-
rent dans les ruës , & traînerent
ignominieufement fon corps en le
frappant avec des verges.

Il avoit fait fon teftament , qui
eft daté de *Paris* le premier Août
1568. avant que de partir pour
l'Allemagne. Par ce teftament il
ordonnoit que de fept cens livres

P. RA-
MUS.

de rente qu'il avoit sur l'Hôtel de Ville, cinq cens serviroient de gages à un Professeur qui enseigneroit en trois ans l'Arithmetique, la Musique, la Geometrie, l'Optique, l'Astrologie & la Geographie dans le College Royal ; au bout duquel tems, on en choisiroit un autre avec les circonstances qu'il prescrit, pour faire le même cours d'études. Et il nommoit pour le premier Professeur, qui joüiroit de ce revenu, *Frederic Reisnerus*, qui étoit son ami.

Mais cette fondation n'eut point d'abord son effet comme elle l'eut dans la suite, car le Prevôt des Marchands & les Echevins presenterent le 17. Mars 1573. une Requête au Parlement, où ils remontrerent que *M. Pierre de la Ramée par son testament avoit legué la somme de cinq cens livres tournois de rente qu'il avoit sur ladite Ville, au Lecteur de Mathematique, qui seroit élû par les Supplians, le Premier Président de la Cour, & le premier Avocat (du Roi) qui étoit chose superfluë, vû la multitude des Lecteurs en Mathematique, stipendiez*

par le Roi & par les Colleges ; & qu'il P. RA-
ſeroit plus expedient d'employer ladite MUS.
rente aux gages d'une perſonne capa-
ble, qui ſeroit élûë par leſdits deſſuſdits,
& par le Procureur General du Roy,
pour continuer l'Hiſtoire de France de
Paul Emile, depuis le commencement
de Charles VIII. juſqu'au Roy alors
regnant. La Cour, oüi le premier Pré-
ſident, le ſecond Avocat du Roy en
l'abſence du premier, & vûës les Con-
cluſions du Procureur General du Roy,
par proviſion & juſqu'à ce que les Sup-
plians avec le premier Preſident & le
premier Avocat du Roy euſſent adviſé
de choiſir un Lecteur ſuffiſant pour lire
les Mathematiques, s'il eſt trouvé ex-
pedient pour le bien public, ordonna
que ladite rente & les arrerages d'icel-
les juſqu'à ce jour ſeroit baillée à M.
Jacques Gohory, Avocat en la Cour,
pour continuer en Langue Latine l'Hiſ-
toire de France de Paul Emile, & à
cette fin prendre pancartes autentiques,
bons memoires & inſtructions, titres &
autres papiers neceſſaires pour compoſer
au vrai ladite Hiſtoire. (a)

(a) Extrait des Regiſt. du Parl. dans les
Preuves de l'Hiſt. de Paris, part. 2. p. 835.

A a ij

P. RA-
MUS.

Je ne sçai comment accorder la
Requête du Prevôt des Marchands
& des Echevins, avec le Testament
de *Ramus*; car il n'y est pas dit que
ce seront eux qui nommeront le Professeur pour remplir la chaire qu'il
fondoit, il en donna au contraire
le choix aux Professeurs Royaux;
il dit seulement que le premier Président, le premier Avocat du Roi
& le Prevôt des Marchands assiste-
ront, ou du moins seront invitez à
assister à l'examen des prétendans.

Au reste *Gohory* s'acquitta des en-
gagemens que lui imposoit la pension qu'on lui avoit accordée, &
continua en Latin l'Histoire de *Paul
Emile*; mais sa continuation est de-
meurée manuscrite, & n'a jamais
été imprimée.

Ramus étoit un homme de belle
taille, de bonne mine, & d'une com-
plexion vigoureuse & infatigable
dans le travail. Il n'avoit d'autre lit
que de la paille, sur laquelle il coucha
toujours depuis son enfance jusqu'à
sa vieillesse. Il se levoit ordinairement de grand matin. Comme il
employoit tout le jour à lire, à écrire

& à méditer, afin de se conserver
l'esprit plus libre, il ne prenoit le
matin qu'un leger repas ; le soir il
mangeoit un peu davantage, & après
souper il se promenoit pendant deux
ou trois heures , ou s'entretenoit
avec ses amis. Son aliment ordinaire étoit de la viande boüillie , &
il ne commença à boire du vin que
dans un âge un peu avancé & par
ordre des Medecins. L'aversion qu'il
avoit pour le vin, venoit d'un accident qui lui étoit arrivé dans sa
premiere jeunesse ; car étant alors
entré dans la cave à l'insçû de ses
parens , il but si abondamment ,
qu'on le trouva près du tonneau
sans connoissance & comme mort.
L'état où il s'étoit mis fit depuis
tant d'impression sur lui , qu'il fut
plus de vingt ans sans vouloir boire
de vin.

Il garda toute sa vie le célibat
avec une pureté, qui ne fut pas même soupçonnée de la moindre tache,
& il évitoit comme un poison les
conversations trop libres.

Il conserva sa santé & se guérit
de ses indispositions , non point par

l'usage des remedes, mais par la sobrieté, par l'abstinence & par l'exercice, sur tout par celui du Jeu de Paume, qui étoit son divertissement ordinaire.

Il étoit parfaitement désinteressé, & si liberal, qu'il distribuoit une partie de son bien à ceux de ses écoliers qui en avoient besoin.

Il avoit un génie fort vaste & un sçavoir profond ; il avoit embrassé toutes les Sciences, & ne proposoit pas moins que de les reformer toutes ; mais c'étoit une entreprise qui surpassoit ses forces. L'envie de se distinguer, son penchant naturel à contredire, & son opiniâtreté l'ont engagé dans des disputes & des embarras qu'il auroit pû s'épargner. La hardiesse qu'il eut de soûtenir à la fin de sa Philosophie que tout ce qu'*Aristote* avoit dit étoit faux, étoit une action de jeune homme, qu'il se fit cependant un point d'honneur de soûtenir dans la suite, mais qui ne le rendoit gueres moins ridicule que l'étoient ses adversaires, en soûtenant que tout ce qu'*Aristote* avoit avancé étoit vrai.

On loüe beaucoup son éloquence, P. RA-
dont *Brantome* (*a*) rapporte une MUS.
preuve singuliere. *M. Ramus* , dit-il,
étoit un fort disert & éloquent Orateur,
& peu s'en est-il vû de semblables ; car
il avoit une grace inégale à tout autre,
qui secourot davantage son éloquence,
jusques-là qu'au bout de quelque tems,
lui s'étant rendu Huguenot, & étant
en la compagnie de Messieurs le Prince
& l'Amiral, au voyage de Lorraine,
& leurs Reitres, qu'ils avoient fait ve-
nir, ne voulant passer vers la France,
qu'ils n'eussent de l'argent, après qu'ils
en eurent un peu touché par quelques
bourcillemens que les Huguenots eu-
rent faits entr'eux, & que M. Ramus
les eut haranguez, ils en furent gagnez
& menez au cœur de la France, pour
faire assez de maux.

Il falloit qu'on lui connût du talent pour gagner les esprits, puisqu'on voulut l'engager par de grandes promesses à aller en Pologne en
1572. après la mort du Roi *Sigis-*
mond Auguste, pour prévenir par son
éloquence les Polonois en faveur

(*a*) *Mem. des Hommes Ill. to. 2. p. 55.*

P. RA-du Duc d'Anjou, qui fut élu l'an-
MUS. née suivante ; mais il le refusa sous
prétexte que l'éloquence ne devoit
point être mercenaire. Il ne pré-
voyoit pas le malheur qui lui arriva
peu de jours après, & qu'il auroit
évité en faisant ce voyage.

Quoique les Mathematiques ayent
été son fort, & ayent fait sa principale étude, on a fait depuis lui tant
de nouvelles découvertes dans cette
science, qu'on ne tient pas à present
grand compte de ce qu'il a laissé sur
cette matiere.

Il se mêla aussi de Theologie, &
voulut se rendre en quelque maniere
chef de parti, en changeant la discipline qui étoit en usage dans les
Eglises Calvinistes. Il se proposa
d'y introduire le gouvernement De-
mocratique, & prétendit que la
puissance des Chefs, conferée au
peuple par *Jesus-Christ*, ne devoit
être commise aux Consistoires, qu'a-
fin qu'ils formassent les premieres
déliberations ou les premiers jugemens, qui seroient ensuite proposez
au peuple & qui ne pourroient passer pour Loi, qu'en cas qu'ils fussent
confirmez

confirmez par les suffrages des chefs
de famille ; il difoit que fans cela
on introduifoit dans l'Eglife l'Oli-
garchie & la Tyrannie. Mais fon
fentiment ayant été examiné dans
un Synode National tenu à *Nifmes*
au mois de Mai 1572. fut rejetté,
comme une chofe qui n'étoit propre
qu'à caufer de la confufion, & qu'à
produire une veritable Anarchie.
Il eft à préfumer que *Ramus* avoit
d'autres vûës, & que s'il eût obtenu
ce qu'il demandoit, il eût été plus
loin, & fe fût fervi de fon éloquence pour engager l'affemblée du peuple à faire encore d'autres changemens plus confiderables. C'eft ce
qu'appréhendoit *Theodore de Beze*,
qui opina fortement contre lui dans
le Synode de *Nifmes*.

Les difgraces, les traverfes & les
chagrins que *Ramus* eut à foûtenir
pendant le cours de fa vie, & qu'il
fe procura fouvent à lui-même,
trouverent en lui un courage & une
conftance capable de les foûtenir.
Ses ennemis, qui n'oublierent rien
pour le chagriner, fe fervirent quelquefois pour cela de fes écoliers. La

P. RA-
MUS.

P. RA-
MUS.

premiere fois qu'il expliqua sa Logique dans le College de *Cambray* en 1552. on le siffla, on fit des huées, on battit des mains & des pieds. Mais il ne se déconcerta pas ; il s'arrêtoit de tems en tems, jusqu'à ce que le bruit cessât, & il acheva ainsi sa leçon à plusieurs reprises. Cette fermeté étonna ceux qui vouloient par là lui faire de la peine, & rabatit dans la suite leur audace. On lui fit les mêmes insultes à *Heidelberg*, & avec aussi peu de succès, pendant les leçons qu'il y fit l'an 1568.

Catalogue de ses Ouvrages.

1. *Institutiones Dialecticæ III. Libris. Paris.* 1543. *in-8°.* C'est la premiere édition qui a été suivie de plusieurs autres ; entr'autres des suivantes, qui sont accompagnées de Commentaires de divers Auteurs. *Cum Quæstionibus prælectionum & repetitionum Friderici Beurhusii. Tremoniæ* 1581. *in-8°.* It. *Audomari Talæi prælectionibus illustrata & emendata per Joannem Piscatorem. Francofurti* 1583. *in-8°.* It. *Scholiis Guil. Tempelli illustrata & ejusdem Epistola de P. Rami*

Dialectica contra Joh. Piſcatoris Reſ- P. RA-
ponſionem Reſponſio. Francof. 1591. MUS.
in-8°. It. *E regione comparati Phi-*
lippi Melanchtonis Dialectica Libri IV.
cum explicationum & collationum notis
per Fridericum Beurhuſium. Francof.
1591. *in-8°.*

2. *Animadverſiones in Dialecticam*
Ariſtotelis, Libris XX. Pariſ. 1543.
in-8°. It. *Pariſ.* 1556. *in-8°.* It. *Lugd.*
1545. *in-8°.* Ce ſont ces deux Ouvrages qui lui procurerent tant d'ennemis, comme je l'ai dit ci-deſſus.

3. *Euclides. Pariſ.* 1544. & 1549.
in-8°. pp. 55. *Ramus* eſt l'Editeur de
cet *Euclide* Latin, qu'il a dedié au
Cardinal *Charles de Lorraine*, par
une Epître datée du 28. Janvier
1544. Il n'a point voulu, à ce qu'il
dit, y mettre de Commentaire,
pour le rendre moins cher.

4. *Oratio habita Lutetiæ in Colle-*
gio Mariano anno 1544. *pridie Nonas*
Novembris : inſerée dans le Recüeil
de ſes Oraiſons & de ſes Lettres,
dont je parlerai plus bas avec celles
de deux autres Profeſſeurs *Omar Ta-*
lon & *Barthelemi Alexandre*, pro-
noncées le même jour.

5. *Oratio habita Lutetiæ in Gymnasio Præleorum Calendis Decembris anno*
1545. inserée dans le même endroit.

6. *Oratio de studiis Philosophiæ &
Eloquentiæ conjungendis, Lutetiæ habita anno* 1546. inserée dans le même Recüeil, & imprimée aussi séparément.

7. *Prælectiones in Ciceronis Somnium Scipionis. Paris.* 1546. *in-8°.*

8. *Brutinæ Quæstiones. Paris.* 1549.
in-8°. C'est une introduction à l'explication du Livre de *Ciceron*, appellé *Brutus*, ou *de claris Oratoribus.*
Ramus a expliqué long-tems *Ciceron*
& *Virgile*, mais sa coutume étoit de
n'en expliquer jamais qu'une page
juste, ce qui lui fit donner le surnom
de *Paginarius.*

9. *Rhetoricæ distinctiones in Quinti-
lianum. Paris.* 1549. *in-8°.* avec l'Ouvrage précedent & le Discours marqué au *N°.* 6.

10. *Pro Philosophica Paris. Academiæ disciplina Oratio. Paris.* 1551. *in-
8°.* It. dans le Recüeil de ses Oraisons. *Ramus* ayant été obligé en 1551.
de se défendre dans le Parlement
contre les chicanes qu'on lui faisoit,

fur ce qu'il joignoit des leçons de
Philofophie avec celles de l'Eloquence, compofa ce Difcours, où
il expofe au long les moyens de défenfe dont il s'étoit fervi en cette
occafion.

11. *Oratio initio Profeffionis fuæ
habita* : inferée dans le Recüeil de
fes Oraifons, & imprimée feparément. C'eft le Difcours qu'il prononça en prenant poffeffion de la
chaire de Profeffeur Royal, en
1551.

12. *Orationes in Logicam. Parifiis*
1551. *in*-8°. avec celles de *Nicolas
Charton* fur le même fujet.

13. *Enarrationes in* 2. & 3. *Orationem Ciceronis de Lege Agraria,
in Orationem pro Rabirio perduellioni-
reo, in quatuor Catilinarias. Bafileæ*
1553. *in*-8°.

14. *Arithmeticæ Libri tres. Parifiis*
1555. *in*-4°. It. *Libri duo. Bafileæ*
1569. *in*-4°. C'eft le même Ouvrage
que le précedent. *Ramus* y a feulement fait quelques changemens, &
a réduit les trois Livres en deux.
It. *Parif.* 1577. *in*-8°. It. *illuftrata à
M. Tob. Steger, Lipfienfi. Francof,*

P. RA-
MUS.

B b iij

P. RA- 1691. *in-8°.* It. *à Lazaro Schonero*
MUS. *emendati & explicati. Francof.* 1692.
in-8°. & 1699. *in-4°.* It. *cum Com-*
mentariis Willebrordi Snellii. Lugd.
Bat. 1613. *in-8°.* Cet Ouvrage est
sçavant , mais il y a trop de divi-
sions & de subdivisions; d'ailleurs
les démonstrations y manquent. On
y trouve cependant plusieurs exemples, qui éclaircissent beaucoup la
matiere qu'il traite. Au reste , il
ne peut être que d'une utilité médiocre à ceux qui ne sont point bien
versez dans l'Arithmetique. C'est le
jugement qu'en porte le P. *Dechalles*
Jesuite dans son Catalogue des Ma-
thematiciens illustres.

15. *La Dialectique de Pierre de la*
Ramée. Paris 1555. *in-4°.*

16. *Ciceronianus. Basilea* 1557.
in-8°. It. *Basilea* 1573. *in-8°.* pp.
256. Cette seconde édition a été
donnée par *Jean Thomas Freigius* ,
qui y a joint une Préface. *Ramus*
recherche dans cet Ouvrage , qui
est le veritable Ciceronien , & s'é-
tend à cette occasion sur la vie & le
stile de *Ciceron.*

17. *Annotationes in Epistolas fami-*

liares Ciceronis. Elles se trouvent P. RA-
avec les Remarques de plusieurs au- MUS.
tres sçavans hommes dans une édition de ces Lettres faite à *Paris* en
1557. *in-fol.*

18. *De Legatione Oratio :* insérée
dans le Recüeil des Discours & imprimée separément. Ce Discours,
qui est de l'an 1557. est très-curieux.
Ramus, qui le prononça dans une
Assemblée de l'Université aux Ma-
thurins, y fait le recit de ce qui s'é-
toit passé à la Cour dans une dépu-
tation que l'Université y avoit en-
voyée, à l'occasion des désordres
que les Ecoliers avoient commis
dans le Pré-aux-Clercs, & dont
on peut voir un long détail dans
l'*Histoire de la Ville de Paris*, to. 2.
p. 1052. *Ramus* étoit un des Deputez. Son Discours a été imprimé en
François sous ce titre : *Harangue de
Pierre de la Ramée touchant ce qu'a
fait l'Université de Paris envers le Roi,
mise de Latin en François. Paris* 1557.
in-8°. It. 1568. *in-8°.*

19. *Liber de Moribus veterum Gal-
lorum ad Carolum Lotharingium Cardinalem. Paris.* 1559. & 1562. *in-8°.*

P. RA- *It. cum Præfatione Jo. Thomæ Freigii.*
MUS. *Basileæ* 1574. *in-8°.* It. *Francofurti*
1584. *in8°.* It. *traduit en François par*
Michel de Castelnau. Paris 1559. *in-*
8°. Ce Livre a été fait à l'occasion
des Commentaires de *Cesar* que *Ra-*
mus expliquoit ; de même que le
suivant.

20. *Liber de Militia C. Julii Cæsa-*
ris. Paris. 1559. *in-8°.* It. *cum Præ-*
fatione Joannis Thomæ Freigii J. U.
D. Basileæ 1574. *in-8°. pp.* 224. It.
Francofurti 1584. *in-8°.*

21. *Grammatica Græca quatenus à*
Latina differt. Paris. 1560. *in-8°. pp.*
168. It. *aucta, emendata & notis il-*
lustrata. Paris. 1605. *in-8°.* Cette
Grammaire a été enseignée en plusieurs endroits d'Allemagne. *Dom*
Lancelot dans la Préface de sa nouvelle Methode Grecque dit , que si
Ramus n'a pas trouvé entierement
la veritable maniere d'enseigner me-
thodiquement la Grammaire & les
autres Arts , il a eu du moins l'in-
dustrie de la chercher des premiers,
& il a donné aux autres par son
exemple un loüable desir de faire la
même recherche.

22. *Oratio de Legatione secunda* P. Ra-
dicta in Comitio Maturinensi, pridie mus.
Id. Aprilis, anno 1561. inserée dans
le Recüeil des Discours. Il est fort
court, & roule encore sur une dé-
putation faite en Cour pour la con-
servation des Privileges de l'Université, & dont *Ramus* étoit.

23. *Proemium reformandæ Pari-*
siensis Academiæ. Ad Carolum Regem:
inseré au même endroit. It. en François sous ce titre : *Avertissement sur*
la reformation de l'Université de Paris.
Au Roi. Paris 1562. *in-*8°.

24. *Oratio de professione liberalium*
Artium. Paris. 1563. *in* 8°.

25. *Commentarii in Ciceronem de*
fato. Paris. 1563. *in-*8°. It. *Francof.*
1583. *in-*8°.

26. *Scholarum Physicarum Libri*
VIII. in totidem Acroamaticos Libros
Aristotelis. Paris. 1565. *in-*8°. It. *Fran-*
cofurti 1583. *in-*8°.

27. *Actiones duæ, habitæ in Senatu,*
pro Regia Mathematicæ professionis Ca-
thedra. Paris. 1566. *in-*8°. inserées
dans le Recüeil des Discours ; l'une
est du 11. Mars 1566. & l'autre du
13. Mars suivant. J'ai parlé plus

P. RA-haut de ce qui donna occasion à ces
MUS. deux Discours , qui sont contre
Dampestre.

28. *Remontrance faite au Conseil
Privé en la Chambre du Roi au Louvre
le 18. Janvier 1567. touchant la Profession Royale en Mathematique. Paris
1567. in-8°.* It. dans les preuves de
l'*Histoire de la Ville de Paris* , to. 3.
p. 695.

29. *Lettres Patentes du Roi touchant
l'Institution de ses Lecteurs en l'Université de Paris , avec la Préface de
Pierre de la Ramée sur le Proëme des
Mathematiques. A la Reine , mere du
Roi. Paris 1567. in-8°. pp. 32.* Cette
Préface avec les Lettres Patentes se
trouvent en Latin à la tête du Livre
suivant.

30. *Proæmium Mathematicum ad
Catharinam Mediceam Reginam ma-
trem Regis. Paris. 1567. in-8°. pp.
501.*

31. *Grammaire Françoise. Paris
1567. in-8°.* It. *Paris 1572. in-8°.*
Ramus , qui vouloit être Reforma-
teur en tout genre , ne negligea pas
la Grammaire Françoise , dans laquelle il se proposa d'introduire une

nouvelle ortographe , prétendant
qu'il falloit écrire comme on parloit. Mais son ortographe étoit si
extraordinaire , qu'il a crû devoir
mettre à côté de ce qu'il a fait imprimer suivant sa reforme , la même
chose écrite à la maniere ordinaire ;
précaution sans laquelle on n'auroit
pas entendu son Livre.

32. *Schola in Artes liberales , scili-
cet , Grammaticam , Rhetoricam , Dialecticam , Physicam , Metaphysicam.
Basilea* 1569. *in fol.*

33. *Scholarum Mathematicarum
Libri XXXI. Basilea* 1569. *in-*4°. It.
Francofurti 1599. *in* 4°. Les trois premiers Livres de cet Ouvrage , sont
le *Proœmium Mathematicum* cité au
N°. 30. Les deux suivans traitent
des principales parties de l'Arithmetique ; les autres sont destinez à
l'examen & à la critique des Elémens d'*Euclide.* Le tout est peu de
chose , suivant le P. *Dechalles* , &
il n'y a presque rien à apprendre.

34. *Basilea , ad Senatum Populum-
que Basileensem. Lausanna* 1571. *in-*
4°. C'est un éloge de la ville de *Bâle* ,
qu'il fit après avoir dans son voyage

P. RA-
mus.

d'Allemagne paffé par cette Ville, où il avoit été fort bien reçû. On l'a inferé dans le Recüeil de ses Dif-cours.

35. *Defenfio pro Ariftotele adverfus Jacobum Schecium. Laufannæ* 1571. *in*-4°. It dans le Recüeil de ses Dif-cours. Il prétend dans cet Ouvrage qu'il eft plus Ariftotelicien que ne l'étoit *Schecius*, qui faifoit profef-fion de fuivre tous les fentimens d'*Ariftote*.

36. *P. Rami Teftamentum cum Se-natufconfulto & promulgatione pro-feffionis ab ipfo inftitutæ.* *Parifiis* 1576. *in*-8°. Son teftament fe trouve à la fin du Recüeil de ses Difcours.

37. *Prælectiones in Orationes octo Confulares, una cum Rami Vita per Joannem Thomam Freigium. Bafileæ* 1574. & 1580. *in*-4°.

38. *Commentarius de Religione Chriftiana Libris IV. Cum Rami Vita per Thomam Banofium. Francofurti* 1576. & 1577. *in*-8°. Le manufcrit de cet Ouvrage fut fauvé du pillage de fa Bibliotheque, qui fe fit à fa mort, & on le porta en Alle-

magne, où *Banofius* le fit imprimer.

39. *Petri Rami Profefforis Regii &
'Audomari Talei Collectanea, Prafa-
tiones, Epiftola, Orationes. Parifiis*
1577. *in-8°.* It. *adjuncta funt P. Rami
Vita per Joannem-Thomam Freigium,
cum Teftamento, ejufdem Bafilea, pro
Ariftotele adverfus Jacobum Shecium
comparatio; Johannis Pena & Friderici Reifneri Orationes. Marpurgi*
1599. *in-8°.*

40. *Geometria. Parif.* 1577. *in-16.*
It. *cum Laz. Schoneri & Jo. Thoma
Freigii explicationibus. Hanovia* 1596.
in-8°. Je ne fçai de quelle année eft
la premiere édition, non plus que
des Ouvrages fuivans. Cette Geometrie eft en 23. Livres. *Schoner,*
fuivant la methode des Commentateurs, en fait de grands éloges,
& la préfere aux Elémens d'*Euclide,*
prétendant qu'elle renferme beaucoup plus de chofes utiles. Quoique cela foit vrai, dit le P. *Dechalles,* je n'ai garde de la préferer à
Euclide, parce qu'il y a des chofes
trop abregées, & qui ne font point
démontrées. D'ailleurs *Ramus* a beaucoup pris d'*Euclide,* quoiqu'il ait
auffi mis du fien.

41. *Algebra explicata à Lazaro Schonero. Francofurti* 1586. *in-8°.* Cet Algebre de *Ramus* est en six Livres ; c'est un Ouvrage fort imparfait, qui ne peut être d'un grand usage pour apprendre cette science.

42. *De causis affectionum & proprietatum quarumdam singularium cum in homine, tum in brutis animalibus quibusdam. Monachii* 1579. *in-8°.*

43. *Aristotelis Politica Græce & Latine cum notis. Francofurti* 1601. *in-8°.*

44. *Scholæ Dialecticæ in Organon Aristotelis. Francof.* 1581. *in 8°.*

45. *Scholæ Metaphysicæ in Metaphysicos Libros Aristotelis. Ibid.* 1583. *in-8°.*

46. *Prælectiones in quatuor Libros Georgicorum & in Bucolica Virgilii. Ibid.* 1584. *in-8°.*

47. *Platonis Epistolæ ex versione Rami cum annotationibus. Paris.* 1549. *in-4°. It. Paris.* 1552. *in-4°.*

48. *Grammaticæ Latinæ Libri IV. Avenione* 1559. *in-8°. It. Libri duo de veris sonis Litterarum & Syllabarum, è Scholis Grammaticis primi, ab Authore recogniti & locupletati. Paris.* 1564. *in-8°.*

49. On trouve dans la Rhetorique d'*Omer Talon*, que quelques-
uns ont attribué mal-à-propos à
Ramus, un avis au Lecteur de la façon de *Ramus*, qui ſuffit pour dé-
truire l'imagination de ceux qui
l'ont accuſé de plagiariſme, prétendant qu'il avoit publié ſous ſon
nom la Rhetorique de *Talon*.

50. *Cynoſura utriuſque Juris, ſeu
Commentarius in Regulas Juris Cano-
nici & Civilis, II. Libris. Francofurti
1604. in-8°.*

On trouve encore quelques Ouvrages attribuez à *Ramus*, mais
d'une maniere ſi confuſe, que je
ne puis en rien dire de poſitif.

Trois Auteurs ont écrit la Vie
de *Ramus*. 1°. *Theophile Banoſius*,
dont l'Ouvrage ſe trouve à la tête
du Traité de *Ramus*, intitulé : *De
Religione Chriſtiana. Francofurti* 1576.
in-8°. 2°. *Jean-Thomas Freigius*, qui
a mis la ſienne devant les *Prælectiones in Orationes octo Conſulares* de
Ramus. Baſleæ 1574. *in-4°*. & à la
fin du Recüeil de ſes Préfaces &
de ſes Diſcours. 3°. *Nicolas Nan-
celius*, qui a fait imprimer ſa vie

P. RA-dans son *Liber Declamationum. Parif.* MUS. 1600. *in*-8°.

On a outre cela un Ouvrage d'*Henri-Jules Scheurlius*, Profeffeur de l'Academie d'*Helmftadt*, intitulé : *De Petri Rami Libris, Francifci Regis Galliæ decretum, deque iifdem judicium à judicibus quos tum Rex, tum partes elegerant anno* 1544. *denùs poft centum annos editum, ex Bibliotheca H. J. S. Helmftadii* 1644. *in*-4°. Un autre Ouvrage, qui a pour titre : *De Petro Ramo Judicia aliquot Clariffimorum Virorum.* 1620. *in*-4°. Deux Pieces qui ne tiennent chacune qu'une feüille.

Voyez auffi *Bayle, Dictionnaire. Eloges de Thou,* & *les Additions de Teiffier.*

ANTOINE

ANTOINE AUBERY.

ANtoine *Aubery* naquit à *Paris* le 18. Mai 1616. *Ancillon* dans ses Memoires lui donne mal-à-propos le nom de *Louis*, qu'il n'a jamais eu ; faute qui cependant a été suivie par d'autres, qui l'ont confondu avec *Louis Aubery Sieur du Maurier.*

A. AU-BERY.

Il fut conduit dans ses études par les avis d'un de ses freres, beaucoup plus âgé que lui, Ecclesiastique d'une pieté exemplaire, qui fut successivement Chanoine de *S. Jacques de l'Hopital*, du *S. Sepulchre* & de la *Sainte Chapelle* de *Paris*. M. le Premier Président *de Lamoignon*, dont il étoit Confesseur, lui avoit procuré ce dernier Canonicat. C'est lui que M. *Despreaux* a fait entrer dans le quatriéme Chant de son *Lutin* sous le nom d'*Alain*, où il parle ainsi :

Alain tousse & se leve, Alain ce sçavant homme,

Qui de Bauni vingt fois a lû toute la
   Somme ,
Qui possede Abeli , qui sçait tout Ra-
  conis ,
Et même entend , dit-on , le Latin
  d' A-Kempis.

Antoine Aubery ayant fait ses Humanitez & sa Philosophie , & pris
quelque teinture du Droit, s'appliqua à l'Histoire, qui lui plût préferablement à tout, & dont il préfera l'étude à l'occupation tumul-
tueuse des affaires.

Il fut reçu Avocat au Conseil au
mois d'Avril 1651. mais il n'en a
gueres fait les fonctions. Tout son
tems s'est passé à composer ; ainsi
l'Histoire de ses Ouvrages fait proprement celle de sa vie.

Il se levoit tous les jours à cinq
heures & travailloit toute la mati-
née ; il faisoit la même chose l'après-
midi jusqu'à six heures, qu'il alloit
chez M. *Dupuy* , & après sa mort ,
chez M. *de Thou,* & M. *de Vilevault,*
converser avec les Sçavans qui s'y
assembloient. Toutes les fois qu'il
vouloit se délasser de ses études se-
rieuses , il lisoit quelques pages des

Remarques de Vaugelas, pour ſe
perfectionner dans la Langue Françoiſe. Il ne faiſoit preſque aucune
viſite, & en recevoit encore moins
qu'il n'en faiſoit.

A. Au-
BERT.

Un ſoir qu'il s'en retournoit chez
lui au commencement du mois de
Decembre de l'année 1694. il tomba ſur le Pont S. Michel, & fut tellement étourdi par la peſanteur de
ſa chûte, qu'il ne put jamais s'en relever. Il languit près de deux mois
dans le lit, ſans faire pourtant aucun remede, n'y étant pas accoûtu-
mé, & n'ayant eu aucun beſoin de
Medecin depuis plus de cinquante
ans.

Il mourut le 29. Janvier 1695.
âgé de ſoixante & dix-huit ans,
huit mois & onze jours.

Outre les Langues ſçavantes, le
Latin & le Grec, il ſçavoit l'Italien, l'Eſpagnol & l'Anglois, &
étoit en état de lire les Livres écrits
en ces trois Langues.

Catalogue de ſes Ouvrages.

1, *Hiſtoire generale des Cardinaux.*
Paris 1642. 43. 45. 47. 49. *in-4°.*
5 *vol.* Il eut, étant encore fort

C c ij

'A. Au-jeune, deffein de traduire *Ciaconius*
BERY. en François ; Mais depuis trouvant
plus d'avantage à écrire de fon chef,
qu'à s'affujettir aux penfées d'autrui, il entreprit de compofer une
Hiftoire generale des Cardinaux,
& y travailla fans relâche. De forte
que dès le mois de Janvier de l'année 1642. il en fit paroître le premier tome, qu'il dédia au Cardinal
de *Richelieu*. Ce tome commence au
Pontificat de *Leon IX*. qui vivoit
dans l'onziéme fiecle. Les années
fuivantes il publia les quatre autres,
& les dédia au Cardinal *Mazarin*,
qui en reconnoiffance lui donna une
penfion de quatre cens livres, dont
il a joüi plus de cinquante ans. Il fut
aidé dans ce travail de quantité de
Relations, d'Oraifons funebres, de
Genealogies, & d'autres Pieces imprimées & manufcrites que M. *Nau-
dé* lui fournit par ordre de ce Cardinal, outre celles que M. *Dupuy* lui
communiqua.

2. *De la prééminence de nos Rois &
de leur préféance fur l'Empereur & le
Roi d'Efpagne, Traité Hiftorique ;
avec une Addition de quelques Pieces.*

tirées des Memoires de MM. Bignon A. Au-
& Dupuy. Paris 1649. *in-*4°. *Aubery*, BERY.
felon un Memoire manufcrit de M.
Coftar, écrit fenfément & exactement dans les matieres hiftoriques
& politiques; fon ftile n'eft ni fleuri
ni éleguant , & fon fort eft dans la
fidelité , curiofité & folidité ; n'al-
leguant jamais rien dont il n'ait la
preuve. (*Le Long*, *Biblotheque de la
France.*)

3. *Hiftoire du Cardinal de Joyeufe,
avec plufieurs Memoires, Lettres, Dé-
pêches , Inftructions , Ambaffades, Relations & autres Pieces. Paris* 1654.
*in-*4°. L'Hiftoire du Cardinal de
Joyeufe s'étend depuis l'an 1562.
jufqu'en 1611. Les Memoires qu'*Aubery* rapporte ne font que des abre-
gez, excepté l'Inventaire des Pieces
qui ont fervi à la diffolution du mariage du Roi *Henri IV*. & de la Reine
Marguerite.

4. *Hiftoire du Cardinal de Richelieu. Paris* 1660. *in-fol.* It. *Cologne*
1666. *in-*12. 2. *tom.* » Quoique cette
» Hiftoire foit faite fur de bons
» Memoires, dit M. *Lenglet*, elle
» eft cependant peu eftimée & peu

A. Au-
BERY.

» recherchée. M. *le Clerc*, qui traite
» l'Auteur de flateur insupportable,
» a raison. *Aubery* a voulu faire du
» Cardinal un trop honnête homme,
» il ne l'a point fait assez politique.
» C'étoit néanmoins de ce côté-là
» qu'il falloit peindre ce Cardinal.
Gui Patin, dans sa cent trente-sixiéme
Lettre à *Charles Spon*, parle d'une maniere fort méprisante de cette Histoire. » Madame la Duchesse *d'E-*
» *guillon*, dit-il, fait imprimer l'His-
» toire de son oncle, le Cardinal de
» *Richélieu*, écrite sur les Memoires
» qu'elle a fournis par M. *Aubery*:
» mais elle est déja méprisée, étant
» trop suspecte pour le lieu d'où
» elle vient, & pour le mauvais stile
» de ce chétif Ecrivain, qui *lucro*
» *addictus & adductus*, n'aura pas
» manqué d'écrire mercenairement,
» & de prostituer sa plume au gré
» de cette Dame.

5. *Memoires pour l'Histoire du Car-*
dinal de Richelieu, depuis l'an 1616.
jusqu'à la fin de 1642. qui contiennent
des Lettres, des Instructions & des Me-
moires. Paris 1660. in-fol. 2. vol. It.
Paris 1667. in-12. 5. vol. Ces Me-

moires font très-curieux & renfer-   A. Au-
ment une infinité de Pieces, de Let- BERY,
tres, d'Actes, de Négociations neceffaires pour connoître l'état des
affaires fous *Louis XIII.* Cependant
ils font peu lûs & peu recherchez.
Quelques-uns prétendent qu'*An-*
toine Bertier, qui les a imprimez,
les avoit recüeillis, & non point
Aubery, ce qui ne paroît gueres probable. Nous apprenons de *la Caille*
(*a*) que *Bertier* avant que de les
imprimer, » reprefenta à la Reine
» Mere, qu'il n'ofoit les publier
» fans une autorité & une protec-
» tion particuliere de fa Majefté,
» parce qu'il y avoit plufieurs per-
» fonnes, qui s'étoient bien remis
» en Cour, dont la conduite paffée
» n'ayant pas été réguliere, & étant
» marquée fort défavantageufement
» pour eux dans ces Memoires, ne
» manqueroient pas de lui fufciter
» des affaires fâcheufes. *Allez*, lui
» dit la Reine, *travaillez fans crainte,*
» *& faites tant de honte au vice, qu'il*
» *ne refte que de la vertu en France.*

(*a*) *Hift. de l'Imprimerie*, p. 285. 286.

6. *Des justes prétentions du Roi sur*
l'Empire. Paris 1657. *in-4°. & in-12.*
Aubery repete dans ce Livre, qui
est dédié au Roi, beaucoup de choses qu'il avoit* déja avancées dans
son Traité *de la Prééminence de nos*
Rois, & les appuye de nouveaux
faits & de nouveaux raisonnemens.
Cet Ouvrage donna de l'ombrage à
tous les Princes d'Allemagne, que
le premier avoit déja choquez. Ils
en furent allarmez & en firent des
plaintes. Le Conseil pour les appai-
ser, & pour dissiper les craintes
qu'ils s'étoient formez à son occasion, jugea à propos de faire conduire l'Auteur à la Bastille, où il
fut bien traité, visité par les personnes les plus distinguées du Royaume, & mis bientôt en liberté.

Plusieurs Auteurs Allemands en-
treprirent aussi de refuter son Livre,
& ce fut ce qui produisit les Ouvrages suivans.

Henrici Kippingii Notæ & Animad-
versiones in Axiomata Politica Galli-
cana, quæ Dn. Aubery, Galliæ Regis
Consiliarius, & Advocatus Parlamenti
Parisiensis evulgavit de justis præten-
tionibus

*tionibus Regis fuper Imperium , & præ-
rogativa ejufdem. Bremæ* 1668. *in-*
12. *Aubery* n'étoit point Confeiller du Roi, comme le dit *Kippingius,*
il n'a jamais pris que la qualité d'*A-
vocat au Parlement & aux Confeils
du Roi.*

*Libertas Aquilæ triumphans , five
de jure quod in Imperium Regi Gal-
liarum nullum competit, Schediafma
nuperis Auberii impugnationibus oppo-
fitum à Nicolao Martini , Germano.
Francofurti* 1668. *in-*12.

*Differtatio dè omnimoda libertate
Germaniæ , cui inferta eft deftructio
prætentionum Auberianarum , quas in-
juffu Regis Chriftianiffimi fcriptas fuiffe
deducitur. Noribergæ* 1668. *in* 12.

*Chimæra Gallicana,continens Axio-
mata Politica Imperii Gallicana deducta
ex tractatu* des juftes prétentions du
Roi fur l'Empire. 1668. *in-*12.

*L'Avocat condamné , & les Par-
ties mifes hors de Cour & de Procès par
Arrêt du Parnaffe ; ou la France &
l'Allemagne également défendues par
la folide réfutation du Traité que le
Sieur Aubery a fait des prétentions du
Roi fur l'Empire ,* par *L. D. M. C. S.*

Tome XIII.   D d

A. Au-
BERY.

D. S. E. D. M. 1669. *in-*12. Ces lettres initiales signifient *Louis Du May, Chevalier, Seigneur des Salettes & de M.* Cet Ouvrage est un des plus sçavans & des plus curieux que *Du May* ait mis au jour ; il seroit à souhaiter qu'il eût écrit avec un peu plus de moderation, & qu'il n'eût pas traité son adversaire d'une maniere aussi méprisante qu'il l'a fait.

7. *De la dignité de Cardinal.* Paris 1673. *in-*12. *Aubery* dit dans son Epître Dedicatoire à M. le Duc *Mazarin*, qu'ayant entrepris fort jeune l'Histoire generale des Cardinaux, & que n'ayant pû alors mettre à la tête une Préface conforme à son sujet, il s'étoit résolu d'y suppléer par ce petit volume.

8. *De la Regale.* Paris 1678. *in-*4°. *Aubery* traite cette matiere en Historien : mais son Traité n'est pas estimé, selon M. *Lenglet*, parce qu'il ne l'entendoit pas assez.

9. *Histoire du Cardinal Mazarin, depuis sa naissance jusqu'à sa mort, tirée pour la plus grande partie des Regîtres du Parl. de Paris.* Paris 1695. *in-*

12. 2. *vol.* It. *Rotterd.* 1695. *in-8°.* 2. A. Au-
t. & depuis en 3. *vol.* Cette vie, qui BERY.
commence en 1602. & finit en 1661.
est fardée & peu exacte ; cependant
comme elle a été faite sur les Regîtres du Parlement, dont plusieurs
ont disparu depuis, il y a bien des
détails qu'on ne trouve point ailleurs. M. *de Bauval* remarque aussi
que le Heros n'y fait pas une figure assez brillante, & qu'il est souvent confondu parmi le nombre de
faits qui y sont entassez, & qui en
instruisant le Lecteur, ne lui font
point assez remarquer l'influence
qu'y avoit le Cardinal *Mazarin.*

Il a laissé outre cela plusieurs Manuscrits, entr'autres un Journal sur
l'Histoire de France, qui ne contient que des extraits d'Auteurs peu
considerables & récens, & qui n'a
rien par conséquent qui doive pic-
quer la curiosité.

V. son Eloge. *Journ. des Sçavans
du* 14. *Mars* 1695. *Les Memoires
d'Ancillon. Du Pin, Bibliot. des Auteurs Ecclés.*

D d ij

JEAN BARBIER D'AUCOUR.

JEAN *Barbier d'Aucour* naquit à *Langres* d'une famille fort mediocre. Il sortit de cette Ville à l'âge de quatorze ans, dans le dessein de chercher à se pousser lui-même.

Son premier asyle fut *Dijon*, où il fit sa Philosophie, logeant chez M. *Joly de Blaizy*, Président à Mortier, qui le prit moins pour Précepteur de ses enfans, que pour leur compagnon d'étude.

Ses deux années finies, il vint à *Paris*. Il s'étoit imaginé qu'ayant de l'esprit, il trouveroit sans peine dans cette Ville quelque poste considerable, mais il eut tout le tems de se détromper. Un Libraire assez pauvre, qui debitoit sous le manteau divers Ouvrages de Port-Royal, le reçut chez lui moyennant une pension fort modique. Ce fût tout ce que purent faire pour lui quelques amis de Messieurs de Port-Royal, à qui on l'avoit, à ce qu'il paroît, adressé.

Il fe mit enfuite Repetiteur au J. D'Au
College de *Lizieux*, & en même COUR.
tems étudia en Droit.

Une chofe qui lui arriva vers ce
tems-là le broüilla avec les Jefuites,
& c'eft à cette broüillerie que nous
devons fes premiers Ouvrages. Af-
fiftant en 1663. à l'explication des
Tableaux énigmatiques, qui fe fait
tous les ans dans leur College, il
voulut parler, & en le faifant il
laiffa échapper quelques termes peu
modeftes. Comme cet exercice fe
fait dans l'Eglife, le Jefuite qui y
préfidoit l'avertit de mefurer fes expreffions, parce qu'ils étoient dans
un lieu facré ; mais *d'Aucour* répondit brufquement : *Si totus facrus eft,*
quare exponitis.... Il ne put achever
fa phrafe ; car auffi-tôt les écoliers,
comme autant d'échos, repeterent
de toutes parts fon barbarifme ; les
Maîtres en rirent, & le fobriquet
d'*Avocat facrus* lui en demeura.
D'Aucour alors irrité contre les Jefuites, comme s'ils avoient été la
caufe de fon incongruité, réfolut
de s'en venger, en employant fa
plume contre eux, comme on le
verra plus bas. D d iij

J. D'Au-
COUR.

Après s'être fait recevoir Avocat en Parlement, il commença à fréquenter le Barreau ; mais une disgrace qui lui arriva à son premier Plaidoyer, l'en dégoûta. Il avoit préparé, suivant la coûtume, une Piece d'Apparat, dont il ne prononça que cinq ou six lignes ; car étant alors demeuré court, il ne put aller plus loin.

C'est lui que M. *Despreaux*, piqué de ce qu'il avoit écrit contre *Racine*, a voulu désigner dans les derniers Vers de son *Lutrin*, où il parle ainsi à M. *de Lamoignon* Premier Président.

Quand la premiere fois un Athlete nouveau

Vient combattre en champ clos aux jouxtes du Barreau,

Souvent, sans y penser, ton auguste présence,

Troublant par trop d'éclat sa timide éloquence,

Le nouveau Ciceron tremblant, décoloré,

Cherche en vain son discours sur sa langue égaré :

Envain pour gagner tems dans ſes tran-
    ſes affreuſes,
Traîne d'un dernier mot les ſyllabes
    honteuſes ;
Il héſite, il bégaye, & le triſte Ora-
    teur
Demeure enfin muet aux yeux du ſpec-
    tateur.

Cet accident lui fit former le deſſein de ne plus plaider, & de ſe
contenter d'écrire dans les occa-
ſions d'éclat. Hardi la plume à la
main, il avoit hors de là une certaine timidité, dont ſa mauvaiſe
fortune encore plus que ſon tempé-
rammment pouvoit être la cauſe.

Il crut pouvoir ſe dédommager
de la perte qu'il faiſoit, en ſe jet-
tant dans les diſputes ſur la ſigna-
ture du Formulaire ; il écrivit ſur
cette matiere, mais cette ſorte de
métier ne l'enrichit pas.

N'ayant point de quoi payer ſon
hôte, il convint avec lui d'épouſer
ſa fille ; mais ce mariage ne le mit
pas à ſon aiſe ; heureuſement pour
lui il n'eut point d'enfant.

Ses *Sentimens de Cléante* le firent

connoître à M. *Colbert.* Ce Ministre prévenu par là en sa faveur, le mit en 1677. en qualité de Précepteur auprès de M. *d'Ormoy*, qui fut depuis M. *de Blainville*, son fils. Ce fut alors que *Barbier* ajoûta à son nom celui de *d'Aucour.*

M. *Colbert* lui donna vers l'an 1680. une commission de Contrôleur des Bâtimens du Roi ; & il fut élû en 1683. pour succeder à M. *de Mezerai* dans l'Academie Françoise.

C'étoient là d'assez beaux commencemens pour un homme qui avoit été si long-tems en proye à sa mauvaise fortune. Malheureusement M. *Colbert* mourut peu de tems après, & avant même que le nouvel Academicien eût prononcé son remerciement, ce qu'il fit le 29. Novembre de cette année 1683.

D'Aucour se trouva alors, à sa Commission près, qui n'étoit ni fort considerable, ni fort bien payée, aussi pauvre qu'il l'avoit été jusqu'en 1677.

Vers l'an 1689. il entra dans un parti pour les bois de Normandie,

où il croyoit , auffi-bien que fes
affociez, qu'ily avoit bien à gagner.
Mais il fe trouva au bout du compte qu'il ne leur refta pour tout
profit que des Procez , & il fut réduit à retourner à fa premiere profeffion.

Il entra chez M. *de la Meilleraye*
en qualité de Précepteur , quoique
fous le nom un peu plus honorable
de Gouverneur. Mais fes gages
étoient fort modiques , & il s'en
plaignoit affez fouvent aux perfonnes qui prenoient part à fes difgraces.

Sa derniere reffource fut le Barreau ; il y rentra & plaida avec fuccès. Ce ne fut pas cependant pour
long-tems ; car il mourut , & même
fort pauvre , le 13. Septembre
1694. après avoir défendu avec
beaucoup d'éloquence le nommé *le*
Brun, accufé fauffement d'avoir affaffiné la Dame *Mazel* , dont il
étoit domeftique.

Les Deputez de l'Academie , qui
allerént le vifiter dans fa derniere
maladie, furent touchez de le voir
mal logé. *Ma confolation*, leur dit-il,

& ma très-grande consolation, c'est que je ne laisse point d'heritiers de ma misere. M. l'Abbé de Choisi, l'un d'entr'eux, lui ayant dit : *Vous laissez un nom qui ne mourra point. Ah! c'est de quoi je ne me flatte point,* répondit d'Aucour ; *quand mes Ouvrages auroient d'eux-mêmes une sorte de prix, j'ai peché dans le choix de mes sujets. Je n'ai fait que des Critiques, Ouvrages peu durables. Car si le Livre qu'on a critiqué, vient à tomber dans le mépris, la Critique y tombe en même tems, parce qu'elle passe pour inutile ; & si malgré la Critique le Livre se soûtient, alors la Critique est pareillement oubliée, parce qu'elle passe pour injuste.*

Catalogue de ses Ouvrages.

1. *Onguent pour la brûlure, ou secret pour empêcher les Jesuites de brûler les Livres.* In-4°. Brochure sans date, mais qui est du commencement de 1664. It. *Cologne* 1669. in-16. Cette Piece qui est un Poëme en Vers burlesques d'environ dix-huit cens Vers, est la premiere qu'ait produit le ressentiment de notre Auteur contre les Jesuites.

2. *Lettre d'un Avocat à un de fes amis. In-4°.* Cette Lettre, qui eft datée du premier Avril 1664. eft une Réponfe au reproche qu'on lui avoit fait d'avoir dans fon *Onguent pour la brûlure*, traité des matieres férieufes d'une maniere trop burlefque. Mais cette apologie eft conçûe de maniere qu'en tâchant de mettre fa religion à couvert, il redouble les injures qu'il avoit déja dites à fes adverfaires.

3. Les *Chamillardes* & les *Gaudinettes* lui font pofitivement attribuées par l'Auteur de la *Bibliotheque Janfenifte*. Ce font cinq Lettres écrites contre la fignature pure & fimple du Formulaire, dont trois ont été écrites à M. *Chamillard*, Docteur de Sorbonne, en 1665. & les deux autres, qui font de l'année fuivante 1666. font adreffées à M. *Gaudin* auffi Docteur & Official de *Paris*. Elles font imprimées *in-4°*.

4. *Réponfe à la Lettre de M. Racine* contre M. *Nicole*, datée du premier Avril 1666.

5. Il parut en 1666. un Factum fort aigre contre M. *de Perefixe* Ar-

J. D'Au- chevêque de *Paris* pour M. de *Ver-*
cour.   *thamon*, que bien des gens croyent
être de *Barbier d'Aucour.*

6. *Lettre en Vers libres sur le retranchement des Fêtes.* 1666. *in*-4°. C'est
une espece de Satyre contre un
Mandement de M. *de Perefixe* Archevêque de *Paris,* qui avoit fait
ce retranchement. On l'attribuë
communément à notre Auteur, de
même que la suivante.

7. *Lettre en Vers libres sur la con-
damnation du Nouveau Testament de
Mons, par M. de Perefixe Archevêque de Paris.* 1668. *in*-4°.

8. *Sentimens de Cleante sur les Entretiens d'Ariste & d'Eugene. Paris
in*-12. 2. *tom.* Le premier en 1671.
& le second en 1672. It. réimprimées en 1672. *in*-12. It. *revûs &
corrigez. Paris* 1700. *in*-12. 2. *vol.*
It. quatriéme édition, où l'on a joint les
deux *Factums pour Jacques le Brun.
Paris* 1730. *in*-12. *pp.* 494. Les sentimens furent partagez sur cet Ouvrage, lorsqu'il parut, & chacun
en jugea suivant ses préjugez. Ce
qu'il y a de sûr, c'est qu'on y trouve de la délicatesse, de l'enjoüement,

un sçavoir bien menagé & une cri- J. D'Au-
tique fine ; mais la malignité de cour.
l'Auteur y est trop visible, & il a
gâté son Ouvrage, en voulant pousser sa critique à toute outrance.
Le P. *Bouhours*, Auteur des *Entre-*
tiens d'Ariste & d'Eugene, a fait assez connoître la bonté de cette critique, par la sensibilité qu'il a té-
moignée à son égard, & par les efforts qu'il a fait pour la supprimer-
mer, malgré l'avis du P. *Commire*,
contenu en ces Vers.

Ne sit, Buhursi, magnanimo pudor
Vanum Cleanthem ferre silentio,
Tuaque ne digneris ira
Pugnæ avidum juvenem superbæ.

Dans les Memoires d'*Amelot de*
la Houssaye, au mot d'*Aucour*, on a
supposé que ce dernier fit ses *Senti-*
mens de Cleante, après avoir été
Précepteur du Chevalier *Colbert*,
par conséquent qu'il avoit demeuré
chez ce Ministre & en étoit sorti
avant l'an 1671. Ce sont deux fautes. *D'Aucour* ne fut jamais Précepteur du Chevalier *Colbert*, & il ne
le fut de M. *Colbert d'Ormoy* qu'en
1677. ou environ.

J. D'AU-
COUR.

9. *Apollon vendeur de Mithridate:* imprimé auffi fous le titre d'*Apollon Charlatan.* Cette Piece qui parut en 1676. eft une Critique en Vers libres de neuf Pieces de Theatre que M. *Racine* venoit de faire imprimer en 2. vol. *in-12.* Elle eft affez joliment tournée & fort maligne. *Richard Simon* l'a fait réimprimer à la fin du fecond tome de fa *Bibliotheque Critique.* M. *Racine* étoit alors broüillé avec Meffieurs de Port-Royal ; d'ailleurs en 1666. il avoit parlé dans fa Lettre à M. *Nicole* avec affez de mépris de l'*Onguent pour la brûlure ,* & des *Chamillardes* ; ce fut là ce qui lui attira cette Critique.

10. *Difcours prononcé à fa reception à l'Academie Françoife.* Paris 1683. *in-4º.*

11. *Difcours fur le rétabliffement de la fanté du Roi.* Paris 1687. *in-4º.*

12. *Remarques fur deux Difcours prononcez à l'Academie Françoife fur le rétabliffement de la fanté du Roi le* 27. *Janvier* 1687. *Paris* 1688. *in-12.* Ces deux Difcours font celui de l'Abbé *Tallement* le jeune , que M. *d'Aucour* critique fort feverement ;

& le ſien, dont il s'efforce de mon- J. D'Au-
trer les beautez. COUR,

13. Les deux beaux Factums qu'il
compoſa dans l'affaire de *Jacques le
Brun* en 1694. furent imprimez la
même année *in-fol.* On les a réimprimez à la ſuite des *Sentimens de
Cleanthe* à *Paris* en 1730. *in-*12.

14. Il a été du nombre des Academiciens qui ont contribué le plus
à achever le *Dictionnaire de l'Academie Françoiſe.*

Le P. *le Long* attribuë à *Barbier
d'Aucour* la *Réponſe à la Critique de
la Princeſſe de Cleves;* mais M. l'Abbé
d'Olivet nous apprend que cette Réponſe n'eſt point de lui, mais de
l'Abbé *de Charnes,* Auteur de la
Vie du Taſſe.

V. l'*Hiſtoire de l'Academie Françoiſe de M. l'Abbé d'Olivet, & la Bibliotheque de Richelet de M. l'Abbé le
Clerc.*

CONRAD PEUTINGER.

CONRAD *Peutinger* naquit à *Augsbourg*, ville d'Allemagne dans la Suabe le 15. Octobre 1465. de *Conrad Peutinger*, & de *Barbe Frickinger*.

Sa famille originaire de Baviere avoit autrefois porté le nom de *Peutingau*, qu'elle avoit pris d'un fief qui lui appartenoit près de la ville de *Schongavv*, sur la riviere de *Lech*; mais un de ses ancêtres, nommé *Conrad de Peutingau*, étant allé en 1288. s'établir à *Augsbourg*, ce nom se changea insensiblement en celui de *Peutingaver*, & par abbréviation en celui de *Peutinger*.

Melchior Adam, & *Freher* après lui, se sont trompez en lui donnant pour pere *Ulric Peutinger*, Orfevre d'*Augsbourg*. Un passage de *Crusius*, qu'ils ont mal entendu, les a fait tomber dans cette double faute. Car, 1°. *Ulric Peutinger* n'étoit point pere de *Conrad*, mais son grand oncle. 2°. Il n'étoit point non plus

plus Orfevre. Sa famille originaire- C. Peu-
ment noble, a toujours été dans TINGER.
les premieres Charges de la ville
d'*Augsbourg*, & *Sigismond* son fils y
a été Senateur.

Après que *Conrad Peutinger* eut
fait ses premieres études dans sa Patrie, on l'envoya en Italie pour les
achever. Les Auteurs de sa vie ne
nous marquent point les Villes où
il étudia. Nous apprenons seulement par une note écrite de sa main,
qui se trouve à la tête d'un de ses
manuscrits, qu'il étudioit en Droit
à *Padoue* en 1486. Il paroît aussi
par un endroit de ses *Propos de Table*
qu'il avoit demeuré à *Rome*, & qu'il
s'y étoit appliqué aux Belles Lettres
sous *Pomponius Latus.*

De retour en sa Patrie, rempli
des connoissances qu'il avoit ac-
quises pendant son séjour en Italie,
& orné du titre de Docteur en l'un
& l'autre Droit, il donna bientôt
des marques de son habileté.

On croyoit à *Augsbourg* avoir dans
l'Eglise de *S. Ulric* le corps de *S.*
Ximpert, ancien Evêque de cette
Ville, & cela sur un fondement

C. Peu-
tinger.

assez foible, & qui fait voir l'ignorance des gens de ce tems-là. On
voyoit sur un tombeau de pierre,
où l'on prétendoit qu'il étoit, ces
lettres que les anciens mettoient à
tous les tombeaux, D. M. & l'on
s'imaginoit qu'elles signifioient *Divi
Monumentum.* Mais *Peutinger* fit connoître l'erreur & l'abus, & montra
qu'il falloit lire *Diis manibus* ; ce qui
fit qu'on ôta le tombeau de l'Eglise
le 30. Novembre 1491.

Deux ans après, le Senat d'*Augsbourg* prévenu de son merite & de
son habileté, le choisit pour Secretaire de la Ville, & il fut depuis
presque toujours deputé pour assister, au nom du Senat & du Peuple d'*Augsbourg*, aux Dietes fréquentes que l'Empereur *Maximilien
I.* assembla pendant son regne. On
l'envoya aussi en differentes occasions en plusieurs Cours pour des
affaires importantes.

Gassarus, qui dans ses Annales
fait un détail exact de toutes les
Dietes assemblées par *Maximilien*,
n'oublie point de marquer celles où
Peutinger a assisté, & les occasions

où il a été employé ; & il ne fera C. Peu-
pas inutile d'extraire ici en peu de TINGER.
mots ce qu'il dit fur ce fujet.

En 1496. il fut deputé à la Diete
de *Lindavv*. Trois ans après il affifta à celle d'*Eflingen*. En 1501. il
alla à *Heidelberg* aux funerailles de
la Princeffe *Marguerite*, époufe de
l'Electeur Palatin. L'année fuivante,
il fut Fifcal de la Chambre Imperiale que *Maximilien* tint alors à
Augsbourg, & harangua en cette
qualité les Ambaffadeurs d'Efpagne
& de Venife. Au commencement
de l'année 1505. il fut envoyé à
Infpruck, où l'Empereur étoit dans
ce tems-là, pour lui demander au
nom des Magiftrats d'*Augsbourg* fon
avis fur quelques criminels qui n'a-
voient pas l'âge prefcrit par les loix
de la Ville, pour pouvoir être con-
damnez à mort. En 1507. le Senat
d'*Augsbourg* ayant reformé les loix,
& en ayant fait de nouvelles, *Peutinger* fut chargé d'en faire la publication, ce qu'il fit le 7. Mars de
cette année. Enfin l'an 1517. il alla
par ordre de l'Empereur à *Munich*
pour y accommoder quelques diffe-
rends.   E e ij

C. Peu-
tinger.
On ne doit pas être surpris que
ce Prince l'ait chargé d'une semblable commission, puisque l'occasion qu'il avoit eû de le connoître
pendant quelque séjour qu'il avoit
fait à *Augsbourg*, lui avoit fait concevoir de l'estime pour lui; estime
dont il lui avoit donné des marques
en l'honorant du titre de son Conseiller. On ne sçait point au juste
l'année où il reçut cet honneur;
mais ce doit avoir été avant l'année 1511. puisqu'on a une Chartre
de cet Empereur datée du premier
Mars de cette année, où l'on lui
en donne le titre. Au reste on ne
peut trop admirer la modestie de
Peutinger, qui ne s'est jamais pré-
valu de ce titre honorable, puisqu'on ne le trouve à la tête ni de
ses Livres, ni de ses Lettres, au
lieu qu'il n'a jamais manqué d'y
mettre celui de Docteur en Droit.

Maximilien étant mort en 1519.
il fut envoyé l'année suivante à
Bruges, pour y complimenter le
nouvel Empereur *Charles V.* Ce
Prince lui donna des marques de
sa bienveillance, en lui accordant

de même que son prédecesseur, la
qualité de son Conseiller.

Peutinger se trouva l'année suivante à la Diete de *Vormes*, où il
eut le credit non-seulement de faire
confirmer par l'Empereur les anciens Statuts de la ville d'*Augsbourg*,
mais encore d'obtenir pour elle de
grands privileges, entr'autres celui
de battre monnoye, qu'elle n'avoit
point eû jusques-là.

Le dernier service qu'il rendit à
sa Patrie, fut lorsque la fameuse
Diete d'*Augsbourg*, qui se tint en
1530. ayant fait un Decret, qui
parut peu favorable aux Protestans,
il fut depute à l'Empereur pour en
obtenir la surséance, qui lui fut accordée.

Il ne paroît pas que depuis ce
tems-là il se soit mêlé d'aucune
affaire, & il est probable qu'étant
alors âgé de 65. ans, il prit le parti
de se retirer, pour passer le reste de
ses jours dans la tranquillité & le
repos.

Il s'étoit marié le 20. Novembre
1498. & avoit épousé *Marguerite
Velser*, fille d'*Antoine Velser*, Com-

C. Peu- mandant de *Memmingen* , dont il
TINGER. eut dix enfans , six filles & quatre
garçons. Ceux-ci ont rempli diverses Charges dans leur Patrie ;
mais comme ils n'ont fait aucune
figure dans la Republique des Lettres , je n'ai rien à en dire ici.

Malgré une posterité si nom-
breuse , la famille & le nom des
Peutinger se sont éteints vers l'an
1715. par la mort de *Didier Ignace
Peutinger* , Doyen de l'Eglise d'*El-
vvangen.*

Conrad Peutinger mourut le 28.
Decembre 1547. âgé de 82. ans ;
ce grand âge l'avoit tellement usé
& affoibli , qu'on pouvoit dire
alors qu'il y avoit déja long-tems
qu'il ne vivoit plus. On mit sur son
tombeau cette Epitaphe , que *Freher* rapporte , suivant sa coutume ,
d'une maniere peu exacte.

D. O. M. Tr. V. Salvatori
Et
Chuonrado Peutingero J. C. Patric.
Aug.
Consil. Augg.
Eruditione , virtute.
Rebusque Amic. Bon. senecta felici

Et ipfa morte. Cl. V.
Qui vix. an. LXXXII. M. II. D. XII.
Hoc in fepulchro Major. conditur
Margarita Velferia conjunx
Et
Cl. Pius J. C. Chriftophorus
Jo. Chryfoftomus Carolufq.
Fratres germani.
Filii Hare. Q. Peutingeri Jun.
Ex merito amoris
Obfervant. & obfequii pii ergò
M. pofuerunt.
Obiit V. Kl. Jan. au. MDXLVII.

Marguerite Velfer fa femme mourut cinq ans après lui le 7. Septembre 1552. âgée de 71. ans, étant
née le 18. Mars 1481. C'étoit une
femme fçavante & habile dans la
connoiffance de la Langue Latine ;
on conferve parmi les manufcrits
de la Bibliotheque de *Peutinger* une
de fes Lettres écrite en cette Langue, où elle refute fort au long &
d'une maniere pleine d'érudition
George Emfer, qui dans un Ouvrage
Allemand avoit prétendu que les
femmes mariées à des gens de Lettres, ne pouvoient être que mal-
heureufes.

C. PEU- *Peutinger* avoit amaffé une Bi-
TINGER. bliotheque nombreufe, qui s'eft
conſervée dans ſa famille juſqu'à
Didier Ignace, qui en mourant l'a
laiſſée aux Jeſuites d'*Augsbourg.*

Catalogue de ſes Ouvrages.

1. *Romanæ vetuſtatis Fragmenta in*
Auguſta Vindelicorum & ejus Diœceſi.
Anno Chriſt. ſalut. M. D. V. VIII.
Kls. Octobr. Erhardus Ratoldus Au-
guſtenſis impreſſit. fol. It. nouvelle
édition ſous ce titre : *Inſcriptiones*
Vetuſtæ Romanæ & eorum Fragmenta
in Auguſta Vindelicorum & ejus Diœ-
ceſi, curá & diligentia Chuonradi
Peutinger Auguſtani antea impreſſa,
nunc, denuò reviſa, caſtigata & aucta.
Moguntiæ 1520. *in-fol. Marc-Velſer*
donna enſuite une autre édition
bien plus ample de ces Inſcriptions;
elle eſt intitulée : *Marci Velſeri*
Matthæi F. Inſcriptiones antiquæ Aug.
Vind. duplo auctiores quam antea edi-
tæ, cum notis. Venetiis 1590. *in-*4º.
On y trouve non-ſeulement les 22.
Inſcriptions qui ſont dans l'Ouvrage de *Peutinger*, mais encore
pluſieurs autres, & elle ſont divi-
ſées en trois claſſes. Le même *Velſer*

ayant

ayant fait imprimer quatre ans
après fes huit Livres de l'Hiftoire
d'*Augsbourg* , y joignit un *Appendix*
pour faire quelques changemens &
quelques additions à fon recüeil des
Inscriptions , qui ont paru encore
dans le corps de fes Ouvrages , imprimé à *Nuremberg* en 1672. *in-fol.*
par les foins de *Chriftophe Arnold.*
Matthias Frederic Beckius ayant publié aufli *Monumenta antiqua Judai-
ca Augufta Vindelicorum reperta.* Augufta *Vind.* 1686. *in-8°.* y joignit
en forme d'addition III. *Monumenta
Romana in Supplementum Operis Vel-
feriani.* *Peutinger* recherchoit avec
beaucoup de foin les anciennes inf-
criptions , & il en avoit ramaffé
plufieurs qu'il avoit placé dans fa
cour le long des murs , où elles font
encore.

2. *Sermones convivales , in quibus
multa de mirandis Germaniæ antiquitatibus referuntur ; ex officina littera-
toria Joannis Prus , Argentinæ , in
ædibus Thiergarten, recognofcente Mat-
thia Schurerio.* 1506. *in-4°.* It. *Argentinæ* 1530. *in-4°.* It. dans le premier tome des Ecrivains de l'Hif-

C. Peu-toire d'Allemagne publié par *Simon*
TINGER. *Schardius* à *Bâle* 1574. *in-fol. p.* 407.
It. *Iena* 1683. *in-*8°. avec quelques
autres semblables Ouvrages, par les
soins de *G. Schubart*, qui a mis à la tête
l'éloge de *Peutinger.* Il y a beaucoup
d'érudition dans cet Ouvrage, qui
se trouve encore dans la vingtiéme
partie des Ordonnances Politiques
de l'Empire de *Golstadt*, p. 824.
Francfort 1614. *in-fol.*

3. *Oratio pro Sacro Sancti Romani
Imperii Civitate Augusta Vindelicorum, Imp. Cæs. Charolo semper Aug.
Brugis in Comitatu Flandrensi pronun-
tiata. Antuerpiæ* 1519. Ce Discours,
qui est entierement à la loüange de
Charles Quint & de ses ancêtres,
fut prononcé le 26. Juillet 1519.

4. *Conradi Peutingeri Epistola olim
scripta ad Reverendissimum in Christo
Patrem & Dominum D. Bernhardi-
num Carvasalum, Episcopum Tuscu-
lanum, S. sanctæ Romanæ Ecclesiæ Cardinalem titulo S. Crucis, Patriarcham
Hierosolymitanum, & D. Julii II.
Pont. Max. ad D. N. Regem Maxi-
milianum Augustum à latere Legatum;
Augusta Vindelicorum XV. Kal. Ja-*

nuarii anno humanæ ſalutis 1507. *data.* C. PEU-
Antuerpiæ 1521. *Peutinger* rapporte TINGER.
dans cette longue Lettre des exemples de pluſieurs Empereurs d'Allemagne, qui ont donné au Saint
Siege des marques de leur reſpect
& de leur attachement. Cette Lettre & le Diſcours précedent ſont
rares & peu connus des Sçavans.

5. *De Inclinatione Romani Imperii,*
& exterarum gentium, præcipuè Ger-
manorum, commigrationibus, epitome.
Peutinger compoſa ce petit Ouvrage
à la priere de *Beatus Rhenanus,* qui
l'inſera enſuite dans ſon édition de
Procope, De rebus Gothorum, Per-
ſarum, ac Vandalorum. Baſileæ 1531.
in-fol. George de Schubart l'a fait imprimer de nouveau avec les *Sermo-*
nes convivales. Ienæ 1683. *in* - 8°.
Quelques Bibliothecaires ont mal à
propos fait deux Ouvrages de ce
ſeul & unique.

Melchior Adam, Freher, Teiſſier,
& d'autres ont attribué à *Peutinger*
un Traité *de Fortuna,* qui n'a jamais exiſté que dans leur imagination.

6. *Acta Comitionum Eſſlingenſium.*

C. Peu-
tinger.

Augusta Vindelicorum 1500. Il avoit
assisté, comme je l'ai déja dit, en
1499. à la Diete d'*Eslingen*, & il
en publia à son retour les Actes,
qui ne furent cependant donnez
qu'aux personnes les plus considerables de la ville d'*Augsbourg*.

7. Ce fut *Peutinger* qui publia
pour la premiere fois les Emblêmes
d'*Alciat*, que ce Sçavant lui avoit
adressées pour cela ; & cette édition se fit à *Augsbourg* en 1531. *in-*
8°. *Alciat*, dans la dédicace qu'il
lui en fait, lui donne la qualité de
Poëte ; on n'a cependant aucune
Poësie de sa façon, qui puisse faire
connoître s'il la meritoit.

8. *Guntheri Poëta Ligurinus, sive
de gestis divi Friderici primi Libri de-
cem: impressi per industrium ac inge-
niosum Erhardum Oeglin, civem Au-
gustensem, mense Aprili.* 1507. *in-fol.*
(*Augusta Vindel.*) *Peutinger* est l'Auteur de la Préface qui est à la tête
de cet Ouvrage.

9. *Paullus Cortesius in Sententias ;
qui in hoc opere eloquentiam cum Theologia conjunxit. Boni igitur ac studiosi
gaudento atque emunto. Basilea Rau-*

ricorum hoc III. Sententiarum Libros C. PEU-
P. Cortesii Protonotarii Apostolici prius TINGER.
Julii II. P. M. auspiciis Romæ publi-
catos, denuò recognitos Joannes Fro-
benius Hammelburgensis imprimebat
M. Aug. an. 1513. *in-fol.* Cette édition est dûë à *Peutinger*, qui envoya
ce Livre à *Rhenanus* pour le faire imprimer à *Bâle* ; on voyoit à la tête
la Lettre qu'il lui écrivit pour ce
sujet, & qui est datée du 18. Juin
1513. *Cortesius* est un des premiers
Theologiens qui ait quitté la maniere barbare de traiter les matieres
Theologiques, qui avoit regné
pendant les siecles d'ignorance,
pour en prendre une plus élegante
& plus nette.

10. *Pauli Varnefridi Libri V I. de*
gestis Longobardorum, & Jornandis
Liber de rebus Geticis. Augusta Vindel.
1515. *in-fol. Peutinger*, qui publia
ces Ouvrages, avoit pour cela obtenu quatre ans auparavant un privilege de l'Empereur daté du premier Mars 1511.

11. *Conradi à Lichtenau, Abbatis*
Urspergensis, Chronicon à Neno Assy-
riorum Rege ad Fridericum I I. Imp.

F f iij

C. Peu-
tinger. an. 1229. *deductum*, *impreſſum per Joannem Myller*, *Auguſta Vindelico-rum Chalcographum*, *anno* 1515. *X. Kal. Nov. infol.* On eſt encore re-devable de la publication de cette Chronique à *Peutinger*, qui l'avoit trouvée dans l'Abbaye d'*Urſperg*.

12. *Ori Apollinis Hieroglyphica. Baſilea* 1518. *in-4°. Peutinger* ayant acheté un Manuſcrit Grec de cet Ouvrage, *Bernardin Trebatio* de *Vicenze* en Italie, qui alla peu de tems après à *Augsbourg*, obtint de lui la permiſſion de le traduire en Latin; & il parut enſuite en cette Langue avec une Epître Dedicatoire de *Prebatio* à *Peutinger*, datée du 20. Avril 1515. Il eſt à remarquer que *Peutinger* avoit negligé pendant ſa jeuneſſe d'apprendre la Langue Grecque, ſuivant en cela l'uſage de ſon ſiecle; mais il eut dans la ſuite honte de l'ignorer, & commença à s'y appliquer à l'âge de quarante ans paſſez; ce qu'il fit avec tant d'ardeur, qu'il s'y rendit habile en peu de tems.

13. *Melchior Goldaſt* dans ſon quatriéme Livre de la Guerre de Bo-

hême, attribuë à *Peutinger* un *Com-*
mentaire Hiftorique écrit en Allemand, contenant *divers évenemens*
arrivez en plufieurs Pays depuis l'an
903. *jufqu'en* 1521. M. *Lotter*, qui
en fait mention, dit avoir appris
d'une perfonne, qui en avoit un
exemplaire en fa poffeffion, que
ni l'année, ni le lieu de l'impreffion,
ni le nom de l'Auteur n'y étoient
marquez, & que c'étoit des efpeces
d'Annales, où il n'étoit gueres parlé
que de ce qui s'étoit paffé à *Augf-*
bourg. Il croit qu'il n'eft pas hors de
vraifemblance, que *Peutinger* les
ait extraites de quelques Chroni-
ques anciennes pour fon ufage &
pour celui de fes amis.

14. Il me refte à parler de la Table, qui porte le nom de *Peutin-*
ger, quoiqu'il n'y ait aucune part.
C'eft une Carte dreffée vers la fin
du quatriéme fiecle, fous l'Empire
de *Theodofe* le Grand, où font mar-
quées les routes que tenoient alors
les Armées Romaines dans la plus
grande partie de l'Empire d'Occi-
dent. On n'en fçait point l'Auteur,
mais il eft facile, pour peu qu'on

C. PEU-
TINGER.
soit verfé dans ces fortes de matieres, de voir qu'elle ne vient point
d'un homme fort habile dans la Geographie, & qu'on ne s'est pas propofé d'y reprefenter l'Empire Romain tel qu'il étoit alors, mais qu'on
s'y eft borné aux routes des armées.
Ainfi ceux-là fe trompent également, qui la regardent comme une
Carte Geographique parfaite, ou
qui croyent qu'elle n'eft d'aucune
utilité. On lui a donné le nom de
Peutinger ; parce que ce Sçavant
l'ayant reçuë de *Conrad Celtes*, qui
l'avoit trouvée dans la Bibliotheque
d'un Monaftere d'Allemagne, la
conferva toujours précieufement
dans fon cabinet. *Beatus Rhenanus*,
qui l'avoit vûë, a été prefque le
premier qui en ait fait mention dans
fes Ecrits. Ce qu'il en dit fit naître
aux Sçavans de fon tems une grande envie de la voir paroître en public. *Peutinger* eut quelque deffein
de les fatisfaire, puifqu'il obtint de
l'Empereur en 1511. une permiffion
de la faire imprimer avec quelques
autres Ouvrages. Il ne le fit pas cependant, foit qu'il eût changé de-

puis de penfée, foit que fes occupations ne le lui ayent pas permis.
Ce qu'il y eut de fâcheux en cela,
fut que cette Table ne fe trouva
plus après fa mort, & que le Public s'en vit entierement privé.
Néanmoins quarante ans après on
découvrit parmi fes papiers deux
Ecrits, que l'on prit pour cette Table tant defirée. *Marc Velfer*, qui
en eut communication, s'apperçut
bientôt que ce n'en étoit point l'o-
riginal, mais feulement des fragmens ; perfuadé cependant qu'ils
meritoient de voir le jour, il les
publia avec des explications qu'il y
ajoûta, fous ce titre : *Fragmenta Ta-*
bulæ antiquæ, in quis aliquot per Rom.
Provincias itinera. Ex Peutingerorum
Bibliotheca, edente & explicante Mar-
co Velfero, Matthæi filio. Venetiis
1591. *in-4°.* Ces Fragmens ont été
imprimez plufieurs fois depuis à *An-*
vers en 1598. par les foins d'*Abraham*
Ortelius ; à *Amfterdam* en 1618. dans
le *Theatrum Geographiæ Veteris Petri*
Bertii, & encore dans la même
Ville dans l'*Accuratiſſima Orbis anti-*
quis delineatio Joannis Janfonii. 1653.

dans l'édition des Œuvres de *Velser*
faite à *Nuremberg* en 1682. *in-fol.*

Volfgang Jacques Sulzer examinant
avec soin en 1714. les Manuscrits
de la Bibliotheque de *Peutinger*, eut
le bonheur d'y retrouver cette Table, qu'il reconnut pour celle qu'il
avoit possedée, en la comparant
exactement avec les fragmens qu'on
en a. *Paul Kuhsius*, Libraire d'*Augsbourg*, l'acheta aussi-tôt après de
Didier Ignace Peutinger ; & elle est
passée de ses mains dans la Bibliotheque du Prince *Eugene*, où elle
est maintenant.

On conserve dans la Bibliotheque de *Peutinger* deux volumes de
ses Ouvrages manuscrits, qui n'ont
jamais vû le jour, & dont on peut
voir la liste dans la vie de ce Sçavant écrite par M. *Lotter*, & publiée sous ce titre : *Historia vita atque meritorum Conradi Peutingeri
Augustani, de voluntate amplissimi
Philosophorum Ordinis, secundum pro
loco disputata à M. Joan. Georgio Lot-
tero Augustano D. XIV. Septembris
A. 1729. Lipsiæ in-4°. pp. 72.* Cette
vie est écrite d'une maniere si exacte,

& remplie de tant de recherches C. Peu-
nouvelles, que j'ai crû devoir dans Tinger.
cet article fuivre entierement les
traces de l'Auteur, qui m'a fait
l'honneur de me l'envoyer.

V. auffi *Henri Pantaleon, Profo-
graphia virorum Germaniæ illuftrium.
Melchioris Adami Vitæ Jurifconfulto-
rum. Paul Freher, Vir. Doctorum.
Eloges de M. de Thou, & les additions de Teiffier. George Schubart,
Peutingeri Sermonum Convivalium
Præfatio.* Tous ces Auteurs font
fort fuperficiels & peu exacts.

GUILLAUME AMONTONS.

GUILLAUME *Amontons* na- G. Amon-
quit à *Paris* le 31. Août 1663. tons.
& fut fils d'un Avocat, qui ayant
quitté la Normandie, dont il étoit
originaire, étoit venu s'établir dans
cette Ville.

Il étudioit en Troifiéme, lorfqu'il eut une maladie dont il lui
refta une furdité affez confiderable,
qui le fequeftra prefque entierement du commerce des hommes,

G.Amon-du moins , de tout commerce inu-
Tons. tile.

N'étant plus alors qu'à lui-même , & livré à ses propres pensées,
il commença à songer aux Machines. Il entreprit d'abord la plus diffi-
ficile de toutes , ou plutôt la seule
impossible , je veux dire le Mouvement perpetuel , dont il ne connoissoit ni l'impossibilité ni la difficulté.

En y travaillant , il s'apperçut
qu'il devoit y avoir des principes
dans cette matiere, & qu'à moins
que de le sçavoir , on y perdoit son
tems & sa peine. Il s'appliqua donc
à la Geometrie , malgré les oppositions de sa famille, qui le voyoit
avec peine occupé d'une science ,
qui ne pouvoit le conduire bien
loin dans les voyes de la fortune.

On assure qu'il ne voulut jamais
faire de remedes pour sa surdité ,
soit qu'il désesperât d'en guerir ,
soit qu'il se trouvât bien de ce
redoublement d'attention & de
recüeillement qu'elle lui procu-
roit ; semblable en quelque chose à cet Ancien , dont on dit

qu'il se creva les yeux, pour n'être G. AMON-
point distrait dans ses Meditations TONS.
Philosophiques.

Il apprit le Dessein, l'Arpentage,
l'Architecture, & fut employé dans
plusieurs ouvrages publics; mais il
ne fut pas long-tems sans s'élever
plus haut, & il joignit à cette Mechanique, qui produit nos Arts, &
n'est occupée que de nos besoins,
la connoissance de cette sublime
Mechanique, qui a disposé l'U-
nivers.

Les Barometres, les Thermometres & les Hygrometres, destinez
à mesurer des Variations Physiques,
qui nous étoient, il y a peu de tems,
ou absolument inconnuës, ou connuës seulement par le rapport con-
fus & incertain de nos sens, sont
peut-être de toutes les inventions
utiles de la Philosophie moderne,
celles où l'application de la Mechanique à la Physique est la plus délicate; d'ailleurs comme on s'étoit
contenté du premier hazard, ou de
la premiere idée qui avoit fait naître ces inventions assez heureusement, elles étoient demeurées oû

défectueufes en elles - mêmes , ou d'un ufage peu commode. M. *Amon-tons* les étudia avec beaucoup de foin , & en 1687. n'ayant encore que 24. ans , il prefenta à l'Academie des Sciences un nouvel Hygrometre , qui en fut fort approuvé. Il propofa aufli à M. *Hubin*, fameux Emailleur , fort habile en ces matieres,differentes idées qu'il avoit pour de nouveaux Barometres & Thermometres ; mais M. *Hubin* l'avoit prévenu dans quelques-unes de fes penfées , & fit peu d'attention aux autres , jufqu'à ce qu'il eût fait un voyage en Angleterre , où elles lui furent propofées par quelquesuns des principaux Membres de la Societé Royale.

On ne peut regarder que comme un jeu d'efprit le moyen qu'il inventa de faire fçavoir tout ce qu'on voudroit à une très-grande diftance , par exemple, de *Paris* à *Rome* en très-peu de tems , comme en trois ou quatre heures , & même fans que la nouvelle fût fçûë dans tout l'efpace d'entre-deux. Cette invention fi paradoxe & fi chimerique en apparence, fut executée dans une petite étenduë de Pays, une fois en préfence de *Monfeigneur*, & une autre en préfence de *Madame*. Le fecret confiftoit à difpofer dans plufieurs poftes confecutifs, des gens, qui par des lunette de longue vûë, ayant apperçû certains fignaux du pofte précedent, les tranfmiffent au fuivant, & toujours ainfi de fuite, & ces differens fignaux étoient autant de lettres d'un alphabet, dont on n'avoit le chiffre que dans les deux endroits extrêmes, par exemple, à *Paris* & à *Rome*. La grande portée des lunettes faifoit la diftance des poftes, dont le nombre devoit être le moindre qu'il fût poffible; & comme le fecond pofte faifoit les fignaux au troifiéme, à mefure qu'il les voyoit faire au premier, la nouvelle fe trouvoit portée de *Paris* à *Rome* prefque en auffi peu de tems qu'il en falloit pour faire les fignaux à *Paris*.

Il fut reçu à l'Academie des Sciences l'an 1699. à fon renouvellement, & l'on trouve dans fon Hiftoire plufieurs Memoires curieux de fa façon.

G. Amon-
tons.

Il joüissoit d'une santé parfaite, n'étant sujet à aucune infirmité, menant & ayant toujours mené la vie du monde la plus reglée, lorsqu'il fut tout d'un coup attaqué d'une inflammation d'entrailles ; la gangrene s'y mit en peu de jours, & il mourut le 11. Octobre 1705. âgé de 42. ans. Il étoit marié & n'a laissé qu'une fille.

Il avoit un don singulier pour les experiences, beaucoup de ressources pour lever les inconveniens, une grande dexterité pour l'execution, & on a vû revivre en lui M. *Mariotte*, si celebre par les mêmes talens.

Quant aux qualitez du cœur, il avoit beaucoup de droiture, de franchise, de candeur & de simplité, & une entiere incapacité de se faire valoir autrement que par ses Ouvrages, ni de faire sa cour autrement que par son merite.

Le seul Ouvrage que l'on ait de lui est intitulé :

Remarques & Experiences Physique sur la construction d'une nouvelle Clepsydre, sur les Barometres, Thermome-
tre

tres & Hygrometres.*Paris 1695. *in*- G. AMON-
12. Quoique les Clepfydres ou Hor- TONS.
loges à eau, fi ufitées chez les an- * Se trouve
ciens, ayent été entierement abo- à Paris, chez
lies parmi nous par les Horloges à Briaffon.
rouës, qui font infiniment plus juftes & plus commodes, M. *Amon-*
tons ne laiffa pas de prendre beaucoup de peine pour la conftruction
de fa Clepfydre, dans l'efperance
qu'elle pourroit fervir fur mer; car
de la maniere dont elle étoit faite,
le mouvement le plus violent que
pût avoir un vaiffeau ne la dérégloit
point, au lieu qu'il déregle infailli-
blement les autres Horloges.

On trouve outre cela dans l'Hiftoire de l'Academie des Sciences
les Memoires fuivans de fa façon.

1. *Moyen de fubftituer commode-*
ment l'action du feu à la force des hom-
mes & des chevaux pour mouvoir les
machines. Année 1699.

2. *De la réfiftance caufée dans les*
machines, tant par le frottement des
parties qui les compofent, que par la
roideur des cordes qu'on y employe, &
la maniere de calculer l'un & l'autre.
Ibid.

Tome XIII. G g

G. AMON-
TONS.

3. *Discours sur quelques proprietez de l'air, & le moyen d'en connoître la température dans tous les climats de la terre.* Année 1702.

4. *Le Thermomètre réduit à une mesure fixe & certaine, & le moyen d'y rapporter les observations faites avec les anciens Thermometres.* Année 1703.

5. *Que les nouvelles experiences que nous avons du poids & du ressort de l'air, nous font connoître qu'un degré de chaleur médiocre peut réduire l'air dans un état assez violent pour causer seul de très-grands tremblemens & bouleversemens sur le Globe terrestre.* Ibid.

6. *Remarques sur la table des degrez de chaleur, extraites des Transactions Philosophiques du mois d'Avril 1701.* Ibid.

7. *Que tous les Barometres, tant doubles que simples, qu'on a construits jusqu'ici, agissent non-seulement par le plus ou le moins de poids de l'air, mais encore par son plus ou moins de chaleur; & le moyen de prévenir dorévant ce défaut dans la construction des Barometres doubles; & d'en corriger l'erreur dans*

l'ufage des Barometres fimples. Année G. AMON-
1704. TONS.

8. *Difcours fur les Barometres.*
Ibid.

9. *Barometres fans mercure à l'ufage
de la mer.* Année 1705.

10. *Que les experiences fur lefquelles on fe fonde pour prouver que les li-
quides fe condenfent & fe refroidiffent
d'abord avant que de fe dilater à l'approche de la chaleur, ne le prouvent
point, & que cette condenfation appa-
rente eft purement l'effet de la dilata-
tion du verre & des vaiffeaux qui contiennent ces liqueurs.* Ibid.

11. *Expériences fur les diffolutions
& fur les fermentations froides de M.
Geoffroy, réitérées dans les caves de
l'Obfervatoire.* Ibid.

12. *Expériences fur la rarefaction
de l'air.* Ibid.

13. *Remarques fur la hauteur du
mercure dans le Barometres*, en quatre
Memoires. Année 1705.

On a auffi de lui dans le Journal
des Sçavans :

*Defcription d'un Hygrometre nou-
veau.* Journ. du 8. Mars 1688.

Lettre touchant la conftruction d'un

Ggij

G. AMON-*nouveau tube, pour faire le vuide à une*
TONS. *si petite hauteur perpendicaire qu'on*
voudra. Journ. du 10. Mai 1688.

Voyez son Eloge. *Hist. de l'Acad.*
des Sciences, an. 1705.

BERNARD NIEUWENTYT.

B. NIEU-   BErnard *Nieuwventyt* naquit le
WENTYT   10. Août 1654. à *Westraafdyt*
en Nord-Hollande d'*Emmanuel*
Nieuwventyt, Ministre de ce lieu,
& de *Sara d'Imbleville.*

Dès sa premiere jeunesse, il marqua de l'inclination pour les Sciences. Mais different de ceux qui ont
l'ambition de ne rien ignorer, &
qui embrassent tout sans se donner
le loisir d'approfondir une seule
science, il eut le desir de sçavoir
tout & la sagesse de se borner.

Son pere le destinoit au Ministere; mais lui voyant peu d'inclination pour la Theologie, il lui permit de suivre son goût.

Ainsi le jeune *Nieuwventyt* persuadé que ce qu'il y a de plus utile
à l'homme, est de fixer son imagi-

nation, & de bien former son jugement, s'attacha d'abord à l'art
de raisonner juste, suivant en cela
les principes de *Descartes*, dont la
Philosophie lui plaisoit beaucoup.

Il passa ensuite aux Mathematiques, dans lesquelles il fit de grands
progrez. Mais l'application qu'il y
donna, ne l'empêcha pas d'étudier
en Medecine & en Droit. Il réussit
dans toutes ces sciences, & devint
bon Philosophe, grand Mathema-
ticien, Medecin celebre, Magistrat
habile & équitable.

Naturellement froid, il ne laissoit pas d'être très-agréable en conversation ; ses manieres engageantes
lui gagnoient l'affection de tout le
monde, & il ramenoit souvent par
là à son avis des personnes qui en
étoient fort éloignées. Il s'étoit acquis par ce moyen une grande estime & un grand crédit dans le Conseil de la ville de *Purmerende*, où il
demeuroit, & dans les Etats de sa
Province. L'un & l'autre lui étoient
d'autant mieux dûs, qu'il songeoit
moins à briguer les suffrages qu'à
les meriter. Plus attentif à cultiver

B. NIEU-les fciences, qu'avide des honneurs
WENTYT du gouvernement, il fe contenta
d'être Confeiller & Bourguemeftre
de la Ville, fans briguer des emplois, qui l'auroient trop diftrait,
& trop retiré de fon cabinet.

Il ne crut pas que le mariage fût
un obftacle à la Philofophie. Il
époufa en premieres nôces la veuve
de M. *Philippe Munnik*, Capitaine
de Vaiffeau au fervice des Etats
Generaux; & en fecondes, *Elizabeth Lams*, née à *Wormer*.

Il eft mort le 30. Mai 1718. âgé
de 63. ans.

Catalogue de fes Ouvrages.

1. *Confiderationes circa Analyfeos
ad quantitates infinitè parvas appli-
cata principia, & Calculi differentialis
ufum in refolvendis problematibus Geo-
metricis.* Amftelodami 1694. in-8°.
Ce n'eft qu'une petite brochure, où
il propofe quelques difficultez contre l'Analyfe des infiniment petits.

2. *Analyfis infinitorum, feu Curvi-
lineorum proprietates ex Polygonorum
natura deducta.* Amftelodami 1695.
in-4°. Il fe propofe dans ce Livre de
remedier aux difficultez qu'il avoit

trouvées dans le ſyſtême des Infiniment petits.

3. *Conſiderationes ſecunda circa calculi differentialis principia, & Reſponſio ad virum nobiliſſimum G. G. Leibnitium. Amſtelodami* 1696. *in - 8°.* C'eſt une Replique à une Réponſe de M. de *Leibnitz*, qui ſe trouve dans le *Journal de Leipſic*. 1695. pp. 310. & 369. en faveur du ſyſtême des Infiniment petits. Et cette Replique a été attaquée elle-même par *Jean Bernoulli* dans une petite Piece inſerée dans le même Journal, 1697. p. 125. & par *Jacques Hermant* dans un Ouvrage imprimé exprès à *Bâle* en 1700. *in-8°.*

4. En 1714. il donna un Traité ſur le nouvel uſage des *Tables des Sinus & des Tangentes.*

5. *Le veritable uſage de la contemplation de l'Univers, pour la conviction des Athées & des Incredules* (en Hollandois) *Amſterdam* 1715. *in-4°.* It. traduit en *Anglois*, & imprimé quatre fois en cette Langue dans l'eſpace de trois ou quatre ans. It. traduit en François par M. *Noguez*, Medecin, ſur la verſion Angloiſe,

B. NIEU- & publié sous ce titre : *L'éxistence*
WENTYT *de Dieu démontrée par les merveilles*
de la nature, en trois parties, où l'on
traite de la structure des corps de l'hom-
me, des élémens, dès astres & de leurs
divers effets. Paris 1725. in-4°. L'Auteur s'est proposé deux choses dans
cet excellent Ouvrage ; la premiere
est de convaincre les Athées par la
contemplation de l'Univers, de l'é-
xistence d'un Etre suprême, tout
puissant, tout sage & tout bon ;
la seconde est d'établir la verité de
la révelation divine, telle qu'on la
trouve dans l'Ecriture, contre ceux
qui croyent bien qu'il y a un Dieu,
mais qui nient cette révelation. Ce
qu'on y peut trouver à redire est le
stile trop diffus, & les repetitions
fréquentes, qu'il seroit à souhaiter
que le Traducteur François eût re-
tranchées. M. *Bernard* y ayant critiqué quelque chose dans l'extrait
qu'il en donna dans les *Nouvelles*
de la Republique des Lettres, l'Auteur lui répondit par un Memoire
inseré dans un Journal Hollandois
intitulé : *Bibliotheque de l'Europe*.
Année 1716.

6. *Lettre*

6. *Lettre à M. Bothnia de Burma-* B. NIEU-
nia ſur le vingt-ſeptiéme article de ſes WENTYT
Meteores. Inſerée dans les *Nouvelles*
Litteraires du 22. Avril 1719.

V. ſon Eloge. *Europe ſçavante,*
to. 8. *p.* 394. *& Bibliot. Bremenſis,*
tom. 2. *p.* 356.

ANDRE' NAVAGERO.

ANDRE' *Navagero*, en Latin A. NA-
Naugerius, ou *Navagerius*, na- VAGERO.
quit à *Veniſe* l'an 1483. de *Bernard*
Navagero, d'une des plus nobles fa-
milles de cette Ville, & de *Lucrece*
Polani.

Il fit ſes premieres études ſous
Marc-Antoine Sabellicus, qui pro-
feſſoit alors les Belles Lettres à *Ve-*
niſe. Quoiqu'il eût beaucoup d'eſtime pour cet excellent Maître, il
crut pouvoir parvenir à un ſtile plus
pur & plus châtié que celui dont il
ſe ſervoit, & qui étoit en uſage
parmi les Sçavans de ſon tems,
pouſſé à cela par l'exemple de *Pierre*
Bembo. Les peines qu'il ſe donna
pour réuſſir ne furent point infruc-

tueuses, c'est ce qui l'engagea à jetter dans la suite au feu plusieurs Pieces qu'il avoit composées dans sa premiere jeunesse, entr'autres des Sylves, faites à la maniere de *Stace*, de peur qu'elles ne fissent tort à sa réputation.

Pour faire de plus grands progrez dans ses études, il passa à *Padoue*, où il apprit la Langue Grecque sous *Marc Musurus*, qui y enseignoit alors avec de grands applaudissemens. La vivacité de son esprit & sa pénétration, jointes à une application infatigable, le rendirent en peu de tems si habile dans cette Langue, qu'il se vit en état d'entendre à fond tous les Auteurs Grecs, & même d'écrire purement en Grec, soit en prose, soit en vers. *Pindare* lui plaisoit particulierement, & il prit plus d'une fois la peine de le copier tout entier, comme le marque *Alde* l'ancien, dans une de ses Lettres, qui lui est adressée.

Mais comme les Belles Lettres & l'Eloquence ne sont pas d'un grand usage, si l'on n'a pris soin de se

perfectionner le jugement, il joi- A. NA-
gnit à ces Sciences l'étude de la VAGERO.
Philofophie, qu'il apprit de *Pierre*
Pomponace, qui l'enfeignoit à *Pa-*
doue avec un grand concours d'au-
diteurs.

Pendant fon fejour à *Padoue*, il
s'attacha à connoître & à frequenter les Sçavans qui s'y trouvoient
alors. Un de ceux à qui il fe lia davantage, fut *Chriftophe de Longüeil*,
dont il eftimoit beaucoup les déci-
fions en fait d'éloquence, & à qui
il communiquoit volontiers fes Ouvrages.

Son application trop continuée
au travail, lui procura à la fin une
maladie de mélancolie fi obftinée,
qu'il fut obligé malgré lui d'interrompre fes études. Il fe retira pendant ce tems-là à *Pordenone*, où *Bar-*
thelemi d'Alviano, un des plus fameux Capitaines de fon tems, qui
l'aimoit & l'eftimoit beaucoup,
avoit formé une Academie de plufieurs fçavans hommes, qui s'y
étoient auffi retirez, parce que la
guerre que la Republique de *Venife*
avoit alors à foûtenir, avoit fait

cesser les exercices de l'Université
de *Padoue.*

Près de *Pordenone*, qui est dans
le Frioul, coule la riviere de *Nau-
celo*, qu'on a mise en forme de de-
vise sur le frontispice de l'ancienne
édition des Œuvres de *Navagero*,
qui dans ses Poësies invoque les
Muses sous le nom de *Naucelidi*, par
allusion à cette riviere.

Navagero étant entierement rétabli retourna dans sa Patrie, où il
ne demeura pas long-tems sans emploi. Car *Marc-Antoine Sabellicus*,
qui avoit eu soin le premier de la
Bibliotheque publique de S. Marc,
que le Cardinal *Bessarion* avoit donnée à la Republique, étant mort en
1506. *Navagero* lui fut donné pour
successeur dans ce poste, & on le
chargea outre cela d'écrire l'Histoire
de Venise depuis l'année 1486, où
Sabellicus l'avoit finie.

Navagero travailla aussi-tôt après
à cette Histoire, qu'il divisa en dix
Livres, & la commença à l'arrivée
du Roi *Charles VIII.* en Italie, s'y
proposant d'imiter le stile de *César*;
mais elle n'est point venuë jusqu'à

nous, car étant prêt de mourir, avant que d'y avoir mis la derniere main, il la fit jetter au feu, comme je le dirai plus bas.

Lorsque la Republique de *Venise* se fût liguée avec l'Empereur *Charles-Quint*, *Navagero* fut nommé avec *Laurent Priuli*, qui fut ensuite Doge, le 10. Octobre 1523. pour aller en ambassade à la Cour de ce Prince. Mais il ne partit pour l'Espagne que le 14. Juillet de l'année suivante.

Arrivé à *Pise*, il reçut ordre d'y demeurer jusqu'à ce qu'on eût vû la réussite du siege que le Roi *François I.* avoit mis devant *Pavie.* Lorsque l'Armée Françoise eût été défaite, & que ce Prince eût été fait prisonnier, il reçut ordre de se rendre en Espagne, où l'Empereur étoit alors.

Il partit donc de *Pise* le 15. Mars 1525. & débarqua à *Palamos* en Catalogne le 24. Avril suivant. Il n'arriva cependant à *Tolede*, où l'Empereur étoit avec sa Cour, que le onze Juin.

Son ambassade dura jusqu'au 22.

A. NA-
VAGERO.
Janvier 1528. qu'il prit congé de ce Prince pour retourner dans sa Patrie, où il arriva le 24. Septembre, après avoir vû une partie de la France.

Pendant un long séjour qu'il avoit fait à *Grenade*, où il avoit demeuré depuis le 28. Mai 1526. jusqu'au 7. Decembre suivant, il avoit fait connoissance avec *Jean Boscan*, fameux Poëte Espagnol, dont je parlerai dans l'article suivant, & lui avoit appris à faire des Sonnets à la maniere des Italiens.

A peine fut-il arrivé à *Venise*, qu'il eut ordre de passer en France avec le même caractere d'Ambassadeur, pour engager le Roi *François I.* à retourner en Italie, afin d'y balancer la puissance de l'Empereur, qui donnoit de la jalousie à tous les Princes du Pays.

Il se mit en devoir d'executer sa commission ; mais à peine fut-il arrivé à *Blois*, où la Cour étoit alors, qu'il fut attaqué d'une fievre, qui le conduisit en peu de jours au tombeau. Il mourut en cette Ville le 8. Mai 1529. âgé de 46. ans.

Peu de tems avant que de mourir, il fit jetter au feu son Histoire de Venise, qui n'étoit pas encore dans l'état de perfection qu'il auroit voulu lui donner, de peur que sa réputation n'en souffrît, si on la publioit dans l'état où elle étoit. Son Discours sur la mort de *Catherine Cornara* Reine de Chypre, deux Livres *de Venatione* & un autre *de fine Orbis*, écrits en Vers exametres, eurent le même sort.

Cela ne doit point surprendre, puisque *Navagero* n'étoit jamais content de ses Ouvrages, & qu'il étoit si severe à leur égard, qu'on doit plûtôt s'étonner qu'il en soit resté quelques-uns à la posterité.

Il joignoit à un jugement fin & à une belle litterature une modestie extraordinaire & une veritable pieté. Il aimoit fort la retraite, & quand ses occupations le lui permettoient, il se retiroit loin du bruit & du tumulte, tantôt dans une maison de campagne fort jolie qu'il avoit à *Murano*, tantôt dans le Frioul, tantôt près du Lac de Garde.

Un de ses divertissemens étoit

A. NA-
VAGERO.

Hh iiij

A. NA- l'Agriculture & la connoissance des
VAGERO. Plantes ; il en avoit même rapporté
d'Espagne quelques - unes , qui
étoient auparavant inconnuës en
Italie.

Il connoissoit fort l'antiquité , &
sçavoit parfaitement l'histoire ancienne ; c'est pourquoi dans un
voyage qu'il fit à *Rome* , où il demeura quelque tems , il examina
avec soin tout ce qui reste de Mar-
bres & d'anciens édifices , raison-
nant sur tout avec beaucoup de jus-
tesse.

L'édition la plus complette & la
plus belle que l'on ait des Ouvrages de *Navagero* est la suivante.

Andrea Naugerii , Patricii Veneti,
Oratoris & Poëta clarissimi , Opera
omnia , quæ quidem magna adhibita
diligentia colligi potuerunt. Curanti-
bus Joanne Antonio J. U. D. & Ca-
jetano Vulpiis Bergomensibus fratribus.
Patavii 1718. in-4°. pp. 432.

On voit à la tête une vie fort
ample de *Navagero* , dressée par
Jean-Antoine Volpi , & que j'ai suivie dans cet article. Ses Ouvrages,
qui suivent, sont.

1. *Oratio habita in funere Bartholo-* A. NA-
mæi Liviani Veneti Exercitus Impera- VAGERO.
toris. Navagero recita cette Oraison
funebre à ses funerailles, qui se firent l'an 1515. dans l'Eglise de *S.*
Etienne de *Venise.*

2. *Oratio habita in funere Leonardi*
Lauredani Venetiarum Principis. Il
recita celle-ci au mois de Juin 1521.
dans l'Eglise de *S. Pierre* & de *S.*
Paul. Ces deux Discours ont été imprimez en 1530. avec ses Poësies
Latines à *Venise, in-fol.* ensuite dans
un Recüeil intitulé : *Orationes claro-*
rum hominum, vel honoris officiique
causa ad Principes, vel in funere de
virtutibus eorum habita. Venetiis 1559.
*in-*4°. & réimprimé à *Paris* en 1577.
*in-*16. avec quelques nouveaux Discours.

3. *Epistolæ quatuor, quæ vulgò*
Præfationes appellantur. Les trois
premieres avoient paru auparavant à la tête des trois volumes des
Oraisons de *Ciceron,* imprimez à *Ve-*
nise chez *Alde* en 1519. *in-*8°. &
dans d'autres éditions ; elles sont
adressées, la premiere au Pape *Leon*
X. la seconde à *Pierre Bembo,* & la

A. NA-troisiéme à *Jacques Sadolet*. *Nava-*
VAGERO. *gero* avoit contracté une étroite
amitié avec *Bembo* & *Sadolet*, pendant le sejour qu'il avoit fait à *Ro-*
me. La quatriéme Epître est écrite
au nom de *François d'Asola* à *Jean*
Glorieri Secretaire du Roi de France, & premier Commissaire de ce
Prince dans l'Etat de *Milan*, & elle
se trouve dans l'édition des Come-
dies de *Terence*, faite aussi par *Alde*
à *Venise* en 1519. *in-*8°. L'édition
de *Ciceron*, où sont ses Epîtres, a
été collationnée par ses soins avec
les anciens manuscrits, & corrigée
avec beaucoup d'application ; il a
fait la même chose à l'égard de *Te-*
rence, de *Lucrece*, de *Virgile*, d'*Ho-*
race, de *Tibule*, d'*Ovide*, de *Quin-*
tilien, & de quelques autres Auteurs Classiques, qui ont été imprimez chez *Alde* l'ancien ; cet habile
Imprimeur lui est redevable en plus
d'une maniere, non-seulement il
en recevoit tous ses secours qu'il
pouvoit souhaiter dans l'impression
de ses Livres ; mais quelque disgrace lui ayant fait former le dessein
de fermer son Imprimerie, *Nava-*

gero lui fit changer de réfolution, & l'anima à continuer.

Après ces Epîtres on trouve des Lettres de quelques Sçavans adreffées à *Navagero*, comme d'*Alde* l'ancien, de *François d'Afola*, qui étoit parent d'*Alde*, de *Longüeil*, de *Ricci* & de *Victor Faufte*.

4. *Variæ Lectiones in omnia Opera P. Ovidii Nafonis.* Elles font tirées de l'édition d'*Alde* faite à *Venife* en 1516. *in-8°.* en trois vol.

5. *Carmina.* Ces Poëfies Latines font tirées de differentes éditions & de differens recüeils ; on y a joint quelques autres Pieces de Vers de *Jean Cotta*, de *Marc-Antoine Flaminius*, de *Bafile Zanchi*, & de *Jean Matthieu Tofcani*, à la loüange de *Navagero*. Elles ont été imprimées avec les deux Difcours, comme je l'ai déja dit, à *Venife* en 1530. dans le Recüeil intitulé : *Carmina quinque Poëtarum illuftrium. Florentiæ* 1552. *in-8°.* dans le Corps des Poëtes Italiens & ailleurs. Les Poëfies Latines de *Navagero* confiftent en un Livre d'Epigrammes & quelques Eglogues. On ne trouve point dans

A. NA-
VAGERO.

ſes Epigrammes ces pointes dont l'uſage ne s'eſt introduit que depuis que le goût du ſiecle d'Auguſte s'eſt perdu, ni ces autres affectations de ſubtilitez & de rencontres ingenieuſes qui ſont devenuës à la mode depuis le tems des *Seneques*, des *Plines*, de *Tacite*, de *Martial*, &c. mais les connoiſſeurs y trouvent quelque choſe de cette tendreſſe, de cette douceur & de cette délicateſſe, qui regnoit ſur la fin de cette Republique, & que l'on admire dans *Catule*. C'eſt aux idées qu'il avoit ſur ce ſujet que l'on doit attribuer la coutume, qui lui faiſoit tous les ans un certain jour conſacré aux Muſes jetter dans le feu pluſieurs exemplaires de *Martial*, comme nous l'apprenons de *Paul Jove*.

Les freres *Volpi*, ont mis après les Poëſies de *Navagero* le fameux Dialogue de *Fracaſtor*, intitulé: *Navagerius, ſive de Poëtica*, tant parce qu'il fait beaucoup d'honneur à *Navagero*, que parce qu'il eſt probable que *Fracaſtor* ayant été ſon intime ami, a ſçû ſes veritables ſentimens

fur la Poëſie, & l'a fait parler comme il l'auroit fait lui-même.

6. *Rime.* Ces Poëſies Italiennes
ont été tirées de differens Recüeils.
On y a joint les Traductions & les
Paraphraſes Italiennes que differens
Poëtes Italiens ont faites de ſes Epigrammes Latines. On y pouvoit
joindre les traductions de la ſeconde
& de la douziéme Epigrammes, qui
ſe trouvent dans un Recüeil de *Claude Tolommei*, intitulé : *Verſi e Regole
della nuova Poeſia. In Roma* 1539.
*in-*4°. & que les Editeurs n'ont pas
connües.

7. *Lettere ſcritte di Spagna a Meſ-
ſer Giambatiſta Rannuſio.* Elles ſont
au nombre de cinq, & avoient déja
paru dans le Recüeil de *Thomas
Porcacchi*, qui a pour titre : *Lettere
di XIII. Uomini illuſtri* ; & dans la
*Nuova ſcelta di Lettere da Bernardino
Pino.* On y trouve pluſieurs choſes
remarquables, que *Navagero* avoit
obſervées dans ſon Voyage d'Eſpagne. Deux Lettres de *Pierre Bembo*,
qui lui ſont adreſſées, les ſuivent.

8. *Viaggio fatto in Iſpagna ed in
Francia.* Ce Voyage, qui contient

une description particuliere des lieux & des coutumes des peuples de ces Royaumes, avoit été imprimé pour la premiere fois à *Venise* l'an 1563. *in-8°.* Le stile en est simple & sans ornement.

V. sa vie à la tête de cette édition, & *Jovii Elogia.*

JEAN BOSCAN.

JEAN *Boscan*, fameux Poëte Espagnol, naquit à *Barcelone* sur la fin du quinziéme siecle.

Il n'est guéres connu que par son talent pour la Poësie Espagnole & par l'état de perfection où il l'a porté. Car il est un des prémiers, qui avec *Garcilasso de la Vega* son intime ami, y ait mis de l'ordre & de la methode, & y ait mêlé l'érudition avec le naturel.

Se trouvant en 1526. à *Grenade*, il eut occasion d'y voir *André Navagero*, qui étoit alors Ambassadeur de la Republique de *Venise* auprès de *Charles-Quint.* Quelques conversations qu'il eut avec lui sur les

differentes fortes de Poëfies, qui
étoient en ufage dans la Langue Italienne, mais que les Efpagnols igno-
roient, comme le Sonnet, &c. l'engagerent à tenter de l'introduire
dans la Langue Efpagnole. Il y
trouva d'abord bien de la difficulté,
mais il la furmonta par fon travail,
animé à cela par les confeils de *la
Vega*. Il prit même un tel goût pour
le Sonnet, qu'il l'employa depuis
plus que toute autre forte de Poëfie.
Ainfi c'eft à lui que l'Efpagne en
eft redevable.

François Redi prétend que ce fut
Bernard Navagero qui engagea *Bofcan* à faire des Sonnets en Efpagnol.
Mais il eft plus fûr de s'en rapporter à *Nicolas Antonio*, qui dans fa
Bibliotheque d'Efpagne attribuë ce
fait à *André Navagero* ; d'autant
plus que *Garcilaffo de la Vega*, qui
au rapport de *Bofcan* même, l'anima à s'appliquer à ce genre de Poëfie, & s'y appliqua auffi à fon
exemple, étoit mort en 1536. cinq
ans avant que *Bernard Navagero* allât en ambaffade en Efpagne.

Ambroife de Morales prétend que

J. Bos-
CAN.

Boscan n'est nullement inferieur à ceux des Italiens qui ont le plus contribué à la perfection de la Poëfie Italienne, fi l'on confidere la majefté de fon ftile, fon heureufe fecondité, la fubtilité de fes penfées, la facilité & la force de fes expreffions. Il ajoûte que c'eft mème le fentiment de *Louis Dolce* dans fon Apologie pour l'*Ariofte*.

Boscan après la mort de *la Vega* fon ami, prit foin de recüeillir fes Poëfies, & y joignit les fiennes dans le deffein de les faire imprimer enfemble; mais il mourut avant que de l'avoir executé, c'eft-à-dire avant l'an 1543.

Elles parurent dans la fuite fous ce titre.

Obras de Boscan y Garcilaffo de la Vega. Medina 1544. *in-*4°. It. *Salamanca* 1547. *in-*12. It. *Venecia* 1553. *in-*12.

Il a fait encore la traduction fuivante en Profe.

El Cortefano del Conde Baltazar Caftellon a Miffer Alfonfo Ariofte, traduzido per Boscan. Amberes 1544. *in-*8°. *Nicolas Antonio* n'a pas marqué

qué cette édition. It. *Toledo* 1559.
*in-*4°. It. *Amberes* 1561. *in-*8°.

V. *Nicolas Antonio*, *Bibl. Hiſpan.*

GARCILASSO DE LA VEGA.

*G*ARCIAS - LASO, ou com-
me on dit plus communé-
ment, *Garcilaſſo de la Vega*, naquit
à *Tolede* l'an 1500. d'un pere de
même nom, Conſeiller d'Etat du
Roi *Ferdinand*, & ſon Ambaſſadeur
auprès du Pape *Alexandre VI.* & de
Sancia Guſman de Batres.

Il commença dès ſa premiere jeuneſſe à s'adonner à la Poëſie Eſpagnole, pour laquelle il ſe ſentoit
naturellement du goût ; mais per-
ſuadé que c'étoit faire tort à la nature, que de ne point employer
l'art pour cultiver les diſpoſitions
qu'il paroiſſoit y avoir, il s'appliqua fortement à la lecture des meilleurs d'entre les Poëtes Latins &
Italiens, & il ſe forma fort heureuſement ſur le modele des anciens, & de quelques-uns d'entre
les modernes.

G. DE LA
VEGA.

Voyant que *Jean Boscan* avoit réuffi dans les peines qu'il s'étoit données pour faire paffer la mefure & la rime des Italiens dans les Vers Efpagnols, il abandonna cette forte de Poëfie, qu'on appelle *ancienne*, & qui eft propre à la Nation Efpagnole, pour embraffer la *nouvelle*, qu'elle a imitée des Italiens.

Il quitta donc les *Couplets* & les *Redondilles*, qui répondent à nos Stances Françoifes, fans vouloir retenir ceux de douze fyllabes, qui étoient fort eftimez dans les commencemens, c'eft-à-dire, du tems de *Jean de Mena*, qui paffe dans l'efprit de plufieurs perfonnes pour en être l'Auteur.

Il renonça même aux *Villanelles*, qui répondent à nos Ballades, aux *Romances*, aux *Seguidilles* & aux *Glofes*, pour faire des Endecafyllabes à l'Italienne, qui confiftent en des Oĉtaves, des Rimes tierces, des Sonnets, des Chanfons & des Vers libres.

Il compofa heureufement en toutes ces fortes de Poëfies nouvelles, & réuffit particulierement en Rimes tierces, qui font des Stances de trois Vers, dont le premier rime avec le troiſiéme, le ſecond avec le premier de la Stance ſuivante, & ainſi juſqu'à la fin, où l'on ajoûte un Vers de plus dans la derniere Stance, pour ſervir de derniere rime ; ou bien dont le premier Vers eſt libre, & les deux autres riment enſemble.

Cette nouvelle forme de Poëſie fut d'abord trouvée ſi étrange, que quelques-uns ſe mirent en devoir de la ruiner & de rétablir l'ancienne, comme étant particuliere & naturelle à l'Eſpagne. C'eſt ce qu'entreprit particulierement *Chriſtophe de Caſtillejo.* Mais ni lui ni les autres ne purent empêcher qu'elle ne s'établit enfin ſur les ruines de l'autre à la gloire de *la Vega* & de *Boſcan.*

Au reſte les Ouvrages de *la Vega* ſont animez par tout de l'eſprit & du feu Poëtique, ſelon *Nicolas Antonio,* qui ajoûte, qu'ils ſont accompagnez d'une majeſté naturelle, & ſans affectation, & qu'on y trouve de la ſubtilité jointe avec beau-

G. DE LA VEGA.

Ii ij

coup de facilité. *Paul Jove* ne fait pas même difficulté de dire que ses Odes ont la douceur de celles d'*Horace.*

L'application qu'il donna à la Poësie, ne lui fit pas negliger les exercices qui conviennent à un jeune homme de naissance. Quand il fut en âge de porter les armes, il entra dans le service, & il accompagna en 1529. l'Empereur *Charles-Quint* à son expédition contre *Soliman* Empereur des Turcs, & en 1535. à celle de *Tunis*, où il reçut deux blessures, une au visage, & l'autre au bras droit. De retour en Italie, il demeura quelque tems en garnison à *Naples.*

L'année suivante 1536. l'Empereur le fit passer avec quelques troupes en Provence, où une cinquantaine de Paysans, qui s'étoient enfermez dans une tour, qui est apparemment celle de *Muy* près de *Frejus*, arrêterent l'armée de l'Empereur. *La Vega* voulant s'y distinguer aux yeux de son Maître, s'avança près de cette tour, & alla le premier à l'escalade, malgré ses

amis, qui faifoient leurs efforts pour G. DE LA
l'en empêcher. Il fut alors bleffé à VEGA.
la tête d'un coup de pierre, qui le
renverfa par terre. On le porta à
Nice, où il mourut vingt-un jours
après, âgé de 36. ans.

Son corps fut mis en dépôt dans
l'Eglife de *S. Dominique* de cette
Ville, d'où on le tranfporta en 1538.
à *Tolede*, où il fut mis dans le tombeau de fes ancêtres.

Il s'étoit marié à l'âge de 24. ans,
& avoit époufé *Helene de Zuniga*,
dont il eut trois garçons & une
fille ; *Garcias*, qui fut tué à l'âge
de 24. ans en fervant dans le Pié-
mont ; *Dominique Gufman*, Dominicain, Profeffeur en Theologie à
Salamanque ; *Antoine Auguftin*, &
Helene mariée à *Antoine Portocar-*
rero.

On a déja vû dans l'article précedent, que les Poëfies de *Garci-*
laffo de la Véga avoient été imprimées avec celles de *Bofcan* ; elles
ont paru auffi feparément avec les
Obfervations de differens Auteurs.

Obras de Garfi-Lafo de la Vega ,
con Annotaciones de Franc. Sanchez.

G. DE LA
VEGA.

de las Brozas. Salamanca 1574. &
1589. *in-16. Sanchez*, qui étoit un
des plus sçavans Grammairiens d'Espagne, a eu soin dans ces remarques de noter les endroits imitez
des anciens Auteurs, & d'en relever les beautez par des observations doctes & curieuses. It. *con
notas de Thomas Tamaio de Vergas.
Madrit* 1622. *in-16.* It. *Venecia* 1553.
in-12.

V. *Nicolas Antonio. Bibliot. His-
pana. Andreæ Schotti Hispaniæ Bibliotheca, tom.* 3. *p.* 579. *Baillet, Jugemens des Sçavans.*

PIERRE DE BOISSAT.

P. DE
BOISSAT.

PIERRE *de Boissat* naquit en
1603. à *Vienne* en Dauphiné de
Pierre de Boissat, Lieutenant General & Vi-Baillif de cette Ville,
& de *Marie Athaut.*

Il fit ses Humanitez avec un succès prodigieux, & donna de bonne
heure des marques d'un talent singulier pour la Poësie Latine. On lui
dictoit un theme François, & sur

le champ , à meſure qu'on le dictoit , il le tournoit en Vers Latins.
C'eſt du moins un fait que *Chorier*
rapporte dans ſa vie , & qui pourra
trouver quelques incrédules.

Il ne réuſſit pas moins dans la
Philoſophie , & dans toutes les
Sciences qu'il embraſſa. Ce qui lui
fit donner dans ſa Province le nom
de *Boiſſat l'Eſprit* , nom qui avoit
été donné autrefois à *Anaxagoras* de
Clazomene.

André Valadier , Abbé de *S. Arnoul* de *Mets* , qui étoit ſon parent ,
touché de ſes heureuſes diſpoſitions,
eut deſſein d'en faire ſon ſucceſſeur
dans ſon Abbaye ; & ce fût ce qui
engagea ſon pere à le deſtiner à
l'Etat Eccleſiaſtique , & à lui en
faire prendre l'habit ; mais étant
mort quelque tems après en 1616.
cela n'eut point de ſuite , & le
jeune *Boiſſat* tourna ſes vûës d'un
autre côté.

Au ſortir du College , il s'appliqua pendant quelques mois à l'é-
tude du Droit ; mais le déſir d'acquerir de la gloire dans les armes ,
l'en retira en 1622. Le Connétable

P. DE
BOISSAT. de *Lesdiguieres* fit alors marcher des troupes contre les Huguenots du Vivarez, & *Boissat* voulut prendre part à cette expedition. Il y alla servir en qualité de volontaire auprès d'*André de Boissat* son frere, qui étoit Enseigne de Chevaux-Legers ; & les éloges qu'il s'y procura par sa bravoure, lui firent oublier que sa famille l'avoit destiné à la Robbe.

Quelques mois après, il fit le voyage de *Malthe* avec le Commandeur du *Passage, Gaspar Poisieu*, & il fut fort bien reçu, non-seulement à cause de son merite personnel, mais encore parce que son pere avoit écrit l'Histoire de cet Ordre.

A son retour il fut accüeilli d'une tempête, qui dura sept jours entiers, après lesquels il aborda aux *Trois Maries*.

Henry de Montmorency Gouverneur du Languedoc, qu'il alla voir, conçut bientôt de l'estime & de l'amitié pour lui, & le retint auprès de sa personne. Mais le Connétable de *Lesdiguieres* ayant invité en 1625. la Noblesse du Dauphiné

à secourir le Duc de Savoye contre
les Genois, *Boissat* prit aussi-tôt
congé du Duc de *Montmorency*,
pour se rendre auprès de lui. Il se
distingua de nouveau dans cette
guerre & par l'épée, & par la plume ; car les Genois décriant fort
l conduite des soldats François,
il arrêta le cours de leurs libelles
par une Apologie qu'il fit en Latin,
& qu'il adressa au Pape *Urbain VIII.*
Chorier, qui nous apprend cette
particularité, ne marque point si
cette Apologie a été imprimée.

Une maladie dangereuse, qui attaqua *Boissat*, l'obligea à quitter
l'armée, & a se retirer à *Vienne*.
Dès qu'il eut recouvré la santé, il
vint à *Paris*, & s'attacha au Duc
d'Orleans *Gaston*, qu'il accompagna en 1627 à la défense de l'Isle
de *Rhé*. Il se trouva l'année suivante au siege de la *Rochelle*, après
lequel il revint joindre à *Paris* le
Duc d'Orleans.

Ce Prince aimoit les sçavans &
les gens d'esprit, & dans les tems
où la guerre lui donnoit quelque
relâche, il faisoit tenir chez lui de

P. DE BOISSAT.

P. DE
BOISSAT.

ſçavantes conferences, où l'on venoit préparé ſur les matieres qu'il
avoit indiquées. *Boiſſat* y eut entrée, & *Chorier* fait mention de
deux Diſcours qu'il y recita, l'un
ſur l'*Amour des corps*, & l'autre ſur
le *rien*.

Ce fut là qu'il eut occaſion de
faire connoiſſance avec ceux de nos
Ecrivains qui primoient alors, &
nommément avec *Baudoin*, *Faret*,
Theophile, *Bourbon* & *Balzac*. Il s'é-
toit fait un habitude, même à l'armée, d'apprendre tous les jours
quelque choſe par cœur, & de le
reciter à haute voix. Cette habitude
lui avoit donné une grande facilité
à parler d'un ton ſoûtenu, qui ap-
prochoit fort de la déclamation, &
lui avoit rempli la memoire de mille
traits remarquables, qui le faiſoient
briller beaucoup dans ces Aſſemblées.

Quelques duels, où il fut heureux, acheverent de le mettre bien
dans l'eſprit de *Gaſton*, qui s'étant
retiré de France, l'emmena avec
lui en Lorraine, en Flandres & en
Allemagne, & le fit Gentilhomme

de ſa Chambre pendant ſon ſejour à *Nanci.*

Après la bataille de *Nortlingue*, *Gaſton*, reconcilié avec le Roi, revint à *Paris*, & garda toujours auprès de lui *Boiſſat*, à qui l'une des quarante places de l'Académie Françoiſe, qui ne faiſoit que de naître, fut alors donnée par le Cardinal de *Richelieu.*

On trouve dans l'Hiſtoire de l'Academie Françoiſe de M. *Pelliſſon*, que pour répondre à l'obligation où étoient les Academiciens de faire chacun à leur tour un Diſcours ſur telle matiere qu'il leur plairoit, il en prononça un » *de l'Amour des* » *corps*, où par des raiſons Phyſi- » ques, priſes des ſympathies & des » antipathies, & de la conduite » du monde, il voulut faire voir » que l'amour des corps n'eſt pas » moins divin que celui des eſprits. C'eſt apparemment le même que celui qu'il avoit déja recité dans les conferences de M. le Duc d'Orleans.

Boiſſat étoit eſtimé & aimé des Sçavans & des Perſonnes de la Cour,

P. DE
BOISSAT.

& voyoit sa fortune plus riante que jamais, lorsqu'en 1636. le desir de revoir ses parens le fit retourner dans sa Patrie ; ce qui fut pour lui une source intarissable de chagrins.

Après avoir fait quelque sejour à *Vienne*, il alla à *Grenoble* saluer M. le Comte *de Sault*, Lieutenant de Roi en Dauphiné. On étoit alors dans le Carnaval, & ce Seigneur donnoit un Bal. *Boissat* s'y trouva déguisé en femme, & se servit du privilege des masques pour tenir des discours libres à Madame la Comtesse *de Sault*. Elle s'en offença, & la chose alla si loin, qu'elle se porta le lendemain à une cruelle vengeance, en faisant donner des coups de bâton à *Boissat* par les gardes du Comte *de Sault* & par ses domestiques.

Toute la Noblesse du Dauphiné se croyant interessée dans cette affaire, se plaignit de cette injure, & en demanda hautement réparation. On fut seize mois entiers à convenir des faits, & ce ne fut qu'au bout de ce tems que se fit l'accommodement, dont l'acte so-

lennel eft inferé dans l'Hiftoire de
l'Academie par M. *Pelliffon.*

Après cet accident, *Boiffat* perdit toute idée de reparoître à la
Cour, & fe confina pour toujours
à *Vienne.*

Heureufement il avoit une re-
fource qui étoit l'amour de l'étude,
à laquelle il fe livra plus qu'il
n'avoit encore fait jufques-là. Il
crut auffi qu'une femme pourroit
lui être de quelque confolation,
& il époufa *Clemence de Geffans*,
niéce d'un Grand-Maître de *Malthe*,
dont il eut deux enfans, un fils,
nommé *André Ignace Jofeph*, qui fut
tué à fa premiere campagne, & une
fille, nommée *Marie-Françoife Ger-
trude*, mariée en Savoye au Comte
de *Saint-Maurice.*

Un autre fecours, mais encore
plus efficace, qu'il oppofa à fes ad-
verfitez, fut la devotion folide qu'il
embraffa pour le refte de fes jours,
& même avec quelque forte d'excès.

Il pouffa effectivement l'efprit
de pénitence jufqu'à des fignes ex-
térieurs, que les bienféances du

K k iij

P. DE
BOISSAT.
monde ont peine à souffrir. Il negligeoit ses cheveux, se laissoit croître la barbe, affectoit de porter des
habits grossiers, attroupoit & caté-
chisoit les pauvres dans les carre-
fours, faisoit de fréquens pelerina-
ges à pied. En un mot il ne mettoit aucune difference entre les vertus d'un Cavalier & celles d'un
Moine.

La Reine de Suede passant en
1656. par *Vienne* pour aller à *Rome*,
les principaux de la Ville prierent
M. *de Boissat*, qui lui étoit connu
par des Poësies qu'il avoit faites à
sa loüange, de marcher à leur tête,
pour la complimenter. Il se presenta
devant elle avec un air de malpro-
preté qui la choqua, & lui fit un
sermon pathetique sur les Jugemens
de Dieu, & sur le mépris du monde, qui lui déplut encore davantage ; elle souffrit impatiemment
qu'au lieu de lui donner des loüanges, il se jettât sur une matiere si
lugubre ; & quand il se fut retiré :
Ce n'est point là, dit-elle, *ce Boissat
que je connois, c'est un Prêcheur qui
emprunte son nom.* Après quoi elle

ne voulut plus le voir pendant tout le tems qu'elle demeura à *Vienne.*

Quelque tems après l'Academie d'*Avignon* le mit au nombre de ses Membres ; & *Gaspar Lascaris* Vice-Legat de cette Ville , le fit *Comte Palatin* , qualité qu'il prit toujours depuis.

Il mourut le 28. Mars 1662. âgé de 58. ans.

Chorier , qui dans sa vie lui donne de grandes loüanges , ausquelles l'amitié qui les unissoit paroît avoir eu quelque part , avoüe qu'il avoit la foiblesse de croire tout ce qu'on lui disoit des sorciers & des revenans , & de ne pouvoir jamais rester seul pendant la nuit dans une chambre.

Catalogue de ses Ouvrages.

1. *Histoire Negrepontique* , contenant la vie & les amours d'*Alexandre Castriot* , arriere-neveu de *Scanderbeg* , & d'*Olimpe la belle Grecque* , de la *Maison des Paleologues* ; tirée des manuscrits d'*Ortavio Finelli* , & traduite par *Jean Baudouin. Paris* 1631. *in*-8°. *Chorier* dit que ce fut *P. Boissat* qui fit cet Ouvrage à la priere

P. DE
BOISSAT.

de *Jean Baudoin*, & qui l'acheva en
vingt jours; & que *Baudoin*, qui
fut chargé de l'impreſſion, le publia ſous ſon nom, ſans faire mention de *Boiſſat*, qui ne s'en plaignit
point, & qui, quoique l'action lui
déplut, la lui pardonna ſans peine
en faveur du profit qu'il y faiſoit,
& dont il avoit un grand beſoin.
M. de *la Monnoye* dans une note ſur
les *Jugemens des Sçavans* de *Baillet*,
dit que *Chorier* n'en doit point être
crû ſur ce fait; la choſe eſt cependant aſſez circonſtanciée dans cet
Auteur, qui avoit été en grande
liaiſon avec *Boiſſat*, pour ne point
rejetter ſi facilement ſon autorité.

2. *Les Fables d'Eſope*, illuſtrées
de *Diſcours Moraux, Philoſophiques
& Politiques. Par Jean Baudoin. Paris 1633. in-8°. Chorier* dit encore
de cet Ouvrage la même choſe que
du précedent, & aſſure que *Boiſſat*
fit cet Ouvrage en quinze jours,
pendant une legere maladie qu'il
eut; & M. de *la Monnoye* recuſe de
même ſon autorité.

3. *Relation des Miracles de Notre-
Dame de l'Oꝫier.* (en Latin & en

François) *avec des Vers à la loüange* P. DE
de la ſainte Vierge en cinq Langues BOISSAT.
(Grecque, Latine, Eſpagnole, Italienne & Françoiſe.) *Lyon* 1559.
in-8°. Voici l'origine de cette devotion, telle qu'elle eſt rapportée
par *Chorier.* Un Huguenot, ſe mettant peu en peine de fêter le jour de
l'Annonciation de la Vierge, s'a-
viſa ce jour-là d'aller tailler un
oſier, qui rendit du ſang par tous
les endroits où il avoit été couppé.
Chorier avoüe qu'il y en avoit pluſieurs qui prétendoient que c'étoit
une choſe qui arrive ordinàirement
à ces ſortes d'arbres, lorſqu'on les
taille après l'hyver ; non pas que
ce ſoit du ſang, mais ſeulement une
liqueur rougeâtre. *Cependant,* dit-il,
*les prodiges qui arriverent en ce lieu
firent connoître qu'il y avoit du miracle.
Qu'importe après tout,* continuë-t'il,
*quelle voye on prenne pour arriver à la
pieté, puiſque cette voye, telle qu'elle
ſoit, conduit toujours au ſalut ?* Principe des plus faux & des plus contraires aux regles de la Religion &
de la Raiſon.

4. *Morale Chrétienne. Gui Allard.*

P. DE
BOISSAT. dans sa *Bibliotheque du Dauphiné*, parle de cet Ouvrage comme d'un Livre imprimé. C'est tout ce que j'en peux dire.

5. Ses Compositions Latines, tant en Profe qu'en Vers, ont été imprimées *in-fol.* Mais on n'en connoît qu'un exemplaire, qui eft dans la Bibliotheque du College des Jefuites de *Lyon*, où il n'y a ni frontifpice, ni préface, & où il manque par-ci par-là quelques feüillets, à la place defquels on a mis du papier blanc. M. l'Abbé d'*Olivet* & M. *le Clerc*, qui l'ont vû, nous inftruifent de ce qu'il contient, le premier dans fon Hiftoire de l'Academie Françoife, & le fecond dans fa *Bibliotheque de Richelet*; ainfi je rapporterai ici ce qu'ils en difent. M. d'*Olivet* foupçonne que » cet exem-
» plaire étoit originairement celui
» de l'Auteur, & que n'ayant pas
» voulu s'en priver tout-à-fait, du
» moins il prit le parti de le mu-
» tiler, afin que fes Ouvrages
» ne lui furvêcuffent pas en leur en-
» tier. Car on m'a dit, ajoûte-t'il,
» que peu de tems avant fa mort,

» l'édition prête à paroître , il la 　P. DE
» supprima par délicateſſe de con-　BOISSAT.
» ſcience , de peur qu'elle ne lui
» attirât des loüanges. Il paroît ,
ſelon M. l'Abbé *le Clerc* , que l'impreſſion en fut commencée en 1649.
& qu'elle alla fort lentement , & il
conjecture que *Boiſſat* ne fit tirer
qu'un petit nombre d'exemplaires.

Au reſte le Livre eſt diviſé en
deux parties, dont la premiere contient les Pieces en Proſe, & la ſeconde celles qui font en Vers.

A la premiere partie les huit premieres pages manquent. A la page
9. commencent les Relations des
expéditions, où M. *de Boiſſat* s'étoit
trouvé.

La premiere eſt , *Puſinenſis Obſi-
dio.* Ce ſiege du *Pouſſin* , petite Ville
du Vivarais, eſt apparemment de
l'an 1622.

P. 25. *Navigatio Melitenſis. Boiſſat* ne date rien ; il dit ſeulement
qu'il fit ce voyage lorſque le grand
galion & les galeres de *Malthe* vinrent prendre port à *Marſeille* , ce
qui arriva, ſuivant l'Abbé *de Ver-
tot* , vers la fin de l'an 1622. *Boiſſat*

P. DE
BOISSAT. profita de l'occafion. Après avoir
vû *Malthe* , il fe mit fur une galere
qui alloit en courfe fur les côtes de
Barbarie , mais qui n'y fit rien , &
il rentra en France vers le mois de
Novembre 1623.

P. 40. *Liguftica expeditio.* C'eft
l'expédition de *Genes* faite par terre
par le Duc de *Lefdiguieres* en 1625.

P. 52. *Anglorum ad Rheam exfcen-
fio,& Rupella obfeffa.* Ces évenemens
font de l'an 1627.

P. 63. *Rupella capta.* 1628.

P. 71. *Silva-Ducenfis expugnatio.*
Boiffat étoit paffé en Lorraine à la
fuite du Duc d'Orleans en 1629. La
jeune Nobleffe , qui accompagnoit
ce Prince , s'ennuyant d'être là fans
rien faire , & chacun prenant parti
de fon mieux , *Boiffat* s'engagea à
Alexandre de Beaufort , & fe joignit
à quelques troupes Françoifes , qui
donnerent du fecours au Prince d'O-
range & aux Hollandois , lorfqu'ils
prirent la ville de *Bois-le-Duc* le
14. Septembre 1629.

P. 82. *Lotharingia capta.* En fix
Livres. 1632. & fuiv. Le P. *le Long*
n'a poit connu toutes ces Pieces.

La ſeconde partie contient les
Poëſies ſuivantes.

Martellus. Poëma. C'eſt un Poëme
Epique ſur la défaite des Sarraſins
par *Charles-Martel*, en ſix Livres,
dont le Plan & les Argumens ſe
voyent dans les Poëſies Latines de
M. *Chorier*. M. *Baillet* n'a pas ſçû
ce que c'étoit, lorſqu'il s'eſt aviſé de
mettre *Boiſſat* parmi les PoëtesFran-
çois, pour l'avoir compoſé. Ce qui
l'a trompé, c'eſt qu'il y a effectivement un Poëme François, intitulé :
Charles-Martel, mais qui eſt de M.
de Sainte-Garde, Aumônier du Roi.
L'autorité de *Chapelain*, qui a auſſi
un peu contribué à ſa mépriſe, l'en
auroit préſervé, s'il avoit fait un peu
d'attention à ce qu'il dit ſur ce ſujet
dans ſa Préface de *la Pucelle* ; car
il y aſſocie le *Martel* de M. *Boiſſat*
avec le *Conſtantin* du R. P. *Mam-*
brun ; or tout le monde ſçait que ce
dernier Poëme eſt Latin.

Hermonomi, *ſive Inſtitutionum Im-*
perialium Libri IV. C'eſt une paraphraſe des Inſtituts de *Juſtinien* en
Vers Latins.

Sylvarum Liber primus, *heroïca*

P. DE *Poëmatia continens; secundus, Elogia*
BOISSAT. *quibusdam imaginibus ad vivum ex-*
pressis apponenda.

Elegiarum Libri tres : primus sacras
continens : secundus funeras : tertius,
communes.

Hebræarum Heroïdum Epistolæ.

Sacræ Metamorphoses.

Nobilium Plantarum Metamorph-
ses.

Epigrammatum Liber singularis.

Tumulorum Liber singularis.

Sacri argumenti disticha, quibus ve-
teris Testamenti figuræ ad novi Myste-
ria reducuntur.

Il y a dans ces Poësies plus de facilité que d'élegance , & plus de fecondité que de choix.

Au reste il faut prendre garde de
confondre *Pierre de Boissat* de l'Academie Françoise avec son pere ,
comme ont fait quelques Auteurs;
c'est pourquoi il est bon de dire ici
quelque chose du pere.

Il étoit Vi-Bailli de Viennois , &
Lieutenant Criminel & Civil de
Vienne ; Charges que l'on a quelquefois données à son fils , qui n'en
a jamais eu. Il mourut en 1616. &

on a de lui les Ouvrages ſuivans.   P. DE

BOISSAT.

1. *De la proüeſſe & réputation des anciens Allobroges. Vienne* 1602. *in-4°.* It. *Paris* 1603. Les anciens Allobroges ſont à preſent le Baillage de Viennois, ſelon cet Auteur.

2. *Recherches ſur les duels. Lyon* 1610. *in-4°.* Je ne ſçai comment M. l'Abbé *le Clerc* a pû donner cet Ouvrage au fils, dont il a mis la naiſſance en 1604 ou 1605.

3. *Hiſtoire des Chevaliers de l'Ordre de l'Hôpital de S. Jean de Jeruſalem. Lyon* 1612. *in-4°.* Cette Hiſtoire eſt preſque toute copiée de *Jacques Boſio.* On en a donné une nouvelle édition augmentée ſous ce titre: *Hiſtoire des Chevaliers de l'Ordre de S. Jean de Jeruſalem, ci-devant écrite par le feu Sieur de B. S. D. L. (Boiſſat Sieur de Licieu) augmentée d'une traduction des établiſſemens & des ſtatuts de la Religion, par Jean Baudoin & F. de Naberat. Paris* 1643. *in-fol.* 2. *vol.*

4. *Le Brillant de la Reine, ou Hiſtoire Genealogique de la Maiſon de Medicis. Lyon* 1613. *in-8°.* It. *ibid.* 1620. *in-8°.*

Chorier a écrit la vie de *Pierre*

P. DE
BOISSAT. *Boissat* le fils , & elle a paru sous ce titre : *De Petri Boëssatii , Equitis & Comitis Palatini , viri clarissimi , vita, amicisque litteratis , Libri duo. Nicolai Chorerii Viennensis J. C. Gratiano-poli 1680. in-12.*

V. aussi l'*Histoire de l'Academie Françoise* par M. *Pellisson* & par M. l'Abbé *d'Olivet.* La *Bibliotheque de Richelet* par M. l'Abbé *le Clerc. Gui Allard , Bibliotheque du Dauphiné.*

BERNARD TRIVISANO.

B. TRI-
VISANO. **B**ERNARD *Trivisano* naquit à *Venise* le 26. Fevrier 1652. de *Dominique Trivisano* & d'*Elisa-beth-Marie Tagliapietra* , tous deux de familles les plus illustres de la Republique.

Marc Trivisano son oncle , vou-lut avoir soin de son éducation & le diriger dans ses études. Il l'ap-pliqua d'abord à celle de la Langue Latine , qu'il apprit en peu de tems avec beaucoup de facilité. Lors-qu'il eut onze ans , il lui fit ap-prendre la Geographie , l'His-toire.

toire, la Politique & la Logique. B. Tri-
Deux ans après il le fit paffer à visano.
la Philofophie de Democrite, à laquelle il joignit les Mathematiques.
Cette étude l'occupa jufqu'à l'âge
de dix-neuf ans, & ce ne fut qu'a-
lors que *Bernard Trivifano* s'appliqua à la Philofophie d'*Ariftote*,
qu'il ceffa d'étudier à l'âge de **22.**
ans, pour fe donner à celle de
Platon, qu'il apprit fous *Jean Ca-
ramuel* Evêque de *Vigevano*.

Ces études ferieufes & profon-
des ne l'empêcherent pas de fe donner auffi aux Belles Lettres, à la
Poëfie, à l'étude des Antiquitez &
des Medailles, & à celle des Lan-
gües. Il apprit l'Hebraïque, la
Grecque, l'Efpagnole & quelques
autres. Il s'appliqua au Deffein &
à la Peinture ; en un mot il ne negligea rien de ce qui pouvoit lui
perfectionner l'efprit.

Il crut que les voyages pouvoient
auffi y contribuer, & ce fut dans
ce deffein qu'il vifita une partie de
l'Allemagne, la France & l'Angleterre. On voit par la Relation de
fes Voyages, qui font parmi fes

B. TRI-Manufcrits , qu'il voyageoit avec
VISANO. plus de goût & plus de fruit qu'on
ne fait ordinairement.

Il prit à vingt ans l'habit de Senateur , & fon pere le maria peu
de tems après ; mais il n'eut de fo
mariage qu'un fils qui mourut à un
an , & une fille , dont je parlerai
plus bas.

Les preuves de fageffe & d'habileté , qu'il donna en plufieurs occafions , engagerent le Grand Confeil de *Venife* à lui donner les Charges de Podeftat & de Capitaine de
Belluno. Son tems fini , il fut mis
au nombre des Juges de la Qua-
rantie. Il auroit pû aller beaucoup
plus loin dans la voye des honneurs , fi un Decret du Senat, qui
ordonnoit qu'on n'éleveroit à aucune Charge ceux qui auroient des
parens revêtus de Benefices Ecclefiaftiques , ne lui en avoit fermé la
porte , parce qu'il avoit un frere ,
qui étoit alors Prélat à la Cour de
Rome.

Trivifano s'en confola par l'a-
mour qu'il avoit pour les Sciences,
aufquelles cet obftacle lui donnoit

là liberté entiere de s'appliquer. **B. TRI-**

Vincent Paſqualigo, Profeſſeur VISANO. en Philoſophie à *Veniſe*, étant mort le 20. Mars 1711. il fut nommé pour remplir cette place, qui n'eſt jamais occupée que par des Nobles Venitiens ; & il s'acquitta des obligations qu'elle lui impoſoit avec une grande exactitude, tant que ſa ſanté le lui permit.

Il mourut le 31. Janvier 1720. dans ſa ſoixante-huitiéme année.

Catalogue de ſes Ouvrages.

1. *L'Immortalità dell' Anima, ſaggio delle meditazioni. In Venezia* 1699. *in-*4°.

2. *Meditazioni Filoſofiche, nelle quali ſi verſa ſopra li ſeguenti motivi.* 1°. *Dell' eſſer e conoſcimento che poſſiamo aver delle coſe.* 2°. *Dell' eſſer maſſimo e aſſoluto, ch' e Dio.* 3°. *Che Dio abbia creato il mondo.* 4°. *Che lo diriga con provvidenza.* 5°. *Ch' egli ha conceduto all' vomo una parte immortale, ch' e l'anima. In Venezia* 1704. *in-*4°. Ce Livre eſt diviſé en trois parties, dont la premiere contient l'examen des trois premiers points, & les deux autres renfer-

B. Tri- ment celui des deux derniers. Ce
VISANO. n'eſt là que le premier volume de
l'Ouvrage entier, qui devoit être
compoſé de huit volumes ; mais
Trivifano n'en a pas fait davantage.

3. On trouve à la tête de l'Ouvrage de *Louis-Antoine Muratori*,
intitulé : *Rifleſſioni ſoprà il buon guſto
intorno le ſcienze e le arti, di Lamindo
Pritanio. In Venezia,* in-12. Une
Introduction de *Trivifano,* qui a
été conſervée dans toutes les éditions qui ſe ſont faites de cet Ouvrage.

4. *Curſus Philoſophicus. Annus I.
Venetiis* 1712. *in*-8°. *pp.* 157. Ce
ſont les huit premieres leçons qu'il
fit à *Veniſe,* lorſqu'il commença à
y profeſſer.

5. *Prælectiones fundamentales. Venetiis* 1719. *in*-8°. Ce Livre eſt diviſé
en deux parties, dont la premiere
contient les huit leçons du précedent, & la ſeconde onze autres leçons. Le P. *Jean-Marie Bertoli* Ser-
vite, publia la même année, *in*-4°.
à *Veniſe,* un extrait de ces leçons,
où l'on voit une idée du ſyſtême
de *Trivifano* ſur la Philoſophie.

6. *Della Laguna di Venezia Trat-* B. Tri-
tato diviſo in IV. parti. In Venezia Visano.
1715. in-4°. It. *in Venezia 1718. in-*
4°. Cette ſeconde édition eſt augmentée & beaucoup plus correcte
que la premiere, qui eſt remplie
de fautes d'impreſſion. Au reſte ce
n'eſt là qu'un projet d'un plus grand
Ouvrage que l'Auteur avoit deſſein
de publier ſur cette matiere, mais
qu'il n'a pû achever.

7. *Spilli, e Medaglie d'Ottone,*
che tenute in mano da una Giovane,
o ſu qualſiſia parte del corpo, ringonſi
d'argento. Lettere due al Sign. An-
tonio Valliſnieri. Inſerées dans le *Jour-*
nal de Veniſe, to. 32. p. 384.

8. On publia en 1702. un fameux
Recüeil, où l'on trouve deux Pieces
qui ſont de ſa façon, quoiqu'elles
ne portent pas ſon nom. Ce Recüeil eſt intitulé : *Anniverſario cele-*
brato con proſe e verſi nella morte dalli
due Spoſi il N. H. S. Giovanni Mo-
roſini, & la N. D. Elizabetta Maria
Triviſani. In Venetia 1702. in-8°.
pp. 382. Le ſujet en eſt trop ſingu-
lier pour ne le pas rapporter ici.
Jean Moroſini, & Elizabeth-Marie

B. Tri-*Trivisani* fille de notre Auteur, VISANO. étoient destinez à s'épouser, les peres étoient d'accord ; leur trop grande jeunesse fit differer le mariage d'un an : enfin l'on avoit fixé le jour ; mais pendant l'intervalle dont on étoit convenu, les deux amans furent attaquez d'une même maladie ; les Medecins y remarquerent les mêmes symptômes & les mêmes accidens, & leur ordonnèrent les mêmes remedes, qui firent les mêmes effets sans guérir ni l'un ni l'autre. Cette conformité fit croire qu'il y avoit du maléfice ou du sortilege, & dans cette croyance les parens firent transporter la fille à *Padoue*, pour rompre l'effet du charme sur l'un ou sur l'autre. Mais la précaution ne servit de rien, & ils moururent tous deux le même jour, qui étoit précisément celui qui avoit été destiné pour leur mariage. Un autre incident redoubla encore l'attention. Sans aucun concert entre les familles, & par un pur effet du hazard, les pompes funebres de l'un & de l'autre se rencontrerent à *Vi-*

nife , & il n'én fallut pas davan- B. TRI-
tage pour faire dire que leurs corps VISANO.
fe cherchoient par fympathie , &
qu'ils ne pouvoient fe feparer même après leur mort. Soit par la fin-
gularité de cette avanture , foit par
pitié pour le trifte fort de ces jeunes amans , foit par confideration
pour leur famille , tous les beaux
efprits d'Italie celebrerent leur mort,
ou par des Difcours , ou par des
Vers. *Trivifano* fe mit de leur
nombre , mais fans vouloir fe faire
connoître , & compofa une Differtation Theologique fur cette mort,
que l'on voit à la page 17. & une
Differtation Philofophique, qui eft
à l'age 115. Il refute avec beaucoup
de jugement & d'efprit ceux qui
attribuoient cette mort à l'homo-
geneité de leur Planette , à la magie,
ou au fortilege ; mais il n'en témoigne guéres, lorfqu'il prétend en
trouver la caufe dans l'anagramme
de leurs noms, dont les lettres com-
binées marquoient qu'ils ne devoient s'unir que dans le Ciel. Le
Recüeil finit par un Sonnet de *Trivifano* , qui peut faire connoître le

B. TRI-
VISANO.
talent qu'il avoit pour la Poësie.

Il a fait outre cela un grand nombre d'Ouvrages qui n'ont jamais été imprimez, & dont on peut voir une longue liste à la suite de son Eloge dressé par l'Abbé *Jerôme Lioni* dans le *Journal de Venise,* to. 34. p. 1.

Fin du treizième Volume.

TABLE NÉCROLOGIQUE
des Auteurs contenus dans ce Volume.

RUCELLAI (Jean) mort en
   1525. ou 1526.

NAVAGERO (André) m. le 8.
   Mai 1529.

VEGA (Garcilasso de la) m. en 1536.

BOSCAN. (Jean) m. avant 1543.

PEUTINGER (Conrad) m. le 28.
   Decembre 1547.

ALAMANNI (Louis) m. le 18.
   Avril 1556.

ESPENCE (Claude d') m. le 5.
   Octobre 1571.

RAMUS (Pierre) m. le 25. Août
   1572.

CORAS (Jean) m. le 4. Octobre
   1572.

GUILANDIN (Melchior) m. le
   25. Decembre 1589.

TITI (Robert) m. en 1609.

VOSSIUS (Gerard) m. le 25.
   Mars 1609.

VOSSIUS (Gerard-Jean) m. en
   1649.

BOISSAT (Pierre de) m. le 28.
   Mars 1662.

Tome XIII.   M m

SANSON (Nicolas (m. le 7. Juillet 1667.

SPINOSA (Benoît de) m. le 21. Fevrier 1677.

ORSATO (Sertorio) m. le 3. Juillet 1678.

VOSSIUS (Isaac) m. le 21. Fevrier 1689.

MOYNE (Etienne le) m. le 3. Avril 1689.

BARBIER D'AUCOUR (Jean) m. le 13. Septembre 1694.

AUBERY (Antoine) m. le 29. Janvier 1695.

TEMPLE (Guillaume m. en Janvier 1698.

MERKLINUS (George-Abraham) m. le 19. Avril 1702.

AMONTONS (Guillaume) m. le 11. Octobre 1705.

ZALUSKI (André-Chrysostome) m. le 1. Mai 1711.

SACCO (Joseph Pompée.) m. le 23. Fevrier 1718.

NIEUWENTYT (Bernard) m. le 30. Mai 1718.

TRIVISANO (Bernard) m. le 31. Janvier 1720.

Fin de la Table nécrologique.

TABLE

Des Auteurs contenus dans ce Volume,
selon l'ordre des matieres qu'ils ont
traitées dans leurs Ouvrages.

B

Bibliothecaires.

C

Chirurgie.

Chronologie.

Controverſe.

TABLE

Critique.

D

Droit Canonique.

Droit Civil.

E

Ecriture Sainte.

Eloquence.

DES MATIERES.

G

Geographie.

Geometrie.

Grammaire Grecque.

Grammaire Latine.

Grammaire Françoise.

TABLE

H

Histoire.

DES MATIERES.

I.

Iscriptions.

L

Lettres.

Logique.

M.

Mathematiques.

Medecine.

M m iiij

TABLE

Morale.

DES MATIERES.

R.

Religion Chrétienne.

Rhetorique.

TABLE DES MATIERES.

Fin de la Table des Matieres.

ERRATA.

Page 44. *ligne* 7. Mai *lif.* Fevrier.
P. 45. *l.* 25. conftantis, *lif.* conftantis.
P. 192. *l.* 28. 1671. *lif.* 1571.

APPROBATION.

J'AY lû par ordre de Monseigneur le Garde des Sceaux le treiziéme Volume de ces Memoires, & j'ai crû qu'on en pouvoit permettre l'impression. A Paris le 1. Octobre 1730.

HARDION.

PRIVILEGE DU ROI.

LOUIS, par la grace de Dieu, Roy de France & de Navarre : A nos amez & feaux Conseillers, les Gens tenans nos Cours de Parlement, Maîtres des Requêtes ordinaires de notre Hôtel, Grand Conseil, Prevôt de Paris, Baillifs, Senechaux, leurs Lieutenans Civils, & autres nos Justiciers qu'il appartiendra SALUT : Notre bien amé ANTOINE-CLAUDE BRIASSON, Libraire à Paris, nous ayant fait remontrer qu'il lui auroit été mis en main un Manuscrit, qui a pour titre : *Memoires pour servir à l'Histoire des Hommes Illustres dans la République des Lettres, avec un Catalogue raisonné de leurs Ouvrages*, qu'il souhaiteroit faire imprimer & donner au Public, s'il nous plaisoit lui accorder nos Lettres de Privilege sur ce necessaires, offrant pour cet effet de le faire imprimer en bon papier & en beaux caracteres, suivant la feüille imprimée & attachée pour modele sous le contre-scel des presentes ; A CES CAUSES, voulant traiter favorablement ledit Exposant, Nous lui avons permis & permettons par ces Presentes, de faire imprimer lesdits Memoires & Catalogue ci-dessus specifiés, en un ou plusieurs volumes, conjointement, ou séparément, & autant de fois que bon lui semblera, sur papier & caracteres conformes à ladite feuille imprimée & attachée pour modele sous notredit contre-scel, & de le vendre, faire vendre & débiter par tout notre Royaume pendant le tems de *huit années* consecutives, à compter du jour de la date desd. Presentes. Faisons défenses à toutes sortes de personnes de quelque qualité &

condition qu'elles soient, d'en introduire d'impression étrangère dans aucun lieu de notreobeïssances comme aussi à tous Libraires-Imprimeurs & autres, d'imprimer, faire imprimer, vendre, faire vendre, débiter, ni contrefaire lesdits Memoires & Catalogue ci-dessus exposés, en tout ni en partie, ni d'en faire aucuns Extraits, sous quelque prétexte que ce soit, d'augmentation, correction, changement de Titre, ou autrement, sans la permission expresse & par écrit dud. Exposant ou de ceux qui auront droit de lui, à peine de confiscation des Exemplaires contrefaits, de trois mille livres d'amende contre chacun des contrevenans; dont un tiers à Nous, un tiers à l'Hôtel-Dieu de Paris, l'autre tiers audit Exposant, & de tous dépens, dommages & interêts. A la charge que ces Présentes seront enregistrées tout au long sur le Registre de la Communauté des Libraires & Imprimeurs de Paris, & ce dans trois mois de la date d'icelles; que l'impression de ce Livre sera faite dans notre Royaume & non ailleurs, & que l'Impetrant se conformera en tout aux Reglemens de la Libr. & notamment à celui du 10. Av. 1725. & qu'avant de l'exposer en vente, le manuscrit ou imprimé qui aura servi de copie à l'impression dudit Livre sera remis dans le même état où l'Approbation y aura été donnée, és mains de notre très cher & feal Chevalier Garde des Sceaux de France le sieur Fleuriau d'Armenonville, Commandeur de nos Ordres; & qu'il en sera remis 2 exemplaires dans notre Bibliotheque publique, un dans celle de notre Château du Louvre, & un dans celle de nôtre très-cher & feal Chevalier Garde des Sceaux de France le Sr Fleuriau d'Armenonville, Commandeur de nos Ordres; le tout à peine de nullité des Présentes, du contenu desquelles vous mandons & enjoignons de faire joüir l'Exposant ou ses ayans cause pleinement & paisiblement sans souffrir qu'il leur soit fait aucun trouble ou empêchement. Voulons que la copie des Présentes qui sera imprimée tout au long au commencement ou à la fin dud. Livre soit tenue pour dûëment signifiée, & qu'aux copies collationnées par l'un

de nos amez & féaux Conseillers & Secretaires, foi soit ajoutée comme à l'original COMMANDONS au premier notre Huissier ou Sergent, de faire pour l'execution d'icelles, tous Actes requis & necessaires, sans demander autre permission, & nonobstant clameur de Haro, Charte Normande, & Lettres à ce contraires : CAR tel est notre plaisir, DONNE' à Paris le 28 Novembre l'an de Grace mil sept cens vingt-six, & de notre Regne le douziéme, Par le Roy en son Conseil.
DE S. HILAIRE.

Registré sur le Registre VI. de la Chambre Royal des Libraires & Imprimeurs de Paris, N. 530. F. 421. conformément aux anciens Reglemens confirmez par celui du 28 Fevrier 1723. A Paris le 3. Decembre 1726.
Signé, VINCENT, Adjoint.

De l'Imprimerie de GISSEY, ruë de la vieille Bouclerie.

www.ingramcontent.com/pod-product-compliance
Lightning Source LLC
Chambersburg PA
CBHW070548030726
47505CB00001B/205